PROTÈGE-MOI

J. KENNER

M&O

Te désirer

T'enflammer

T'envoûter

Original publié en anglais en 2018 par Martini & Olive LLC sous le titre *Lost With Me* par J. Kenner

- Traduction française publiée par Martini & Olive, LLC
- Traduit de l'anglais (États-Unis) par Laure Valentin.
- Relecture effectuée par Estelle de La plume de Camélia.
- Conception graphique de la couverture par Michele Catalano, Catalano Creative
- Image de la couverture par Annie Ray/Passion Pages

Première édition française février 2019
Publié par Martini & Olive Books
Protège-moi copyright 2018, 2019 Julie Kenner
ISBN: 978-1-949925-37-1
V-2019-3-2P

Ses caresses me coupent le souffle. Notre passion nourrit mon âme...

Mon amour pour Damien me comble et l'intensité de nos liens me fait chavirer. Pour lui, il n'y a aucun fardeau que je refuserais de porter, aucun châtiment décadent auquel je refuserais de me soumettre.

Convaincus de laisser les jours sombres derrière nous, nous avons bâti notre vie sur cette adversité, sculptant à même la douleur pour en révéler toute sa force et sa beauté. À présent, je n'ai qu'une seule envie, rire avec nos enfants sous le soleil et m'abandonner aux étreintes de Damien le soir venu.

Pourtant, des secrets planent encore, et des menaces cachées mettent notre famille en péril. Damien et moi, nous devons apprendre à puiser une force nouvelle dans notre passion commune, avec l'espoir que le feu qui nous unit chassera l'obscurité et protégera tout ce qui nous est cher.

Cette romance est la suite de l'histoire de Damien Stark. Ne ratez aucun tome de cette saga romantique :

Délivre-moi
Possède-moi
Aime-moi

Retiens-moi
Protège-moi
Damien

CHAPITRE UN

Je me tiens sur la terrasse en bois de mon pavillon de plage, les notes joyeuses du *Rondo Alla Turca* de Mozart dans la tête. Le tempo enlevé de la musique en sourdine contraste fortement avec le calme relatif du Pacifique devant moi. En attendant, j'appuie du bout des doigts sur l'écouteur pour le remettre en place avant d'agripper à nouveau la balustrade. Les yeux tournés vers la mer, je m'imprègne de la beauté qui s'étend jusqu'à l'horizon et au-delà.

Il est à peine plus de dix heures et le ciel a déjà perdu les nuances orange et pourpres qui ont teinté ce début de matinée. À présent, il déploie sa couverture azurée sur la mer dansante qui étincelle dans la lumière éclatante du soleil.

Je m'y connais un peu en beaux-arts – en étant mariée à un homme comme Damien Stark, qui apprécie les arts et dispose des finances pour acheter tout ce qui lui plaît, c'est inévitable. Alors que j'admire ce paysage incroyable, deux pensées s'imposent à mon esprit. D'abord, aucun tableau ni aucune photographie ne pourra jamais capturer la majesté d'un tel panorama. Et ensuite, je suis plus heureuse que je ne l'aurais jamais imaginé. Chaque jour, je suis reconnaissante pour ce que j'ai, aux antipodes de l'horreur qu'était ma vie au Texas.

J'ai mes enfants. Ma maison. Mon travail. Mon paysage.

Et Damien, me dis-je avec un frisson de délice. Par-dessus tout, j'ai Damien. Mon mari, mon amant, mon cœur.

J'expire lentement en prenant le temps de savourer ce moment. C'est une belle journée, une journée décontractée, et j'ai l'impression de la mériter. Lors de notre voyage à San Francisco il y a quelques mois, Damien et moi avons connu une fêlure. Rien de grave – je crois qu'il ne pourrait jamais rien arriver d'insurmontable entre nous, et si cela devait advenir, la douleur d'une séparation me tuerait. Mais il m'avait caché des choses. Pour tenter de me protéger.

Un sourire ironique étire mes lèvres. Je comprends pourquoi il a fait cela, mais entre nous, les secrets ne fonctionnent jamais. Et maintenant, bien sûr, il me doit une revanche sur cette escapade ratée.

Je réfléchis aux dates auxquelles nous pourrions nous offrir une autre virée sur la côte quand Abby revient brusquement en ligne. À bout de souffle, elle s'exclame :

— Désolée ! Désolée ! Je ne pensais pas que ce serait si long. Débugger ce code, c'est la mort.

Ma société, Fairchild & Associés, conçoit et installe des logiciels d'entreprise ainsi que des applications web et mobiles – professionnelles, mais aussi de divertissement. Aujourd'hui, Abby s'arrache les cheveux sur *Assist' Maman*, l'application d'une simplicité trompeuse qu'elle a conçue : rappels aux parents, planification de rendez-vous, surveillance audio et vidéo, messagerie directe avec les baby-sitters et autres supports du même ordre, le tout dans une seule appli. Nous sommes en période de bêta-test depuis deux semaines et la date officielle de mise sur le marché approche à grands pas.

Naturellement, plus nous touchons au but, plus les pépins s'accumulent, mais Abby est excellente en programmation et elle a toujours surmonté chaque défi qui se présentait. Si elle rencontre des problèmes maintenant, c'est que ce morceau de code doit être sacrément coriace.

— Travis n'a pas pu t'aider ? demandé-je.

Travis est notre dernière recrue.

— Pas vraiment.

Le silence retombe, mais elle enchaîne :

— Il a tellement de pain sur la planche que je n'ai même pas fait appel à lui.

Je joins mes paumes, comme pour prier, et je me tapote le menton. J'hésite entre me taire et parler. Le silence est plus facile, mais il s'agit de ma société et je dois me comporter comme une adulte, même si ce n'est pas le cas de mes employés.

Associés, corrigé-je. Elle n'a que dix pour cent des parts, mais Abby est mon associée désormais. Je l'ai intégrée quand j'éprouvais des difficultés à jongler entre ma vie de chef d'entreprise et celle de nouvelle maman, et je ne le regrette pas. Non seulement cette fille est une informaticienne de génie, mais elle ne me baratine pas. Si elle me dit qu'elle sait faire quelque chose, c'est qu'elle en est capable. Si elle doute ou si elle commet des erreurs, elle ne me le cache jamais. Et elle ne se livre pas aux petites intrigues de bureau.

Ou du moins, elle ne l'a encore jamais fait.

Avec un soupir, je m'assieds sur le coussin d'une chaise de jardin. Je porte un bikini noir avec un chemisier simple et un grand foulard noué sur les hanches en guise de paréo. Il s'ouvre quand je m'assieds, révélant mes cuisses nues striées de cicatrices. Je m'empresse de croiser les jambes en remettant le foulard en place pour masquer ma peau exposée. Puis je m'efforce de me concentrer sur Abby. Ce n'est pas le moment de penser à mon passé, et encore moins au discours que je dois donner demain matin.

Uniquement à Abby.

— Bon, je t'envoie le code, me dit-elle. Et tu laisses ta magie opérer, d'accord ?

— C'est une option. Ou tu pourrais faire intervenir Travis. Si je me souviens bien, le débogage fait partie intégrante de sa fiche de poste.

J'entends bien l'intonation maternelle dans ma voix, mais c'est plus fort que moi.

— Et comme tu n'as toujours pas fait appel à lui, j'en déduis que tu es trop fière pour ça – ce qui n'est pas du tout l'esprit de cette société –, ou alors que tu restes bloquée par ce nuage noir entre vous. Et ce n'est pas un bon esprit non plus.

— Oh, et puis zut.

À mi-voix, elle lâche une série de jurons incompréhensibles qui ne me sont probablement pas destinés, puis elle prend une profonde inspiration.

— Nikki, je suis désolée, dit-elle en retrouvant le ton professionnel que je lui connais. Je ne voulais pas que nos histoires personnelles s'immiscent dans le travail.

Je passe les doigts dans mes cheveux tout en réfléchissant. Il me semblait bien avoir perçu des étincelles entre ces deux-là, les premières semaines après son arrivée. Maintenant, une tension désagréable s'est installée et ils ont du mal à travailler ensemble.

À contrecœur, je quitte ma chaise. Je sais ce que j'ai à faire, mais ça ne me plaît pas.

— J'ignore ce qui s'est passé, mais il y a un impact

évident sur ton travail. Le tien, Abby. Que je sache, Travis fait toujours ce qu'on lui demande. Si je t'ai prise comme associée, c'est parce que je t'en croyais capable. Tu vas devoir surmonter ce qui s'est passé entre vous.

— Je sais.

— La boîte est si petite que je n'ai jamais pensé à établir des règles pour les relations au sein de la société...

— Nous n'aurions jamais dû...

— ... *et* je ne pense pas que nous en ayons besoin. Mais je pourrais changer d'avis si vous ne réglez pas le problème, tous les deux.

Au fond, je ne suis pas beaucoup plus âgée qu'Abby – elle a vingt-cinq ans –, mais en ce moment, le gouffre est immense entre nous. J'ai vécu tant de choses, bonnes et mauvaises. À de nombreux égards, Abby a encore un vernis provincial, même si ça fait plusieurs années qu'elle est arrivée à Los Angeles pour ses études.

— Tu vas y arriver ? Ou faut-il qu'on se sépare de Travis ?

Je me mords la lèvre en espérant qu'elle ne se rendra pas compte de mon coup de bluff.

Heureusement, elle ne tarde pas à me répondre :

— Non... non, c'est un atout majeur. Et c'est sans doute mon... bref, peu importe. Enfin, je vais voir s'il peut nous aider sur cette section de code.

— Sur quoi travaille-t-il en ce moment ?

— Il passe en revue toutes les demandes de soutien technique reçues ce mois-ci sur les applis de smartphone et il répartit les corrections entre nos free-lances, s'il s'agit de bugs importants. Mais il devrait avoir le temps de m'aider. Et tu as raison. C'est le meilleur. Il y a de grandes chances qu'il trouve la solution.

Mon corps s'affaisse de soulagement. Je n'ai pas eu beaucoup de problèmes de management à gérer depuis que j'ai lancé mon entreprise – notamment parce que j'ai fait cavalier seul pendant longtemps – et je me félicite d'avoir réussi à contourner cet écueil.

Honnêtement, je n'aurais pas dû laisser la tension entre eux prendre de telles proportions. Mais c'est l'inconvénient de travailler dans ce pavillon, je passe moins de temps avec mes collègues que lorsque j'occupais un bureau à Studio City, ce qui signifie que je suis moins au fait de tout ce qui se passe entre mes employés.

L'avantage, bien sûr, c'est que je suis plus proche de la maison. À quelques pas, pour tout dire, étant donné que le pavillon où j'ai installé mon bureau depuis près de deux ans est situé au bas de notre terrain à Malibu.

Quand nous avons commencé à sortir ensemble – ou pour être exacte, quand Damien m'a payée un million de dollars afin que je pose nue sur un portrait désormais suspendu dans notre séjour du deuxième étage –, il avait presque terminé la construction de la splendide demeure où nous vivons aujourd'hui. À l'époque, et c'est encore le cas, le seul défaut que je trouvais à cette maison, c'était sa distance de la plage. Située à flanc de colline, elle offre une vue imprenable et tout le confort possible, depuis la piscine à débordement jusqu'à l'héliport. Mais pour se promener sur la plage, il faut d'abord descendre le chemin de gravier sinueux. Il ne suffit pas de franchir la porte pour avoir les pieds dans le sable, car même si la propriété est en bord de mer, la maison est reculée.

Voilà pourquoi mon mari, avec l'aide d'un architecte, a conçu le pavillon qu'il m'a offert en cadeau. Ce ne devait être qu'une extension de notre maison, mais aujourd'hui je m'en sers de bureau. C'est un arrangement formidable qui me permet d'être proche de nos filles, Anne et Lara, même quand je suis immergée jusqu'au cou dans un projet.

Mais cette période se termine dans quelques jours, comme Abby me le rappelle en posant sa prochaine question :

— Alors, je te retrouve au bureau ?

— C'est l'idée. Je veux que Travis, Marge et toi soyez contents des nouveaux locaux.

J'ai rendez-vous avec une journaliste dans une boulangerie voisine pour une brève interview dans à peine plus d'une heure. Ensuite, je déjeune avec ma meilleure amie, Jamie, avant de faire quelques courses et de visiter nos nouveaux bureaux.

— Ça me plaît, dit-elle. Tu sais, au début, je croyais que ça m'ennuierait. Après tout, travailler en pyjama toute la journée sans perdre de temps en trajets, c'est génial, mais je suis enthousiaste de retrouver un bureau. Je commençais à parler à mes moutons de poussière.

— Laisse tes drôles d'animaux de compagnie chez toi, lui dis-je. Par contre, nous pourrions peut-être accepter un code vestimentaire décontracté.

Abby accueille ma tentative d'humour par un gloussement inélégant, proche du reniflement.

— Je vais t'envoyer la liste de tous les projets en cours dès que nous aurons raccroché, me promet-elle. C'est une liste à rallonge. Tant mieux, parce que ça veut dire qu'on fait un boulot formidable.

— C'est vrai, n'est-ce pas ?

C'est justement parce que nous sommes formidables que nous devons louer des bureaux. J'ai vendu mes locaux initiaux peu après la naissance d'Anne, quand j'ai décidé de commencer à travailler dans le pavillon de plage. À l'époque, il n'y avait que moi, Abby et Marge – notre responsable administrative, secrétaire et figure maternelle.

Abby travaillait essentiellement de chez elle et Marge partageait son temps entre le télétravail et le pavillon.

À présent, Anne a presque deux ans, notre liste de clients s'allonge, nous avons une équipe solide de free-lances et nous envisageons d'embaucher au moins un autre programmeur à temps plein, un cadre commercial et un directeur du développement. Plus important encore, non seulement les revenus augmentent, mais ils sont en plein essor.

— Waouh, dit Abby.

— Quoi ?

— Je me demande si je sais encore me maquiller.

— Menteuse, dis-je, provoquant son éclat de rire. Tu te maquilles même pour aller faire les courses.

— Euh, c'est l'hôpital qui se fout de la charité.

Je n'ai aucune objection à opposer. J'ai fait de gros efforts pour me détacher des leçons de vie inculquées par Madame Elizabeth Fairchild, mais sur ce point, ma mère a gagné. Je n'ai jamais réussi à sortir de chez moi sans être sous mon meilleur jour.

— C'est pour ça que nous formons une bonne équipe.

— Mercredi, dit-elle, me rappelant la date de notre premier jour dans nos nouveaux locaux.

— Il y aura du gâteau.

— Dans ce cas, tu peux être sûre que j'arriverai à l'heure.

Je lève les yeux au ciel. Bien sûr, elle ne me voit pas.

— Dois-je demander à Travis de travailler sur les mises à jour Greystone-Branch ? demande Abby. Ou penses-tu que nous devrions attendre d'avoir embauché quelqu'un d'autre ?

— Ça peut attendre une semaine. Nous verrons comment se passent les entretiens de jeudi et vendredi.

Nous tâtons le terrain depuis quelque temps et nous

avons prévu de rencontrer cinq programmeurs potentiels dans nos nouveaux locaux ainsi que les candidats aux autres postes.

— Parfait. Oh, Marge et moi, nous viendrons au brunch. Travis aussi. J'ai hâte.

— C'est super.

Je déglutis, un peu coupable de ne pas les avoir personnellement invités. Il était prévu que la fondation Stark pour l'enfance envoie une invitation à tous mes employés – après tout, la société fait des dons réguliers à la fondation –, mais je n'avais pas vraiment réfléchi au fait qu'ils seraient présents dans le public pendant mon discours.

La perspective est intimidante et je me rassieds lentement sur la chaise. Une fois de plus, je crains d'avoir fait le mauvais choix. Ce samedi s'annonce redoutable.

— Nikki ?

— Désolée. La connexion était mauvaise. Tu disais que vous alliez tous venir ?

— Nous sommes impatients.

— Moi aussi.

C'est un mensonge. Ou du moins, en partie. Je suis enthousiaste. C'est un honneur de prendre la parole au brunch annuel de la fondation. Mais j'ai une frousse bleue.

Je m'apprête à couper la communication quand elle se racle la gorge et dit :

— Une dernière chose.

Au ton de sa voix, je suis sur le qui-vive, et j'hésite avant de répondre par un « oui » grave et prolongé qui laisse entendre que je flaire la mauvaise nouvelle.

— Non, non, s'empresse-t-elle d'ajouter. Ce n'est rien. Je voulais juste t'annoncer que nous avons reçu un nouveau

CV aujourd'hui pour le poste de programmeur. Brian Crane. Tu as déjà travaillé avec lui, non ?

Je fais la grimace et je me réjouis qu'elle ne puisse pas me voir. Brian travaillait avec moi chez C-Squared. Mon dégoût pour cette société vient du fait que le propriétaire, Carl Rosenfeld, était un parfait connard. La mauvaise image que j'avais de lui s'est répercutée sur mes collègues, mais ce n'était pas leur faute. Brian était déjà un excellent programmeur à l'époque et il doit être encore plus doué aujourd'hui.

— Envoie-le-moi, je vais y jeter un œil. Je suis curieuse de savoir ce qu'il devient.

Après m'avoir répondu qu'elle le ferait, elle raccroche et je prends une longue inspiration. *Brian Crane.* Cet homme ne m'intéresse pas spécialement, mais en revanche, le souvenir de Carl réveille en moi toutes sortes d'émotions, dont le mépris qui arrive en première place.

Mais je suis sûrement un peu injuste. Après tout, sans Carl, Damien et moi ne serions peut-être pas ensemble aujourd'hui.

Le téléphone sonne et j'appuie sur mon écouteur.

— Qu'as-tu oublié ? demandé-je, certaine qu'il s'agit d'Abby.

Mais ce n'est pas elle. C'est Damien.

— Oublié ?

Sa voix forte et sensuelle fait bouillir mon sang. Mon corps frémit avec intensité, comme s'il était debout juste devant moi, m'enveloppant de son regard ténébreux, faisant vibrer toutes mes terminaisons nerveuses. Je me rends compte que je viens de me lever, comme si sa voix m'avait hissée sur mes pieds.

— Je ne crois pas avoir oublié le moindre détail à ton sujet.

— C'est bon à savoir, Monsieur Stark.

Ma voix est éraillée, voilée par le désir. Et alors que la brise fraîche venue du large souffle sur ma peau soudain brûlante, mes tétons se contractent sous mon haut de bikini.

Même après toutes ces années – même après deux enfants, les nuits blanches et les caprices de bambins –, il suffit d'un mot de Damien pour me faire fondre. Parfois, je me demande si le désir qui bout à gros bouillons se contentera un jour de mijoter sagement, mais cela me semble impossible.

— Dis-moi à quoi tu penses, demande-t-il.

Je ferme les yeux et je l'imagine devant moi, grand, athlétique et autoritaire.

— Je pensais à toi. Tu devrais savoir que je pense toujours à toi.

— Alors, c'est quelque chose que nous avons en commun, Mademoiselle Fairchild.

— C'est *Madame Stark*, merci bien.

Je sais qu'il entend le sourire dans ma voix.

— Oui, c'est vrai. Et ça me plaît beaucoup. À quoi pensais-tu, exactement ?

— À cette première nuit chez Evelyn. Et même si Carl est une affreuse vermine, je me disais que si je ne travaillais pas pour lui ce soir-là, nous ne serions peut-être pas ensemble.

— Si, nous serions ensemble, dit-il d'un ton sans appel. En apprenant que tu étais à Los Angeles, je t'aurais cherchée. Sois-en certaine, Madame Stark. Nous étions faits l'un pour l'autre, Nikki. Toi et moi, c'était inévitable. Et c'est à peine si Carl Rosenfeld a joué un rôle dans notre vie commune.

La vérité dans ses propos m'arrache un soupir de

bonheur. Bien sûr, il a raison. Je sais que nous nous serions trouvés malgré tout.

— Et toi, à quoi pensais-tu ? demandé-je.

— Je me disais que ça fait plus de soixante heures que je ne t'ai pas vue, et qu'au moment où je rentrerai ce soir, on s'approchera dangereusement des soixante-dix heures.

— C'est bien trop long.

Damien est parti à Chicago mardi en début de matinée. Maintenant, nous sommes vendredi. Et bien qu'il soit rentré ce matin à Los Angeles par avion, il s'est rendu directement dans son bureau.

— Heureusement, j'ai une imagination très active et intuitive.

— Vraiment ?

En réaction à la chaleur de sa voix, j'ai la bouche sèche.

— Et qu'est-ce que tu imaginais ?

— Ma femme, nue, haletante et éperdue dans notre lit. Ma queue qui durcit quand je vois ses lèvres s'écarter et son dos se cambrer. Elle est à deux doigts d'exploser. Elle se presse contre mon visage tandis que je dévore son sexe magnifique.

— Mon Dieu, Damien.

Ma voix est tellement chargée de désir que j'ai du mal à prononcer les mots. Je serre les cuisses dans une vaine tentative pour atténuer le désir qui palpite entre mes jambes.

— Je veux que tu m'attendes. Mais pas à la maison. Je te veux pour moi tout seul.

Je hoche la tête sans un mot. C'est un peu ridicule étant donné qu'il ne me voit pas.

— Je te rejoindrai au pavillon, dit-il. Je veux que tu sois nue, penchée sur la balustrade. Je te baiserai par-derrière, les mains sur tes seins et le visage enfoui dans ta chevelure soyeuse. Je veux te sentir trembler sous mon corps, la peau en feu. Je veux t'entraîner lentement, te rapprocher du but sans jamais te faire basculer. Pas avant que le soleil disparaisse à l'horizon. Et quand les dernières lueurs orange et mauves éclateront dans le ciel, je te ferai jouir dans mes bras.

Les jambes en coton, je m'assieds à nouveau sur la chaise de jardin.

— Bon sang, Damien. Je crois que je viens de jouir.

Un ricanement grave me répond.

— Trois jours, c'est trop long. Je veux te posséder, Nikki. Marquer mon territoire. Ce soir, je prendrai ce qui m'appartient.

— Oui, murmuré-je. Oh, oui, je t'en prie.

— Et une fois que nous aurons retrouvé notre souffle, je veux marcher avec toi main dans la main jusqu'à la maison pour voir nos filles.

— Tu leur manques, dis-je, enveloppée dans une bulle de bonheur comme dans une couverture chaude et rassurante.

— Elles aussi, elles me manquent.

Un bruit sourd s'échappe de sa gorge.

— Avant, j'aimais voyager. Maintenant, j'ai l'impression de me couper un membre chaque fois que je pars.

— Nous aussi, lui dis-je. Bien sûr, je me débrouille.

J'ajoute avec légèreté :

— Comme hier soir, par exemple. Je n'étais pas seule dans notre lit.

— Ah bon ? Quelqu'un a négocié mon côté du lit ?

— Comme son père. Elle signera de formidables contrats d'affaires, plus tard.

Notre aînée, Lara, aura quatre ans dans deux semaines et c'est déjà une manipulatrice hors pair.

— Elle a dit qu'elle voulait me tenir compagnie pour que je ne sois pas triste de l'absence de Papa. Comment refuser ?

— Tu serais plus forte que moi si tu réussissais. Moi non plus, je n'aurais pas pu.

Pendant un moment, il se tait et le silence me pèse.

— Toutes mes filles m'ont manqué cette semaine.

— Toi aussi, tu nous as manqué. Atrocement. Faut-il vraiment que tu repartes la semaine prochaine ?

J'essaie de garder une voix détachée, mais je crains de connaître déjà la réponse, et elle ne me plaît pas.

Il rentre à Los Angeles à cause d'une série de réunions qu'il ne pouvait pas repousser. Mais si la crise de Chicago n'a pas été résolue, j'ai le pressentiment que je lui dirai encore au revoir à l'aéroport de Santa Monica dès lundi matin.

— C'est l'une des raisons de mon appel, en fait. Je voulais te prévenir que je récupérerai mon côté du lit la semaine prochaine. J'ai bien peur de décevoir ta petite compagne de nuit.

— Impossible, si ça veut dire que son père est de retour.

Je me sens mille fois plus légère maintenant que je sais qu'il ne repartira pas. En prenant conscience que j'ai mal aux joues à force de sourire, je me rends compte à quel point j'appréhendais un nouveau départ de Damien.

— Que fais-tu en ce moment ? demande-t-il.

— À part discuter avec mon mari ? J'étais au téléphone avec Abby juste avant que tu appelles. Et maintenant, je profite du paysage.

— Quelle coïncidence, dit-il. Moi aussi.

Je l'imagine debout devant l'immense baie vitrée de son bureau de luxe au dernier étage de la tour Stark. Son grand corps tonique, ses cheveux d'un noir de jais luisant dans la lumière du matin. Un gladiateur moderne en costume sur mesure, qui embrasse son domaine du regard.

— Tu es tellement belle, dit-il.

Il faut une minute à mon cerveau pour comprendre. Il ne regarde pas par la fenêtre. C'est moi qu'il regarde.

Je fais volte-face, tournant le dos à l'océan pour regarder à l'intérieur du pavillon. Mais il n'est pas là et quand je fronce les sourcils, déçue, son rire grave me traverse.

Les caméras de surveillance.

Je me tourne franchement vers l'une des caméras fixées au coin du toit. Je penche la tête et pose une main sur ma hanche.

— Tu n'as pas un empire à gérer ?

— C'est au programme de la journée. Pour l'instant, je me mets en condition avant de dominer le monde.

Il met l'accent sur le dernier mot et je darde sur la caméra un regard audacieux.

— Dans ce cas, Monsieur Stark, je suis impatiente de te voir ce soir. Quoique...

— Quoique ?

Je souris avec innocence.

— J'avais prévu de faire une petite promenade sur la plage avant de retrouver Jamie pour déjeuner. Prendre le soleil, me détendre. Tu sais...

— C'est une excellente idée pour décompresser.

— Oui, dis-je avant de me retourner pour lui présenter mon dos. Mais je ne suis plus certaine que ce soit le genre de décompression dont j'ai besoin.

Tout en parlant, je déboutonne ma chemise ample et je la laisse tomber sur la terrasse, révélant mon haut de bikini.

— Nikki...

— Tu m'as fait changer d'humeur, Damien. Maintenant,

je suis encore plus tendue. J'ai envie d'un autre genre de chaleur.

Je glisse la main dans mon dos et je détache le fermoir entre mes omoplates. À une main, je soulève mes cheveux blonds mi-longs tandis que, de l'autre, je tire sur l'une des ficelles sur ma nuque. Le nœud se défait et je le lâche, envoyant voler le haut de bikini sur le sable par-dessus la rambarde.

— C'est mieux, dis-je en entendant la respiration de Damien. Mais ce n'est pas encore suffisant.

Comme j'avais l'intention de marcher dans l'eau, je me suis habillée en fonction. Maintenant, je défais le nœud sur ma hanche et je laisse le foulard tomber sur la terrasse en bois.

— Nikki, fait-il d'une voix rauque vibrante de tension.

— Hmm ?

Je feins l'innocence en quittant mon bas de bikini, puis je fais un pas provocant pour me libérer du tissu tombé à mes pieds. À présent, je suis tournée vers l'océan, entièrement nue, dos à la caméra et face à l'étendue d'eau. Et des mètres de plage – sans promeneurs, bien heureusement. C'est l'un des avantages de cet emplacement. Une intimité absolue.

— Ce n'est pas ce que tu voulais ?

— Bon sang, Nikki. J'ai une réunion dans quinze minutes.

Je m'efforce de garder mon sérieux en me tournant vers la caméra.

— Ça tire un peu dans le pantalon ? demandé-je.

Ma voix exprime l'innocence la plus pure tandis que je laisse glisser ma main le long de mon ventre. Mes doigts se frayent un chemin entre mes cuisses. Comme j'ai pensé à Damien, je suis détrempée, et je ne peux retenir le gémissement de plaisir qui s'échappe de mes lèvres entrouvertes.

Je ferme les yeux alors que mes doigts dansent sur mon sexe humide, l'index de mon autre main dans ma bouche. Je le suce tout doucement avant d'effleurer mon téton du bout du doigt. J'étais déjà très excitée à l'idée du spectacle que j'offre à Damien, mais la sensation de la brise marine sur mes mamelons humectés me donne un frisson de plaisir.

— Tu m'as manqué. Et même si tu es rentré, tu es encore trop loin.

— Je peux être de retour dans quarante minutes. Encore moins si je prends l'hélico.

J'éclate de rire.

— C'est tentant. Mais je dois m'habiller et filer. Jamie m'attend.

— Quelle chance, dit-il. Je vais devoir attendre.

— Patience, Monsieur Stark.

— Ce soir, bébé.

Sa voix est éraillée. Brute.

— Tous les soirs, rétorqué-je.

— Oui.

Il prend une inspiration et ajoute :

— Je serai à la maison à dix-huit heures. En attendant, imagine mes mains qui te touchent.

Je ferme les yeux et il raccroche.

Comme toujours.

CHAPITRE DEUX

Je fredonne tout en remontant le chemin qui conduit du pavillon jusqu'à la maison. Il est presque onze heures. Je vais devoir me dépêcher de me changer et de me maquiller si je veux arriver à temps à mon interview. Mais je ne peux pas sortir sans voir les filles. Alors, au lieu d'emprunter l'escalier extérieur jusqu'à notre chambre du deuxième étage, j'entre dans la maison au rez-de-chaussée par la terrasse de la piscine.

Je contourne l'escalier en marbre flottant, point central du hall d'entrée de notre maison, puis je me dirige dans l'une des trois chambres d'amis avec salles de bain attenantes. Damien et moi, nous avons décidé que nous laisserions les filles avoir leurs propres chambres et salles de bain quand elles seraient adolescentes. À ce moment-là, je suppose que nous apprécierons de mettre un peu d'espace entre nos ados et nous.

Mais pour l'instant, les filles vont avoir deux ans pour l'une et quatre ans pour l'autre, et nous sommes heureux qu'elles se partagent la chambre située derrière la nôtre, au deuxième. Au début, c'était la plus petite de nos quatre chambres d'amis – cinq, si l'on compte la maison d'invités près des courts de tennis –, adjacente au dressing de notre chambre, mais elle est suffisamment grande pour y loger deux fillettes. Même des fillettes aussi énergiques que les nôtres.

Afin que leur chambre reste bien rangée, et parce que Damien a l'habitude de leur acheter des cadeaux volumineux, nous avons décidé de transformer l'une des chambres du rez-de-chaussée en salle de jeux. C'est plus pratique pour le tapis piano, la moquette de jeux et l'éléphant en peluche d'un mètre cinquante auquel Damien n'a soi-disant pas su résister.

Je lui ai souvent répété qu'il allait pourrir les filles, mais il ne semble pas s'en soucier. Ce sont ses petites princesses et c'est son rôle de papa de les gâter. En tout cas, c'est ce qu'il affirme.

Je les entends avant de les voir. Ou du moins, j'entends Lara. Sa voix théâtrale annonce :

— Non, non, Anne. Je vais te montrer.

Et les gloussements d'Anne suggèrent qu'elle suivra avec enthousiasme les ordres de sa grande sœur.

Bree, notre nounou, m'adresse un grand sourire quand j'entre dans la pièce, avant de reporter son attention sur le déjeuner qu'elle prépare sur la table des enfants. Lara ne prête aucune attention aux sandwichs au beurre de cacahuète et à la confiture, aux quartiers de pomme, aux biscuits et au lait. Les mains sur les hanches, elle fait la moue en se concentrant sur sa sœur, petit diablotin blond aux yeux écarquillés, debout à côté d'une table basse en plastique couverte de crayons et de dessins inachevés.

— Regarde-moi, d'accord ? Tu ne me quittes pas des yeux, ajoute Lara en imitant l'une de mes expressions de maman, sur une intonation parfaitement ressemblante. Tu vois ?

Ses cheveux noirs soyeux coiffés en queue de cheval balancent sous ses omoplates et rebondissent lorsqu'elle tend les mains au-dessus de sa tête, avant de tournoyer maladroitement sur ses pointes, les pieds dans deux petits chaussons de danse roses. En la voyant, j'en ai les larmes aux yeux. Il n'y a pas si longtemps encore, elle sortait de chirurgie et elle n'avait pas le droit de se tenir debout, encore moins sur les pointes.

À sa naissance, Lara souffrait de polydactylie, une maladie que nous connaissions quand nous avons découvert sa photo sur le site web d'une agence d'adoption chinoise avant d'entamer la procédure pour la ramener chez nous. Nous l'avons adoptée à l'âge de vingt mois et elle avait encore ses deux orteils supplémentaires, un à chaque pied, lorsque nous sommes arrivés à Los Angeles après notre long séjour en Chine. Comme les orteils en excès étaient gros et positionnés de telle sorte qu'elle ne pouvait pas porter de chaussures, l'un de nos premiers défis a été la chirurgie d'ablation.

Nous ne voulions pas que les premiers souvenirs de sa nouvelle vie avec nous soient teintés de douleur et de peur, alors nous avons attendu quelques mois avant de lancer la procédure, même si elle avait déjà dépassé l'âge recommandé pour cette opération – la majeure partie des enfants avec cette anomalie se font retirer le doigt en trop avant de commencer à marcher.

Nous ne regrettons pas d'avoir attendu, mais elle était déjà grande et pleine de vie au moment où le médecin a insisté pour qu'elle reste immobile. Déjà difficile pour un adulte, mais un cauchemar pour un bambin dynamique. La situation a été stressante pendant quelque temps, entre les colères d'enfant de Lara et les besoins d'Anne, encore nourrisson.

À présent, Lara est entièrement guérie, Anne est une fillette active et le chaos exubérant qui émane de cette pièce ne manque jamais de me donner le sourire.

— Maman ! s'écrie Anne.

Cette réaction aussi me fait chaud au cœur. Vêtue d'une tenue de princesse-fée, elle lève les mains en tournoyant comme Lara.

— Je danse ! dit-elle.

— C'est bien, Anne ! répond Lara avec sérieux. C'est très bien.

Elle se tourne vers moi avec un grand sourire plein de fierté.

— C'est moi qui lui ai appris !

— Bravo, dis-je en ouvrant les bras, accroupie pour étreindre mes deux petits anges. À toutes les deux.

— Tu m'as manqué, Maman !

Anne m'agrippe la jambe et je suis presque déstabilisée. Je compense en la prenant par la taille pour la suspendre, la tête en bas, en me levant.

— On peut jouer au Memory ? supplie Lara. S'il te plaît, Maman.

Ce jeu de mémorisation par association de cartes est son préféré du moment.

— Allez, s'il te plaît.

— Je ne peux pas, ma puce, dis-je en lui donnant ma main libre, tout en retournant Anne pour poser ses pieds par terre.

Les filles me suivent en trottinant.

— Je voulais passer voir mes petites chéries, mais je dois y aller. J'ai quelque chose à faire pour le travail, puis je déjeune avec Tante Jamie.

— Jamie ! s'écrie Anne en tapant dans ses mains.

— Tu la verras bientôt, ma puce. En attendant, je parie que Mademoiselle Bree jouera au Memory avec vous après le repas. Ça a l'air bon. Je suis jalouse.

C'est presque vrai. Pour les cookies au chocolat, du moins. Depuis que je fais du sport plus régulièrement, je surveille mon alimentation. Je n'ai pioché dans ma réserve de Milky Ways glacés qu'une seule fois ce mois-ci. Et c'était uniquement parce que Damien me manquait.

— Au Memory ? dit Bree d'un air absent, accroupie au sol. Oh, oui. Bien sûr.

— Bree ?

Après avoir servi le repas, elle a entrepris de coller un ruban adhésif bleu par terre. Maintenant, la ligne colorée forme le côté d'un rectangle tracé à environ un mètre cinquante du mur, et je ne peux m'empêcher de me demander si c'est ce projet – quel qu'il soit – qui la déconcentre. Parce qu'une chose est sûre, elle est déconcentrée.

— Désolée, me dit-elle en retrouvant sa voix douce habituelle. Je pensais à autre chose. Bien sûr, Mademoiselle Bree se ferait un plaisir de servir à déjeuner à toutes les femmes de la famille Stark. Ou rien que des biscuits pour les adultes, ajoute-t-elle en souriant.

— C'est tentant. Mais non.

— Des biscuits ! s'écrie Lara en tapant frénétiquement dans ses mains.

Naturellement, Anne l'imite.

Je les installe à table en leur recommandant de garder les biscuits pour la fin, puis elles entament le repas tandis que Bree se lève, écartant de ses yeux une mèche de longs cheveux noirs. Avec une mère Cherokee et un père juif, Brianna

Bernstein est magnifique. Un teint d'olive, des pommettes hautes et des yeux noirs d'une profondeur infinie. Même dans un moment comme celui-ci, barbouillée de craie colorée après s'être traînée par terre, elle est fraîche et fringante.

Je suis convaincue que Bree est la meilleure nounou possible. Nous avons eu de la chance avec elle et je redoute le jour où elle partira. Un triste jour qui arrive vite. Pour elle, c'est formidable, car elle reprend ses études. Mais pour moi, c'est terrible. Non seulement Bree est géniale avec les enfants, mais elle m'aide beaucoup à la maison. Et surtout, c'est devenu une amie.

J'ignore comment je la remplacerai et je remets toujours mes recherches au lendemain. Sans doute parce que je suis en plein déni.

— Dis-moi, qu'est-ce que tu fais ? demandé-je pour me changer les idées.

Après avoir ajusté le ruban adhésif, elle lève la tête.

— Je ne...

Puis elle s'interrompt en secouant la tête :

— Désolée. Le sol. Évidemment.

Je me renfrogne. Bree a toujours été au top de sa forme, et pourtant aujourd'hui elle a l'air un peu à plat. Je ne compte rien dire – après tout, on a tous des jours sans –, mais je m'entends demander :

— Est-ce que ça va ?

— Oh, oui. Tout à fait.

Sa réponse est un peu trop guillerette.

— Je suis juste fatiguée, c'est tout.

Elle se tourne vers Lara et, alors que je suis son regard, Bree parvient à se ressaisir.

— Notre petite demoiselle se prépare pour son grand spectacle après le dîner. Apparemment, je suis metteur en scène. Et ma patronne me mène à la baguette, ajoute-t-elle avec un sourire amusé.

— Mademoiselle Bree ! s'exclame Lara. C'est un secret.

— Oups. Désolée.

Elle rougit et je fronce les sourcils. Elle est avec nous depuis la naissance d'Anne, et en deux ans, je ne l'avais encore jamais vue enfreindre les règles de l'un de ses jeux avec les filles.

— Maman ! N'écoute pas.

Lara plaque ses mains sur ses oreilles.

— Écouter quoi ? Je n'ai rien entendu.

J'adresse un immense sourire à ma petite fille, mais je pense toujours à Bree. C'est ridicule de s'inquiéter. Bien sûr qu'elle est fatiguée. Moi, je n'ai qu'une nouvelle nounou à trouver, mais elle, elle doit déraciner toute sa vie, déménager à l'autre bout du pays et plonger dans le grand bain universitaire. Qui ne serait pas un peu déphasé à sa place ?

Certaine d'avoir trouvé l'explication, je chasse mes préoccupations et je me concentre sur Lara.

— Je n'ai pas droit à un petit indice sur ce que vous mijotez toutes les trois ?

Lara secoue la tête d'un air altier, pinçant ses lèvres tachées de chocolat tout en serrant le reste de son biscuit dans sa main. Anne, en revanche, glousse en applaudissant, faisant rebondir ses boucles blondes.

— Danser ! On va danser !

Lara lève ses grands yeux marron au plafond, tellement exaspérée que je dois garder la tête basse et les yeux sur mes chaussures pour me retenir de rire.

N'y tenant plus, je lève la tête et je souris à ma fille aînée.

— Je suis juste venue vous faire des câlins avant de retourner au travail. Venez faire un bisou à Maman.

Je m'agenouille et elles accourent. Les attirant dans mes bras, je les couvre de baisers et de chatouilles jusqu'à ce que mes deux filles poussent des cris et de grands éclats de rire.

Elles sont très différentes, tant par le physique que par la personnalité. Les cheveux blonds et la peau claire, Anne est d'un caractère calme et réservé, même si ses moments de frénésie propres aux enfants de son âge nous occupent largement. Adulte, je l'imagine diriger un laboratoire et endosser de grandes responsabilités tout en faisant preuve de concentration et de patience.

En contraste, Lara a les cheveux noirs et la peau dorée qui reflètent son héritage chinois. Plus extravertie qu'Anne, Lara pourrait bien devenir actrice. Ou femme politique. Présente sur le devant de la scène, pleine d'assurance et de force, parfaitement à son aise au centre de toutes les attentions.

En ce moment, mes filles s'entendent bien, sans doute parce qu'elles se complètent. Damien et moi, nous croisons les doigts pour que cette bonne ambiance perdure.

Je m'écarte pour regarder leurs doux visages.

— Bon, mes princesses. Qui sera gentille avec Mademoiselle Bree aujourd'hui ?

Elles lèvent toutes les deux la main et je leur tape dans la paume avant de sourire à Bree. Elle semble aller mieux.

— As-tu besoin de quelque chose avant que je sorte ?

— Non. Tout va bien. Pas vrai, les filles ?

Lara hoche la tête, puis elle lève les mains au ciel et exécute une pirouette maladroite. Elle s'arrête, fait la révérence et prend les deux mains d'Anne pour l'entraîner vers le tapis de jeux, où elles tombent l'une contre l'autre en gloussant et en remuant.

Les yeux pétillants de Bree croisent les miens.

— Souhaite-moi bonne chance. Le chocolat, c'était peut-être une erreur.

— Peut-être.

Je ne peux m'empêcher de rire.

— Bonne chance avec toute cette énergie.

Un soupir de tendresse m'échappe quand je regarde mes enfants.

— Je te remplacerais bien, mais j'ai une interview. Et puis, ça fait une éternité que je n'ai pas vu Jamie, et apparemment elle a dû soudoyer quelqu'un pour avoir une réservation dans ce nouveau restaurant de Santa Monica.

— Tu vas à Surf's Up ? Il paraît que c'est formidable. Je suis tellement jalouse.

— Vraiment ?

Mes attentes pour le déjeuner remontent en flèche. On ne le devinerait pas d'après les sandwichs que Bree a préparés pour le repas des filles, mais c'est un vrai gourmet et une excellente cuisinière. Et si elle dit qu'un restaurant est bon, ce n'est pas rien.

— Dans ce cas, je te ferai un compte rendu détaillé. Et je rentrerai avant Damien, c'est sûr.

— Pas de problème. Vous restez ce soir, tous les deux ? Parce que je me disais que je pourrais... je ne sais pas, sortir en boîte ou faire quelque chose avec des amis.

Le rouge lui monte aux joues.

Je suis en train de chercher mes clés de voiture dans mon sac à main, mais je m'interromps pour lui dire :

— Pour l'amour du ciel, est-ce que tu me demandes vraiment la permission de sortir un vendredi soir ? Tu sais que tu es libre, sauf les rares fois où on t'impose un baby-sitting de dernière minute.

— Je sais. Mais disons que...

Elle hausse les épaules sans terminer sa phrase.

— Je crois que je me sens coupable. C'est vrai, étant

donné que je pars bientôt... s'empresse-t-elle d'ajouter.

Je secoue la tête avec détermination.

— Tu n'as pas à culpabiliser de suivre tes rêves.

Elle a été acceptée en école de journalisme et elle espère commencer sa carrière par des critiques gastronomiques et une spécialisation dans le domaine culinaire.

— Tu sais combien nous sommes fiers de toi, Damien et moi.

Elle se rembrunit en se tordant les mains. Ses épaules se soulèvent et s'affaissent.

Je fronce les sourcils, inquiète, quand un frisson me traverse.

— Bree ?

Ses yeux déjà immenses s'agrandissent encore plus.

— Excuse-moi. Vous allez tellement me manquer.

— À nous aussi, dis-je avec sincérité. Mais New York, par avion, ce n'est pas loin. Et l'avantage, c'est que tu connais quelqu'un qui possède un avion.

Comme je l'espérais, elle sourit.

— Je te prends au mot.

Je me lève et les filles détalent pour aller jouer tandis que je rejoins la scène tracée par Bree.

— Bon, et ces amis dont tu parles. Je peux avoir un indice ?

Il me semble bien qu'elle ait rougi tout à l'heure.

— Tu ne sors pas avec Kari ce soir ?

— Non, pas Kari, admet-elle.

C'est sa meilleure amie, directrice chez Upper Crust, ma boulangerie préférée à Malibu où j'ai rendez-vous pour mon interview.

— Mais c'est elle qui me l'a présenté, ajoute-t-elle avec un sourire en coin. Rory Claymore. Ce n'est pas un beau nom, ça ?

— On dirait qu'il sort tout droit d'un roman d'amour écossais.

Elle affiche un grand sourire.

— Jusqu'à présent, je dirais que c'est le cas.

— Brianna Bernstein. Je suis sous le choc.

— Tu plaisantes ! rétorque-t-elle.

Nous éclatons de rire et je soulève Anne, qui est revenue s'agripper à l'ourlet de mon paréo de fortune.

— Depuis combien de temps sortez-vous ensemble tous les deux ?

— Pas longtemps. Ce sera notre troisième rencard. Mais nous avons échangé beaucoup de textos, tu vois.

Je songe à tous les messages délicieusement coquins que m'envoie Damien et je réprime un sourire plein de sous-entendus.

— Et comment Kari le connaît-elle ? Que fait-il dans la vie ?

On dirait une vraie mère poule. Parfois, je m'agace moi-même.

— Il est responsable clientèle dans une société financière, au centre-ville. Je ne me rappelle plus laquelle. C'est un client régulier. Il fréquente Upper Crust depuis un moment et ils en sont venus à bavarder. Tu sais comment ça se passe.

— Alors, c'est elle qui vous a arrangé le coup ?

— Il a d'abord fallu qu'il lui tende la perche. D'après Kari, il m'avait repérée depuis longtemps avant de se lancer et de lui demander de nous présenter.

— Eh bien, je suis très contente pour toi.

Son sourire devient timide et elle ajoute :

— C'est encore nouveau entre nous. Mais j'ai bon espoir.

Un nuage assombrit son visage.

— Je me demande bien pourquoi. Je vais déménager à l'autre bout du pays.

— Bree...

— Je sais, je sais. Je m'inquiéterai de ça le moment venu. En attendant, dit-elle en prenant Anne dans mes bras, je connais deux petites filles qui ont un spectacle à répéter. Et toi, tu dois te changer pour aller à Upper Crust.

Je consulte ma montre.

— Oui, c'est vrai.

J'ai rendez-vous avec une journaliste de la région, Mary Lee, dont la rédactrice en chef m'a appelée à mon bureau il y a quelques semaines. Apparemment, elle souhaite m'interviewer pour un magazine sur les mères chefs d'entreprise en Californie du Sud.

— Soyez sages avec Mademoiselle Bree.

Je me baisse et tends les bras à Lara.

— Sois sage, Maman ! dit-elle avant de me planter un baiser mouillé sur la joue.

Je la serre contre moi, puis je prends Anne que Bree vient de reposer au sol. Je fais pleuvoir des baisers sur ses joues avant de la libérer dans la salle de jeux.

Je devrais me dépêcher, et pourtant je me lève lentement pour profiter de la joie qui inonde cette pièce, au cœur de cette maison extraordinaire. Je souris à mes filles, leurs petits visages encore poisseux et barbouillés de chocolat, qui lèvent vers moi leurs yeux remplis d'amour, faisant gonfler mon cœur et monter mes larmes. Parce que je n'ai jamais connu cela. Ma mère ne m'a jamais regardée avec une affection aussi authentique. Elle n'a fait que m'utiliser dans ses propres intérêts. Je n'étais pas sa fille, mais un parfait petit trophée qui valorisait le nom d'Elizabeth Fairchild à chaque couronne et à chaque concours de beauté remporté.

Jamais.

Ce mot tranchant et brutal me blesse, mais je repousse ma colère et je m'efforce de rester concentrée.

Ma mère est sortie de nos vies avant notre départ pour la Chine et notre rencontre avec Lara. Elle n'a jamais vu ses petits-enfants et je n'ai aucun regret. La plupart du temps, je ne pense même pas à elle, et c'est un grand soulagement.

Mais depuis que cette interview est prévue, Elizabeth Fairchild est revenue dans mes pensées. En regardant les boucles blondes d'Anne, je me retrouve au même âge. À deux ans, elle me forçait déjà à marcher avec un livre sur la tête et tout mon temps libre se déroulait en concours de beauté et leçons afin que mon « talent » soit découvert. Après tout, je devais mettre tous les atouts de mon côté.

Je suis certaine que Mademoiselle Lee va m'interroger sur mes enfants et sur ma mère. Même si elle m'en parle, je ne suis pas obligée de lui répondre, et j'ai déjà décidé que je ne le ferais pas. Je ne vais pas débiter des banalités sur mon enfance ou mentir en disant que tout était beau et rose.

Et je compte encore moins dire la vérité. Je suis disposée à communiquer avec la presse, mais j'ai mes limites.

Si elle veut évoquer ma relation avec ma mère, elle peut effectuer ses propres recherches. Les paparazzis en ont déjà déterré des bribes dans le passé et je n'ai aucun moyen d'effacer ces articles et mentions sur les réseaux sociaux. Mais je refuse de lui raconter mon histoire.

Il y a longtemps, Damien et moi avons décidé qu'avec nos enfants, nous recommencerions à zéro. Pas de Jeremiah Stark. Pas d'Elizabeth Fairchild. Nous faisons table rase de leurs manipulations. Nous rejetons leurs manigances.

Il n'y a que moi, Damien et les filles. Nous sommes unis. Une famille.

Et nous avançons dans une seule direction : en avant.

CHAPITRE TROIS

Même si notre maison est spectaculaire, ce que je préfère dans la vie à Malibu, c'est la proximité d'Upper Crust, un café boulangerie en front de mer. À mes yeux, c'est la définition du paradis.

Ancienne maison convertie, la boulangerie se dresse sur un rocher qui affleure, non loin de la Pacific Coast Highway. Contrairement à mon habitude, en tournant sur le parking au volant de Coop, ma Mini Cooper décapotable rouge cerise, je ne me dirige pas vers le drive pour mon café et mon muffin. Je me gare sur l'un des rares emplacements, je sors de la voiture et je rejoins la porte.

Le carillon retentit lorsque j'entre, et je m'arrête sur le seuil pour sentir les effluves de pâte à pain et de café. Upper Crust est réputé pour sa variété de pains frais et de muffins ainsi que pour ses propres mélanges de cafés aromatiques.

Comme je l'ai dit – le *paradis*.

Je ne suis pas la seule à le penser et il y a déjà sept personnes dans la file d'attente. Je parcours mes emails en attendant mon tour. J'ai dix minutes d'avance pour l'interview. Je m'apprête à envoyer un message à

Mademoiselle Lee pour lui demander ce qu'elle veut quand je me rends compte que je n'ai jamais communiqué directement avec elle. C'est sa rédactrice en chef qui a toujours joué les intermédiaires.

Les sourcils froncés, je balaie les clients du regard en me demandant si l'un d'eux pourrait être la journaliste. Mais personne ne porte de dictaphone ni de carnet à spirales. Et surtout, personne ne semble me chercher.

Et elle doit forcément savoir à quoi je ressemble.

Elle ne m'a toujours pas contactée lorsque j'arrive au comptoir. À tout hasard, je commande deux cafés au lait écrémé et deux muffins aux myrtilles. Dans le pire des cas, j'aurai une double dose de caféine et un muffin supplémentaire à emporter.

J'attends mon tour avec le reste des clients, puis je récupère les boissons et les muffins et je sors m'installer sur la terrasse en bois. Construite sur les mêmes rochers que la boulangerie, la terrasse s'avance au-dessus de la plage. Un escalier en bois descend jusqu'au sable sec et au-delà, sur le sable humide et compact où s'avancent les vagues, régulières et incessantes.

C'est peut-être parce que j'ai grandi à Dallas, sans accès à la mer, toujours est-il que je ne me lasse jamais de contempler les vagues et les surfeurs qui affluent à Malibu pour les dompter. En ce moment, j'observe un jeune d'environ seize ans qui s'éloigne dans l'eau en pagayant avec ses mains, avant de se hisser avec aisance sur la planche. Craignant qu'il tombe, je retiens mon souffle. Soudain, quelqu'un tire une chaise à côté de moi et j'étouffe un petit cri.

— Madame Stark ?

C'est une femme élancée, d'à peine cinq ans de plus que moi, le visage neutre, des yeux d'un gris délavé et un sourire si crispé qu'elle a dû le répéter devant le miroir pendant des heures.

Elle est nerveuse, sans doute. Si elle n'aime pas discuter avec des inconnus, je me demande pourquoi elle a choisi une carrière dans le journalisme.

Comme je suis incapable de répondre à cette question, je me concentre sur mon sourire chaleureux et je l'accueille en désignant la chaise en face de moi.

— Appelez-moi Nikki, je vous en prie. Vous devez être Mary. C'est un plaisir de vous rencontrer.

Elle s'assied, manifestement plus détendue, et elle accepte avec reconnaissance le café et le muffin que j'ai achetés pour elle.

— Depuis combien de temps êtes-vous journaliste ?

Ma question fait mouche. Elle me dit que cela a toujours été son rêve. Qu'elle a travaillé dans tous les journaux publiés par ses différentes écoles jusqu'à l'université.

— Mais je n'ai pas continué ensuite. Plus tard, quand je me suis rendu compte que je le regrettais beaucoup, j'ai commencé à vendre des articles en tant que pigiste.

Elle hausse modestement une épaule.

— Maintenant, j'ai des missions régulières.

— C'est merveilleux.

Et je suis sincère. Je suis toujours impressionnée par les gens qui travaillent dur pour réaliser leurs rêves.

— Oui.

Elle se tourne sur son siège pour regarder derrière elle en direction de la côte.

— Je pensais que nous verrions votre maison d'ici, mais elle est cachée par les collines.

— Il faut rouler un peu sur les routes sinueuses, mais par la plage ce n'est pas loin. Damien et moi venons parfois ici à pied le week-end.

— Je ne me doutais pas que votre maison était si proche. J'aimerais beaucoup la voir. Pour l'article, naturellement.

— Oh.

J'y réfléchis.

— Nous préférons ne pas recevoir la presse chez nous. Mais nous pouvons nous promener jusqu'au pavillon de plage. J'en ai fait mon bureau pendant deux ans et il y a toutes sortes de jouets éparpillés partout qui prouvent que je suis une maman active.

Comme elle semble trouver l'idée formidable, nous laissons les tasses et les assiettes en céramique sur la table avec un pourboire, puis nous descendons les marches.

Nous nous déchaussons et nous posons le pied dans le sable épais, nos chaussures à la main. Une fois au bord de l'eau, nous marchons plus facilement. J'ai une jupe portefeuille et je me réjouis de ne pas porter de pantalon, car mes chevilles seraient trempées par les vagues qui essaient de me faire glisser en clapotant autour de mes pieds.

Nous avons beau marcher lentement, nous ne mettons que dix minutes pour atteindre le pavillon. Au sud, il est longé par une étroite route bétonnée que la ville utilise pour le ramassage des ordures ainsi qu'un accès d'urgence à la plage. Le chemin remonte jusqu'à la route principale qui dessert la maison, bordé par une clôture en fer repeinte chaque mois pour prévenir la rouille.

Il n'y avait pas de garage au pavillon, mais lorsque j'y ai installé mon bureau, nous avons reculé une partie de la clôture, créant un parking grillagé rectangulaire à côté de la route, suffisamment vaste pour contenir quatre voitures. Pour accéder à la maison, il faut saisir le code au portail, puis rejoindre la porte d'entrée un peu plus loin. Le visiteur peut aussi descendre sur la plage, tourner à droite et remonter dans le sable jusqu'aux marches en bois conduisant au premier étage, le niveau principal du pavillon.

C'est par là que nous entrons, Mary et moi. Cette entrée est accessible depuis la plage, mais une multitude de caméras de sécurité surveillent les marches. Quant à pénétrer dans le pavillon... eh bien, c'est encore plus difficile étant donné qu'il faut un premier code, puis un autre afin de désactiver les alarmes de sécurité qui se déclencheraient en moins de soixante secondes.

Dès que j'appuie sur le dernier bouton pour désactiver le système, les lourds volets métalliques bloquant toutes les fenêtres s'enroulent dans leurs alcôves, laissant la lumière envahir la vaste pièce à vivre.

— Oh, mon Dieu. Comme c'est charmant.

Mary entre derrière moi.

— C'est tellement chaleureux et lumineux.

— C'est l'un de mes endroits favoris. Je vais vous faire visiter, puis nous pourrons discuter sur le toit-terrasse.

Je la conduis dans le pavillon. Avec son téléphone, elle prend en photo la cuisine et la chambre qui tient lieu de salle de jeux pour les filles.

— Et votre bureau ?

— Il y a des meubles de classement dissimulés dans les boiseries de l'îlot central, lui dis-je. Et j'utilise la table de la cuisine comme espace de réunion quand je reçois mon équipe. Pour l'instant, nous sommes quatre, alors il y a suffisamment de place. Asseyez-vous pendant que je prépare des cafés que nous emporterons en haut.

J'allume la cafetière avant de me pencher pour ramasser le jouet en caoutchouc qui est apparu lorsqu'elle a tiré l'une des chaises.

— Vous voyez... maman active.

Je lui adresse un sourire amusé qu'elle me fait le plaisir de me retourner. Cette organisation me convient parfaitement, mais en me mettant à sa place, je me rends compte que ce doit être plutôt inattendu pour la femme d'un milliardaire – ou pour une femme à la tête d'une société qui frôle le million de dollars de recettes nettes annuelles.

— Je travaille essentiellement sur ordinateur portable.

Je me sens obligée de me justifier et je me demande bien pourquoi je me sens si mal à l'aise.

Cette interview a pour objectif d'expliquer ma vie de chef d'entreprise et de mère. Les jouets éparpillés ne font qu'ajouter une touche d'authenticité à l'expérience.

— Alors, comment avez-vous commencé ?

Pendant un moment, la question reste en suspens. Puis elle part d'un rire nerveux.

— Je veux dire, comment avez-vous décidé de vous lancer dans cette entreprise ? Je ne pense pas que ce soit nécessaire de reparler du tableau.

Ses lèvres esquissent un sourire qui se veut sans doute avenant, mais qui me donne le frisson.

— C'est vrai, ajoute-t-elle, *tout le monde* connaît cette histoire.

— Oui.

Je me rappelle très bien le jour où j'ai été abordée par des journalistes qui m'ont assommée de questions intrusives et affreusement salaces sur le million de dollars que Damien m'avait payé pour poser nue.

— Oui, c'est vrai.

— Regrettez-vous cette décision ?

— Absolument pas.

Je prends une inspiration avant de lui tourner le dos. Je

rince soigneusement la cafetière, mais j'en profite surtout pour réfléchir.

— C'était une transaction parfaitement acceptable, dis-je en me tournant vers elle tout en versant de l'eau dans la machine. Et le portrait est très artistique. En fin de compte, cela m'a permis de créer Fairchild Development. Si je n'avais pas posé, j'aurais dû attendre des années avant de pouvoir le faire.

Elle hoche lentement la tête.

— Et si vous n'aviez pas épousé Monsieur Stark ? Pensez-vous que vous regretteriez ce tableau ?

C'est une question si étrange que j'ai presque envie de ne pas y répondre, mais elle a l'air très sérieuse et je me dis qu'elle essaie simplement de laisser la conversation suivre son cours au lieu de me poser les questions qu'elle a préparées.

Et puis, ça ne change rien à ma réponse.

— Non. Aucun regret. Comme je l'ai dit, le tableau a été peint avec goût et notre négociation était claire. À l'époque, je n'avais aucune raison de croire que je deviendrais un jour Madame Damien Stark.

— Eh bien, votre destin était tout tracé, dit-elle joyeusement. Mais je suis ici pour la suite de l'histoire. Comment vous avez développé votre entreprise, affûté vos compétences. Et, ajoute-t-elle en repoussant sa chaise pour se lever, j'aimerais foutrement savoir en quoi acheter un enfant en Chine et faire naître un bébé que vous confiez à une nounou vous donne le droit de vendre une application censée aider les mères. *Assist' Maman ?* Pitié. Vous ne connaissez rien à rien au rôle de mère !

J'ai la bouche desséchée. Mon cœur bat si fort dans ma poitrine que je crains de me fêler une côte. Je suis persuadée qu'elle l'entend et j'ai du mal à me concentrer tant le vacarme est assourdissant.

Déterminée, je garde un visage impassible. J'y concentre toutes mes forces. Je dois cacher mes émotions. Je dois rester parfaitement neutre, comme ma mère me l'a toujours appris. Parce que jamais, au grand jamais, personne ne doit voir votre souffrance. Cela leur permettrait de vous frapper une fois que vous êtes à terre.

— Il est temps que vous partiez.

J'entends les trémolos dans ma voix et j'ai les jambes en coton.

— Tout de suite, ajouté-je en glissant le doigt sous le plan de travail en quartz pour appuyer sur le bouton d'alarme que Damien a insisté pour faire installer.

— Oh, c'est déjà terminé ? dit-elle avec un sourire insolent avant de pincer les lèvres dans une moue exagérée. Je crois que j'ai tout ce qu'il me faut. Et ne vous inquiétez pas. Je prendrai soin de vous envoyer une copie de mon article. Tout chaud sorti des presses.

Je reste derrière l'îlot central, les muscles tendus et prête à bondir si elle ose s'approcher. Elle n'en fait rien. Au lieu de ça, elle pose la main sur la porte et la pousse. Elle sort sur la terrasse en bois au moment où la voiturette du gardien s'arrête dans un crissement de pneus sur la route de service en béton.

— Ne bougez pas ! l'entends-je crier d'une voix forte.

Je ne peux pas le voir depuis la cuisine, mais je sais qu'il a une arme braquée sur elle.

— Madame Stark. Avez-vous besoin d'aide ?

— Tout va bien ! réponds-je.

Les yeux de la femme me transpercent à travers la porte ouverte.

— Veuillez raccompagner Mademoiselle Lee hors de la propriété.

— C'est agréable d'avoir une garde rapprochée qui obéit au doigt et à l'œil. Comme n'importe quelle maman ordinaire.

— Qui êtes-vous ?

Ma colère gronde, prenant le pas sur ma peur. Je me dirige vers elle. Au moment où je mets le pied sur la terrasse, elle répond :

— La personne la plus dangereuse sur cette planète, me dit-elle. Une journaliste aux intentions cachées.

— Quelles intentions ?

Elle ouvre de grands yeux.

— Mais enfin, Madame Stark. N'est-ce pas évident ? *Vous.*

Sur ce, elle dévale les marches d'un pas léger en agitant la main en direction du gardien.

— Pas besoin de m'accompagner, mon chou. Je connais la sortie.

Peter, le gardien, me regarde. Je hoche silencieusement la tête avant de refermer les bras autour de mon buste pour apaiser mes tremblements. Elle peut repartir par où elle est venue, bon débarras ! Après tout, c'est une plage publique et elle ne m'a rien fait. Elle ne m'a pas menacée ouvertement ni même fait preuve de violence.

Ou du moins, c'est ce que je me dis.

En fin de compte, elle s'est simplement montrée insultante. Mais elle a fait vibrer la corde sensible, celle que je pensais pourtant avoir surmontée.

Et c'est ce qui me fait le plus peur.

CHAPITRE QUATRE

Rachel m'adresse un sourire compatissant derrière le bureau en bois verni de la réception, au cinquante-sixième étage de la tour Stark.

— Je suis vraiment désolée, Nikki. Il n'est pas là.

Frustrée, je me pince l'arête du nez en jetant un œil vers la double porte fermée donnant sur le bureau de Damien. J'ai réussi à me ressaisir et à prendre la voiture pour venir depuis Malibu jusqu'au centre-ville, mais je tremble encore. Je comptais sur les bras de Damien, sur son corps contre le mien. J'avais envie que ses baisers me renforcent, mais à présent que mes plans sont tombés à l'eau, je suis à court de ressources.

Avec une nonchalance feinte, je hausse une épaule et soupire.

— Je voulais lui faire une surprise.

— Honnêtement, je suis étonnée de vous voir.

Elle penche la tête et la pointe de sa queue de cheval effleure son épaule. Ses yeux noisette rencontrent les miens.

— Vous n'aviez pas une interview aujourd'hui ? Vous ne pouvez pas avoir déjà terminé.

— Oh si, c'est bien terminé. Croyez-moi.

Rachel fronce les sourcils et je reviens sur ce que j'ai dit. Je n'ai pas du tout envie d'en parler. Pas avec elle. Et peut-être même pas avec Damien. Une journaliste s'est comportée comme une garce avec moi. Une garce avec un petit côté diabolique, bien sûr, mais le pire, c'était son attitude. Et honnêtement, si je me laisse émouvoir par tous les journalistes détestables qui croisent mon chemin, alors je n'ai pas ma place aux côtés d'un homme comme Damien.

— Encore une interview barbante, dis-je en agitant la main d'un air désinvolte. Une journaliste poussive avec une liste de questions qu'elle suivait à la lettre. C'est difficile, parce qu'on ne peut même pas faire la conversation.

De toute façon, je n'aurais pas voulu discuter avec Mary Lee, mais c'est un mensonge sans conséquence qui m'évite de devoir révéler ce qui me trouble vraiment.

— Comme nous avons terminé plus tôt, j'ai un peu de temps avant de retrouver Jamie pour le déjeuner, alors je suis passée voir mon mari. Ça fait si longtemps... Je commence à oublier à quoi il ressemble.

— Comme si on pouvait oublier cet homme. Désolée, dit-elle en levant une main. Je sais que c'est votre mari et mon patron, mais sérieusement. Nous savons toutes les deux que j'ai raison.

— C'est vrai, dis-je, heureuse qu'elle ait réussi à me faire rire.

— Vous vouliez le surprendre. C'est dommage d'avoir fait ce grand détour pour rien, à moins que votre déjeuner soit au centre-ville.

Je confirme ses soupçons en admettant :

— Non, à Santa Monica.

Elle soupire, comme si je faisais peser un fardeau sur ses épaules.

— Honnêtement, Nikki. Combien de surprises vous ai-je aidée à préparer ?

— Beaucoup.

Rachel est l'assistante de direction de Damien, et au fil des ans, elle est devenue une amie proche. Et surtout, elle m'a souvent aidée à organiser des escapades surprises, dont une fête d'anniversaire pour Damien qui s'est avérée encore plus détonante que prévu.

— Exactement. Vous auriez dû m'appeler. Je vous aurais dit qu'il était sorti.

— Décision de dernière minute. Quand rentre-t-il ?

J'essaie de rester détachée, mais je crains de paraître un peu aux abois. Maintenant, je suis plus calme, mais j'ai toujours très envie de voir Damien.

— Je crois que ça va durer longtemps. Des problèmes au Domino.

Voilà qui me refroidit tout de suite.

— Ce n'est pas bon signe.

Le Domino, c'est un complexe commercial que Damien et Jackson dirigent ensemble. Techniquement, il appartient conjointement à Stark Immobilier et Steele Promotion Immobilière. Le complexe occupera trois pâtés de maisons à Santa Monica, avec des locaux disponibles à la vente et à la location. Bien qu'il ne soit pas exclusivement limité aux industries des technologies et du divertissement, les médias présentent déjà le complexe comme une extension haut de gamme de la très prisée Silicon Beach.

— Que s'est-il passé ? demandé-je à Rachel.

— Je n'en sais trop rien. Mais c'est un site immense, ça pourrait être n'importe quoi. J'espère que ce ne sera pas grave au point de repousser le lancement de la Phase Une.

— Sans blague.

La première phase est censée être prête à la location

dans les soixante prochains jours. Il faudra que j'interroge Sylvia. En tant qu'épouse de Jackson Steele et chef de projet chez Stark Immobilier, elle pourra me donner plus d'informations.

Je penche la tête en réfléchissant. Syl est sans doute en bas, dans son bureau. Je pourrais lui demander de monter à l'appartement. Le dernier étage de la tour Stark se divise en deux moitiés, les bureaux de Damien d'un côté et un luxueux appartement de l'autre. Avant les enfants, nous passions beaucoup de temps à l'appartement. C'était comme un deuxième chez nous. Maintenant, c'est devenu un refuge pratique pour Damien, où il peut déjeuner sur le pouce ou faire une sieste s'il travaille tard – ce qui lui arrive de moins en moins souvent, car il est toujours de retour à la maison avant l'heure du coucher des filles. S'il a beaucoup de travail, il préfère apporter ses dossiers plutôt que de s'absenter.

En ce moment, j'ai envie d'en profiter pour boire un café et bavarder avec ma belle-sœur. C'est un plan qui me plaît. Après tout, ça fait des semaines que je n'ai pas vu Syl et je meurs d'envie de savoir ce qui se passe au Domino. Et puis, la conversation me changera les idées après mon entrevue avec cette garce diabolique.

— On dirait que vous réfléchissez, me dit Rachel.

— Oui. Pourriez-vous passer un coup de fil pour savoir si Sylvia est dans le coin ?

— Je pourrais, mais c'est inutile. Elle est sur place, avec Monsieur Stark et Monsieur Steele.

Je fais la grimace.

— Vous pourriez attendre un peu. Ils n'en ont peut-être pas pour longtemps, dit Rachel en essayant de se rendre utile. Il m'a dit qu'il passerait au bureau avant de rentrer chez vous. Il a quelques affaires urgentes à régler.

Aussi tentant que ce soit, je n'ai pas envie de poser un lapin à Jamie. Et puis, après le déjeuner, j'ai encore des courses à faire.

Je désigne le bureau de Damien d'un mouvement de tête.

— Je vais lui laisser un message, puis je partirai et vous pourrez vous remettre au travail.

Tandis que Rachel reporte son attention sur le téléphone qui sonne, j'entre dans le bureau de Damien. C'est un espace immense, mais il est devenu tellement familier au fil des ans que je n'y prête même plus attention. Je passe devant le mini-bar et le salon, et je souris en voyant les empreintes de mains de nos filles encadrées sur le mur et les photos de moi et des enfants qui ornent une table en chrome et en verre près de la fenêtre, baignées de lumière naturelle.

Je rejoins immédiatement son énorme bureau et je m'assieds sur son fauteuil en cuir souple. Puis je regarde devant moi en me demandant quoi écrire. En venant ici, je voulais m'épancher auprès de Damien. Je savais qu'il me prendrait dans ses bras et qu'il me remonterait le moral.

Mais maintenant, je ne suis plus certaine de devoir lui raconter ce qui s'est passé. Pas dans un message écrit, en tout cas. Bien sûr, le coup de gueule de Mary Lee m'a perturbée, mais ce n'était rien de plus. Un coup de gueule. Si je vide mon sac dans un message, je ne ferai qu'inquiéter Damien.

Je fais rouler le fauteuil en arrière et j'ouvre le tiroir du milieu. Je vais me contenter d'écrire *Je t'aime, désolée de t'avoir raté* sur une feuille volante. Mais quand mes yeux se posent sur une pile de cartes gaufrées aux initiales D.J.S., l'inspiration me vient.

J'ai laissé mon sac à main sur le sol à côté du fauteuil et

je me penche pour récupérer mon rouge à lèvres. J'en applique sur ma bouche, puis je prends la carte et je dépose un baiser en plein milieu.

Enfin, je repousse le fauteuil et je me lève avant de déposer la carte bien en évidence au centre du sous-main. Il ne pourra pas la rater. Son bureau est impeccable, bien rangé, et mon baiser attire l'œil.

Mais ce n'est pas suffisant. Pas pour exprimer ce qui m'a poussée à venir jusqu'ici aujourd'hui. Combien son écoute compréhensive et son contact m'ont manqué. Sa force et ses baisers.

Pendant un moment, je reste là à réfléchir. Soudain, une idée me frappe. Une idée délicieusement coquine qui me remontera le moral et, je l'espère, fera sourire Damien après cette crise à l'autre bout de la ville. Je me précipite vers le placard en espérant y trouver ce dont j'ai besoin. Je me penche, ouvre les portes et pousse un soupir de soulagement en apercevant le petit sac en papier brun.

J'emporte le sac jusqu'à son bureau, et j'en sors le papier blanc plié et le ruban rouge. Il me faut des ciseaux, mais Damien en a une paire dans son tiroir.

Le papier et le ruban datent du mois de février, quand je suis passée à son bureau alors qu'il était en réunion afin de lui laisser une photo de moi et des enfants, mon cadeau pour la Saint-Valentin. J'avais acheté le matériel dans la boutique de souvenirs du rez-de-chaussée avant de monter, et comme il ne m'en a pas fallu beaucoup pour emballer le petit cadre en argent, j'ai rangé ce qu'il en restait dans le placard en me disant que cela pourrait toujours servir. Il faut croire que j'avais raison.

Je prends une feuille de papier à lettres et j'écris un message rapide :

Désolée de t'avoir raté. Je n'arrête pas de penser à toi.

De toute façon, je n'arrête jamais de penser à toi.
Bisous,
Ta femme

Je plie le message en carré, puis je soulève ma jupe et je quitte ma culotte. Elle est en soie blanche, avec une bande de dentelle délicate. Je la pose soigneusement sur le mot. Ensuite, j'emballe le petit paquet sous plusieurs couches de papier blanc et je noue le tout avec le ruban rouge, sous lequel je glisse la carte au rouge à lèvres.

En reculant pour contempler mon œuvre, je me sens beaucoup mieux. Et à la fois un peu perverse et terriblement excitée. Il faut dire que c'est le but. Faire monter l'impatience.

Je m'apprête à partir, mais je me rends compte qu'en revenant au bureau, Damien aura un million de choses en tête. Il risque de faire entrer Rachel avec lui et il pourrait bien ouvrir le cadeau tout en parlant. J'en doute, mais je peux me tromper.

Je reviens sur mes pas, je prends son stylo plume et j'ajoute une note au bas de la carte avec l'empreinte de rouge à lèvres : *personnel et confidentiel.*

Satisfaite, je hisse mon sac sur mon épaule, je range les papiers d'emballage et je sors. Rachel discute avec quelqu'un dans son casque audio, mais elle articule en me regardant : *Tout va bien ?*

Je lève le pouce, puis je me dirige vers l'ascenseur. Je n'ai peut-être pas vu Damien, mais en imaginant sa réaction quand il découvrira le paquet, je ne peux nier qu'en effet, tout va bien.

CHAPITRE CINQ

Je prends mon tour dans la file d'attente à Java B, le café du rez-de-chaussée. J'ai envie d'un café au lait pour la route. En attendant, je consulte mes emails sur mon téléphone. J'ai un appel en absence, mais je ne reconnais pas le numéro dont l'indicatif est le 917. C'est New York. Je n'ai aucun client là-bas en ce moment et ce n'est pas le numéro d'Ollie. Étant donné qu'on ne m'a pas laissé de message, ce doit être un faux numéro ou un appel automatisé. Je parcours mes emails.

Il n'y a rien d'urgent, mais alors que je passe en revue les intitulés des messages, un texto d'Abby apparaît. Elle m'annonce qu'avec Travis, elle aura quarante-cinq minutes de retard. Cela ne pose pas vraiment de problème, mais nous devions nous retrouver plus tôt afin de dresser une liste de points à vérifier avec Luis Garza, le responsable de projet. Maintenant, j'ai un créneau disponible. Je pourrais me rendre plus tôt dans nos nouveaux locaux, mais il n'y a pas encore de meubles et je n'ai pas franchement envie de camper à même le sol en attendant mon équipe.

Cela dit, je suis à Los Angeles et j'ai déjà prévu de faire

un saut à Love Bites, une boulangerie haut de gamme à Beverly Hills. Je ne devrais pas avoir de mal à m'occuper pendant moins d'une heure. De toute façon, à cause de la circulation, il y a de fortes chances que la question ne se pose même pas. Je ne suis pas pressée et Sally voudra peut-être discuter des détails au sujet des gâteaux d'anniversaire que je commande pour la fête des filles, le week-end prochain.

Arrivée au comptoir, je reviens à la réalité et je passe ma commande, puis je m'écarte pour attendre mon café. Je m'apprête à reprendre l'examen de ma messagerie quand quelque chose attire mon attention. Sans trop savoir pourquoi, je lève les yeux vers le hall et le parvis, de l'autre côté de la baie vitrée.

Il n'y a rien de spécial, là dehors, aucun visage familier. Pourtant, j'ai la désagréable sensation que quelqu'un m'observe. Et quand les cheveux se dressent sur ma tête, je suis tentée d'abandonner mon café et de rejoindre l'ascenseur pour descendre au garage.

Tu es ridicule.

Non seulement la voix dans ma tête est ferme, mais elle a raison. Je ravale ma paranoïa, même si je me demande bien ce qui l'a déclenchée. Quand la serveuse me tend mon café au lait, quelques instants plus tard, je suis déjà passée à autre chose.

Mais ce répit ne dure que jusqu'au moment où j'atteins le milieu du hall, l'endroit où la vue sur le parvis est la plus dégagée. Aussitôt, je comprends ce qui a attiré mon regard. Un corps élancé. Des cheveux blonds et courts. De larges épaules.

Éric ?

Je penche la tête en me demandant ce que mon ancien responsable du développement de la clientèle peut bien faire dans le coin. Et la réponse évidente, c'est qu'il n'a rien à faire ici. Quand j'y regarde à deux fois, il a disparu et je commence à me demander si je n'ai pas rêvé.

Naturellement. C'est logique, puisque je dois embaucher quelqu'un d'autre à ce poste et que, jusqu'à présent, aucun des CV qui ont atterri sur mon bureau n'a attiré mon attention.

Éric était excellent et Abby et moi avons été abasourdies lorsqu'il a accepté l'offre d'emploi d'une société new-yorkaise. Bien sûr, le poste offrait des perspectives formidables et je comprends ses raisons. N'empêche, j'étais dévastée et un peu fâchée. Son départ nous a laissées toutes les deux engluées jusqu'au cou dans un projet de première importance.

D'après les rumeurs qui circulent dans le milieu, je sais que la boîte en question n'était pas à la hauteur de ses attentes. En fait, c'était même l'inverse et Éric a démissionné pour aller à Austin, une autre plaque tournante dans les nouvelles technologies comme la Silicon Valley près de San Francisco, ou Silicon Beach, ici, en Californie du Sud.

Tout cela pour dire qu'Éric n'est pas à Los Angeles. Je le chasse de mon esprit et je prends l'ascenseur pour descendre au parking souterrain. Le garage est divisé en plusieurs sections, dont certaines sont réservées aux employés des divers services de la tour Stark. À l'exception des cadres, il n'y a pas d'emplacements assignés. Damien, bien sûr, dispose de sa propre place près de l'ascenseur. Et j'ai eu beau lui dire que c'était ridicule et déraisonnable étant donné que je ne travaille pas dans la tour, il a insisté pour m'en accorder une, à moi aussi. J'ai protesté, mais j'ai fini par céder, surtout lorsqu'il a précisé que l'appartement de la tour, c'était aussi chez moi.

Je rejoins donc mon emplacement, à côté de celui de

Damien. Sa Tesla, un prototype, y est garée. C'est son tout nouveau joujou. Je l'ai vue en arrivant et j'en ai déduit qu'il était dans son bureau. C'était bête. Je sais bien que ce n'est pas parce que sa voiture est ici que Damien y est aussi. En temps normal, c'est Edward qui le conduit en réunion, ce qui lui permet de travailler sur ses dossiers pendant le trajet.

En passant derrière la Tesla pour rejoindre Coop, je laisse courir mes doigts sur la carrosserie lisse d'un gris spatial. J'ai sorti mes clés et je clique sur le bouton pour déverrouiller ma portière. Je l'ouvre, puis je jette mon sac sur le siège du côté passager en m'asseyant derrière le volant. À peine suis-je installée que j'aperçois un papier plié sur le parebrise, glissé sous un essuie-glace. Je réprime un juron – la distribution de prospectus est interdite dans le parking – et je me penche hors de la voiture pour atteindre le bout de papier.

Croyant qu'il s'agit d'une publicité pour un nouveau service de livraison de fast-food ou une station de lavage auto, je me tourne pour l'abandonner sur la banquette arrière sans même la lire. Mais alors que mes doigts commencent à froisser la feuille, je me rends compte que l'encre a traversé le papier. Ce sont d'épaisses lettres au feutre noir, en majuscules d'imprimerie.

Intriguée, je le déplie et je m'adosse dans mon siège, le cœur battant.

RICHE

POURRIE

GÂTÉE

Un coup d'œil. Une seconde, puis une autre. Enfin, je me rends compte que je retiens mon souffle et j'aspire une grande goulée d'air. Maintenant, je chiffonne le papier pour de bon et je le jette à l'arrière avant d'agripper le volant. Je respire posément. Encore et encore, jusqu'à me calmer.

Mary Lee ?

Ce message aurait-il été écrit par Mary Lee ?

J'essaie d'y réfléchir d'un point de vue rationnel. Dès que mon cerveau se remet à fonctionner, je décide que ce n'est pas elle. J'ai pris mon temps avant de repartir, ce matin. L'un des agents de sécurité m'a ramenée à Upper Crust. J'ai prêté attention aux environs en remontant dans ma voiture avant de m'en aller. Et j'ai bien remarqué que personne ne me suivait.

Et comme elle n'avait aucune raison de savoir que je viendrais voir Damien, elle ne pouvait pas s'y être rendue à l'avance.

Alors, non, ça ne peut pas être Mary Lee.

Ce qui signifie que le message a été laissé par un inconnu. Cela n'en est pas moins inquiétant, pas moins désagréable. J'en ai les paumes moites.

Mais la personne qui m'a laissé ce message n'était pas chez moi.

C'est un anonyme, un jaloux. Et même si je n'aime pas être pointée du doigt, ce message ne m'empêchera pas de dormir. Après tout, Damien a suffisamment d'argent pour acheter l'univers et le revendre plusieurs fois, et je suis la femme qu'il a épousée. C'est quelque chose qui intrigue, qui attise les envies. Et parfois, les gens cèdent à la haine.

Ce n'est pas la première fois que l'on me calomnie parce que je me suis mariée avec un homme fortuné. Je ne tremble pas de terreur, mais ça ne veut pas dire que je ne suis pas touchée. Par réflexe, je cherche mon téléphone et mes doigts s'apprêtent à appeler Damien.

Je m'interromps. C'est inutile. Ce n'est qu'un message

insultant, laissé par une personne triste et pathétique. Je décide que l'histoire n'ira pas plus loin.

Malgré tout, je dois le signaler. J'ai beau être pressée, je récupère le message et je le range dans mon sac à main, puis je sors de la voiture et je remonte dans le hall d'entrée.

— Madame Stark, dit Joey, son visage de basset illuminé par un grand sourire. Je croyais que vous étiez partie.

— J'ai trouvé ça sur ma voiture, dis-je en lui tendant le papier. Ce n'est pas une menace, mais je voulais en informer la sécurité.

Il le déplie et son expression se durcit lorsqu'il lit le message.

— Je suis affreusement désolé, Madame Stark, me dit-il.

Sa colère est manifeste sous son détachement très professionnel.

— Je vais me renseigner.

— Merci.

En retournant à ma voiture, je me sens beaucoup plus légère. Comme si, en me débarrassant du mot, je m'étais aussi déchargée de la jalousie de son auteur.

———

— Et tu es sûre que le message n'avait rien à voir avec cette pétasse ? me demande ma meilleure amie, Jamie Archer Hunter.

— J'en suis sûre.

Naturellement, je lui ai raconté toute l'histoire. J'ajoute :

— En tout cas, aussi sûre que possible.

— Eh bien, ça alors. Mais quand même. Quelle pétasse. Quelle sale pétasse. Mary Lee. Je n'ai jamais entendu parler d'elle. Sans doute une nouvelle fille dans la presse poubelle qui croit pouvoir se faire un nom avec des rumeurs et des scandales.

Jamie se penche vers moi et plisse les yeux par-dessus le bord de son verre de vin.

— Que veux-tu que je fasse ? Je peux essayer d'en savoir plus à son sujet. Je pourrais en parler autour de moi, faire en sorte qu'elle ne vende plus jamais aucun article.

Je suis tentée, mais je finis par secouer la tête.

— Non, laisse tomber. J'appellerai peut-être sa rédactrice en chef pour me plaindre, mais je vais attendre une journée, histoire de me calmer.

— Qui est-ce ?

Je consulte mon téléphone avant de lui répondre :

— Ellen Anderson. *Hebdo des Mamans Actives de Californie du Sud.*

Jamie hausse une épaule.

— Je ne la connais pas, mais j'ai entendu parler du magazine. C'est une petite gazette qui fonctionne surtout grâce à la publicité, mais c'est réglo.

Elle fronce le nez.

— Enfin, peut-être pas, s'ils embauchent des tarés comme cette Mary Lee. Franchement ! C'est quoi le problème avec ces gens-là ? Tu l'as invitée chez toi. Tu lui as accordé une interview.

Avec un sourire espiègle, elle ajoute :

— Bon sang, tu ne m'en as même pas accordé à moi. Ce serait trop facile. Tu me ferais faire le tour du propriétaire, puis on pourrait s'asseoir au bord de la piscine et je t'interrogerais sur tous tes secrets.

— Tu vois, James, c'est exactement le problème, dis-je en employant son vieux surnom. Tu saurais quelles pierres retourner.

Je ponctue mes paroles d'un grand éclat de rire. Le but

de cette conversation est de me remonter le moral, et pourtant ce qu'elle a dit me donne des palpitations dans le ventre.

Non seulement Jamie est ma meilleure amie, mais elle est aussi journaliste dans la presse de loisirs, et pendant toutes ces années, il ne m'est jamais venu à l'idée de lui proposer ce genre d'interview pour ses pages mondaines. Ce qui fait de moi une amie pitoyable.

D'ailleurs, si j'avais déjà accordé à ma meilleure amie une interview sur ma vie de maman active, j'aurais sans doute dit non à la rédactrice en chef qui m'a envoyé Mary Lee.

— Arrête, dit-elle.

Je prends une inspiration et je regarde Jamie dans les yeux.

— Que j'arrête quoi ?

— Arrête d'y penser. Tu es une célébrité maintenant, Nicholas. Que ça te plaise ou non. Ce qui veut dire que tu es le nectar qui attire les abeilles. Ou les cafards, ajoute-t-elle en fronçant le nez. Est-ce que les cafards aiment le nectar ?

Je ne prends même pas la peine de lui répondre.

— Je t'aime, James.

— Évidemment que tu m'aimes ! Le contraire m'étonnerait.

Elle a bien raison et je souris tout en enfonçant mes orteils dans le sable chaud sous notre table. Je me sens déjà mieux. Surf's Up est le nouveau resto à la mode à Santa Monica, d'après Jamie. Je la crois volontiers. Dans la petite salle, l'atmosphère est claire et chaleureuse, mais c'est l'extérieur qui fait toute la différence.

Même si Jamie m'avait prévenue que c'était un restaurant de plage, je ne pensais pas que nous aurions presque les pieds dans l'eau et j'ai tout de suite regretté de porter des chaussures à talons. L'hôtesse m'a proposé de les laisser dans un casier près de la porte et de continuer à pied, ou d'opter pour des sandales de type thalasso qu'ils tiennent à disposition de leur clientèle.

J'ai choisi de rester pieds nus et je l'ai suivie dans le restaurant à ciel ouvert au périmètre déterminé par une petite clôture blanchie à la chaux. Le sable naturel tient lieu de sol, ratissé et aplani sous chaque table bien disposée, chacune ornée d'une nappe blanche lestée et de parasols bleu clair. À quelques mètres de là, le Pacifique vient s'écraser sur la plage. Le grondement des vagues et la caresse du vent iodé confèrent un caractère charmant à cet établissement.

Tout bien considéré, cette atmosphère à elle seule suffirait à attirer les habitants du coin. Mais c'est le menu remarquable qui en fait un incontournable.

— Tu as choisi l'endroit idéal, dis-je.

— Ça fait une éternité que je ne t'ai pas vue. Je me suis dit qu'on pouvait le faire avec panache.

Une éternité, c'est une exagération, mais il est vrai qu'elle a été tellement occupée ces derniers temps qu'il s'est presque écoulé deux mois depuis notre dernière rencontre. D'abord, elle est partie à Londres pour retrouver son mari, Ryan, qui avait décidé de prendre quelques jours de congé avant de rentrer aux États-Unis après un séjour professionnel. Puis elle est partie en tournée pendant trois semaines avec Pink Chameleon, un groupe lauréat d'un Grammy Award dont elle assurait la couverture médiatique. Nous avons discuté au téléphone et j'ai vu quelques-unes de ses interviews avec le groupe et ses fans, mais ce n'était pas la même chose. Ma meilleure amie m'a manqué. Et maintenant, cette maudite histoire avec Mary Lee me donne l'impression de prendre son amitié pour acquise.

— Quoi ? demande Jamie en sirotant le pinot grigio frais qu'elle a commandé avant mon arrivée.

— Hein ? dis-je en levant les yeux. Rien...

C'est un mensonge. Je prends mon propre verre et je passe le doigt sur les perles de condensation qui étincellent à l'extérieur du verre.

En secouant la tête, elle écarte de son visage ses cheveux noirs ondulés.

— Oh, mon Dieu. N'y pense même pas.

— À quoi ?

— Pitié. Tu culpabilises de ne pas m'avoir accordé d'interview. N'essaie même pas de le nier.

— Eh bien, ça prouve que tu es ma meilleure amie. Tu lis dans mes pensées.

— Tu ne me dois rien, idiote.

— Je le sais. Mais tu en veux une ? L'accès à ma propriété avec une équipe et des caméras ? La totale. Honnêtement, ça ne m'avait encore jamais effleuré l'esprit, mais je suis sûre que Damien accepterait. Et si nous choisissions un thème familial classique...

Elle éclate de rire, mais je poursuis en arquant un sourcil :

— ... comme une visite de la maison et une présentation des enfants et de Damien en train de cuisiner des pancakes, ce ne serait pas mal, non ?

— Hors de question, répond Jamie. Tu sais bien que ça ne te plairait pas. Mais si on le faisait, Lacey Dunlop serait verte. Tu parles d'un beau coup !

Lacey Dunlop est une femme longiligne, de huit ans plus jeune que Jamie. C'est la nouvelle présentatrice sur la chaîne de divertissement où travaille mon amie. Elle est loin d'être aussi jolie, mais elle est blonde, de belle prestance et pleine de vitalité. En d'autres termes, la caméra et les téléspectateurs l'adorent. Elle a de la famille dans le milieu, ce qui lui donne accès à des tas de célébrités. Et chaque fois qu'elle a croisé le chemin de Jamie, elle s'est montrée, pour reprendre les termes de mon amie, « froide comme un saumon d'Alaska ».

— Alors, on le fait !

Elle rejette ses cheveux sur son épaule.

— Certainement pas. Mon amitié pour toi est bien plus forte que mon envie d'en mettre plein la vue à Lacey Dunlop, même si elle me pique des missions en or. Sérieusement, tu es adorable de me le proposer, mais non.

Je hoche la tête. C'est comme ça entre Jamie et moi, elle est sincère. Je lève mon verre pour porter un toast silencieux, mais je me promets de proposer cette interview à Damien.

Elle penche la tête sur le côté et me dévisage d'un air pensif pendant si longtemps que je commence à remuer sous son regard scrutateur.

— Quoi ? dis-je.

— Comment ça, quoi ? *Oh.*

Elle secoue la tête comme pour se changer les idées.

— Rien.

Je hausse les sourcils et je darde mon regard sur elle jusqu'à ce qu'elle capitule, les épaules basses.

— Très bien, dit-elle. Tu m'as fait réfléchir à toi et aux interviews. Et ça m'a fait penser à toi et aux journalistes. Et... Bon, voilà. Je sais que c'est moi qui ai insisté pour ça. Alors, si tu veux reculer, je comprends parfaitement.

Elle parle de demain, et les palpitations qui s'étaient calmées dans mon ventre se manifestent à nouveau.

— C'est bon.

J'avais levé mon verre pour boire une gorgée de vin, mais maintenant je le repose, intact.

— Je n'aurais pas accepté de le faire si je ne voulais pas.

Demain, je vais annoncer que je suis la nouvelle porte-parole de la jeunesse auprès de la fondation Stark pour l'enfance, juste après mon discours inaugural au brunch bisannuel de collecte de fonds.

Damien a créé la fondation Stark pour l'enfance il y a quelques années, dans le but d'aider les enfants maltraités et négligés de la région de Los Angeles. Elle s'est développée au fil des ans et possède maintenant des filiales partout dans le monde.

La fondation a toujours pu compter sur les célébrités pour se faire connaître et donner des visages à l'organisation, mais le rôle du porte-parole de la jeunesse est relativement récent. Il a été créé par notre ami Lyle Tarpin, célébrité d'Hollywood. Acteur de premier plan, il a représenté la fondation jusqu'à ce que certains de ses secrets les plus sombres soient révélés lors d'une de ses apparitions publiques.

Si Damien a pris la défense de Lyle, le comité a insisté pour qu'il quitte son poste de parrain de la fondation. C'est ce qu'il a fait, mais il a lancé l'idée d'un programme de porte-paroles de la jeunesse, au travers duquel des célébrités ayant connu des problèmes – et notamment pendant leur enfance et leur adolescence – pourraient en parler au grand public afin que les enfants malheureux se rendent compte qu'ils ne sont pas seuls dans leur situation.

Cette suggestion a été reçue avec enthousiasme et Lyle est ainsi devenu le premier porte-parole de la jeunesse. En prime, il a surmonté ses problèmes. Maintenant marié et heureux en ménage, c'est aussi un très bon ami.

Jamie et Ryan soutiennent activement la fondation. Et quand le programme des porte-paroles de la jeunesse a été créé, Jamie s'est portée volontaire pour faire partie du comité qui invite les célébrités à ce poste.

Je ne suis peut-être pas une vraie star, mais mon mariage avec Damien m'a propulsée sous les feux de la rampe. Mes problèmes d'automutilation – et les raisons qui en sont à l'origine – font de moi la candidate idéale pour le rôle de porte-parole de la jeunesse. Ça fait des années que je ne me suis pas scarifiée, mais cela fait partie de moi, parce que je sais que les pulsions sont toujours là. Et quand Jamie m'a demandé de réfléchir au poste, j'ai décidé de me lancer.

Négligemment, Jamie fait courir son doigt sur le bord de son verre à pied, mais elle ne boit pas.

— Disons que je comprendrais si tu changeais d'avis. C'est vrai, Damien a toujours été un peu méfiant, et maintenant... Je ne sais pas. Je crois que moi aussi, je me méfie.

— À cause de Mary Lee, dis-je.

Elle hausse les épaules et je soupire. J'aimerais pouvoir effacer ses inquiétudes en un claquement de doigts. Celles de Damien aussi. Mais je sais que c'est impossible. Ils comprennent mieux que quiconque ce que je fais. Ce que je révèle. Et ils ont beau me répéter que je suis forte, tous les deux, ils savent aussi que je ne suis pas incassable. Et en effet, après ma rencontre avec cette garce aujourd'hui, des fêlures se sont dévoilées.

Alors, je comprends sa préoccupation. Bon sang, je suis même d'accord avec elle. Parce que malgré l'amour de Damien et la force qu'il me donne, ce discours de demain a le potentiel de me briser.

Maintenant, je vais mieux. Je le sais. D'abord, Jamie et Ollie me soutiennent. Et puis, avec Damien dans ma vie, j'ai réellement trouvé la force de réprimer ce besoin. Cette pulsion. Même la psychologue que j'ai consultée avant d'adopter Lara m'a confirmé tous les progrès que j'avais faits.

Plus important encore, je ne pèche pas par excès de confiance. Je sais très bien que ce besoin existe encore au fond de moi.

Et m'ouvrir au public, partager mon histoire avec des enfants qui rencontrent des problèmes identiques, c'est ma façon de continuer le combat.

Demain, je crois que je me battrai non seulement contre moi-même, mais aussi contre Mary Lee.

Ça fait peur, bien sûr, mais je suis confiante. Et je suppose que je saurai demain si j'ai fait le bon choix ou si je prends une mauvaise décision.

— Tu sais qu'il est temps que je le fasse, dis-je à Jamie.

— Non, je n'en sais rien, répond-elle en haussant les épaules. Je peux simplement espérer que tu sais ce que tu fais. En tout cas, je te fais confiance. Toujours. Mais je m'inquiète. Comme toute bonne amie.

Je hoche la tête et les larmes me montent aux yeux.

— Je t'aime, James.

— Moi aussi, Nicholas.

Nos regards se rencontrent. Toutes les deux, nous avons la larme à l'œil. Enfin, comme un chien qui se secoue les puces, elle change de sujet.

— Et maintenant, les choses sérieuses, dit-elle avec détermination en tapotant son menu. On prend des hors-d'œuvre ?

— Qu'en penses-tu ?

— J'en pense que je dois aller à la salle de sport, dit-elle en se renfrognant.

Je hausse un sourcil. Jamie est splendide, comme toujours. Je l'aime, évidemment, mais ce n'est ni par amour ni par loyauté que j'affirme que Jamie est magnifique, dans la vie comme à l'écran, une véritable beauté digne d'Hollywood. À une époque, elle s'est affamée en rêvant aux sirènes du cinéma, mais elle a abandonné cette idée en attrapant le virus du journalisme de terrain. Et avec cette chaîne de divertissement, elle a trouvé son paradis. Ou du moins, c'est ce qu'elle dit à tout le monde.

Je la connais assez bien pour savoir que, même si elle adore faire des reportages sur le Tout-Hollywood, elle éprouve encore une petite pointe d'envie. Si Jamie est rêveuse, elle est aussi pragmatique. Ce qu'elle fait lui plaît et elle est consciente de sa chance. Et pourtant, elle ne me l'a pas vraiment dit, mais je suis convaincue qu'elle accepterait si on lui proposait un rôle dans un film ou à la télévision. Et son grand *oui* serait si spontané que toute la Californie du Sud l'entendrait.

— Je suis sérieuse, dit-elle en reconnaissant l'expression sur mon visage. Et ne me donne pas de leçons. Ce milieu est atrocement compétitif et je n'ai pas fait de sport ces derniers temps. Ça commence à se voir. Surtout quand je suis à côté de cette pétasse de Lacey.

— Impossible qu'elle te vole la vedette sur le tapis rouge, dis-je. Tu as bien plus de talent que cette fille. Honnêtement, James, tu devrais avoir ta propre émission.

Elle fronce le nez.

— Pour le moment, je veux surtout perdre trois kilos, me muscler les fesses et garder mon boulot.

Elle parle d'un ton léger, mais ce qu'elle dit me donne le frisson. J'espère qu'elle plaisante. J'espère qu'elle me le dirait si son poste était en danger.

— Et si on faisait du sport ensemble ? dis-je en réprimant l'envie de l'interroger. J'ai envie de changer mes habitudes. On pourrait faire du vélo toutes les deux.

J'apprécie mes promenades de milieu de matinée à

Malibu, malgré cette pente redoutable sur laquelle nous vivons.

— Ou alors suivre des cours de barre. Ou embaucher un coach privé ?

Quand je participais à des concours de beauté, ma mère me forçait à faire toutes sortes de sports – yoga, danse, cardio, musculation – pour rester fine, souple et bien fichue. Le problème, c'était que j'avais horreur de ça. En abandonnant le monde de la beauté, j'ai tiré un trait sur l'exercice physique et je suis passée d'une maigreur extrême à une taille 38 plus raisonnable. Cela me convenait très bien.

Mais après la naissance d'Anne, mon corps et mes vêtements ont décidé de se rebeller. Des parties de mon corps avec lesquelles j'étais parfaitement à l'aise ont changé du jour au lendemain, et plus rien ne me va. Damien n'a jamais semblé s'en rendre compte, mais cela me gênait et le poids de ma grossesse m'a poussée à reprendre l'exercice que je détestais tant autrefois.

Ce qui était une corvée au début a fini par devenir une habitude. Et maintenant, miracle des miracles, c'est même un plaisir. Sans l'oppression de ma mère avec son mètre à ruban et ses régimes excessifs, j'apprécie de bouger un peu. Je tire un enthousiasme et une fierté personnelle à renforcer mon corps. Une impression de contrôle. Et Dieu sait que j'ai cherché à prendre le contrôle pendant toute ma vie. C'est ce besoin qui m'a poussée à accepter le poste de porte-parole de la jeunesse auprès de la fondation Stark. Parce que cela me permet de prendre le dessus sur ce dont j'ai eu honte pendant tant d'années.

— Un entraînement privé, ça ne me ferait pas de mal, avoue Jamie. Mais tu ne fais pas du sport avec Damien plutôt ?

Rien que d'y penser, ça me fait rire.

— Il est beaucoup trop dynamique pour moi.

Ancien joueur de tennis professionnel, Damien prend son entraînement physique très au sérieux.

— Je comprends. Je pensais que vous passiez du temps ensemble à la salle de sport. C'est vrai, vous avez de formidables installations.

— Oui, mais, tu sais...

La salle de sport du rez-de-chaussée est équipée de ce qui se fait de mieux. Or chaque fois que nous avons fait du sport ensemble, nous avons terminé sur le tapis, en sueur pour de tout autres raisons. Je n'ai rien contre ce genre d'exercices, mais ce n'est pas vraiment les séances de cardio qu'il me faut.

— Vilaine, répond Jamie qui comprend très bien sa foldingue de copine. Cela dit, ce genre d'exercice brûle des calories aussi.

Le serveur me sauve la mise en apportant le ceviche que Jamie a commandé avant mon arrivée. Nous optons pour des salades, puis nous attaquons le hors-d'œuvre. Jamie me raconte son séjour à Londres avec Ryan, responsable de la sécurité chez Stark International. C'est aussi le meilleur ami de Damien.

— Nous sommes montés dans le London Eye, dit-elle en faisant référence à la grande roue qui surplombe la ville, au bord de la Tamise. Dois-je vraiment préciser que j'adore l'extrême lenteur de cette immense roue ?

— J'espère que vous ne partagiez pas votre cabine.

— Non. Ryan en a réservé une rien que pour nous. Toute l'intimité du monde...

Elle s'adosse sur sa chaise tandis que le serveur remplit nos verres d'eau.

— Je t'aurais bien rapporté des photos du panorama, mais je n'avais pas la tête à ça.

— Oh, vraiment.

Je pique un morceau de thon du bout de ma fourchette.

— Damien et moi, nous devrions peut-être aller faire un tour aux bureaux de Londres, nous aussi.

— Oh, clairement. Enfin, il y a un temps d'adaptation. Ils roulent de l'autre côté de la route là-bas, tu sais. Leurs autoroutes de l'information doivent fonctionner à l'envers aussi.

Mon éclat de rire me fait presque recracher le poisson que je viens de mettre dans ma bouche.

— Tu sais quoi ? Je ne pense pas que ce soit un très bon argument.

— Je n'ai jamais prétendu comprendre les nouvelles technologies.

— Je suis contente que tu aies pris du bon temps. Ça faisait longtemps que vous n'étiez pas partis en vacances tous les deux.

— En tout cas, nous avons bien rattrapé le temps perdu.

Un sourire malicieux danse sur ses lèvres.

— Et ce n'est pas fini, ajoute-t-elle, le rouge aux joues.

Comme je n'avais jamais vu Jamie rougir, ma curiosité est tout de suite piquée au vif.

— Balance... demandé-je.

Quand elle se penche impatiemment vers moi, je sais qu'elle n'attendait que ça.

— As-tu déjà entendu parler d'un club privé qui s'appelle le Masque ?

Je secoue lentement la tête en cherchant dans ma mémoire.

— Je ne crois pas. Peut-être ? Je n'en suis pas sûre.

— C'est très vague.

— Que veux-tu que je te dise ? Ça me dit quelque chose,

mais je ne sais pas quoi. Enfin, j'ai peut-être lu des rumeurs sulfureuses dans la presse à scandale.

— Tu ne lis pas la presse à scandale, me rappelle-t-elle. Et qu'est-ce qui te fait dire que c'est sulfureux ?

Malheureusement, elle se trompe au sujet de la presse. Autrefois, je ne connaissais rien aux ragots sur les personnalités riches et célèbres. Puis j'ai rencontré Damien et mon cercle d'amis s'est étendu, jusqu'à inclure certaines stars victimes de ces paparazzis. Je ne dirais pas que je suis activement les nombreux médias à scandale, mais il m'arrive de me tenir informée. J'aime penser que c'est pour me protéger, ainsi que ma famille et mes amis.

Quant au terme de sulfureux, je ne peux m'empêcher de rire.

— James, pour que tu rougisses, il faut que ce soit assez spécial.

— C'est la pure vérité, dit-elle sans la moindre honte.

— Je suppose que c'est un club libertin ?

Je ne vois guère que cette explication.

— C'est exact. Et c'est délicieusement décadent. Tout est haut de gamme. Les lieux. L'alcool. Les petits fours.

— Tu es déjà allée dans un club de ce genre. En quoi celui-ci est-il différent ?

De toute évidence, c'est le cas. Elle est aussi excitée qu'un enfant le matin de Noël. Et ses joues ont retrouvé leurs couleurs, qui se propagent même jusqu'à son cou.

— C'est différent, dit-elle. D'abord, tout le monde porte un masque. C'est entièrement anonyme. Et c'est aussi très chic. En tout cas, au début. Je ne sais pas si on peut dire que la nudité est chic. Mais je peux te garantir que les soutiens-gorges et porte-jarretelles, c'est très classe.

— James !

— Je te dis ce que je pense.

Elle esquisse un sourire.

— C'était plutôt spectaculaire, ajoute-t-elle.

— Bon, très bien.

Je me penche en avant, incapable de faire semblant que cela ne m'intéresse pas.

— Raconte. Tous les détails.

— Eh bien, c'est une fête. Une fête très élégante avec des gens très bien. Et du sexe. Beaucoup de sexe. Devant tout le monde.

J'écarquille les yeux malgré moi.

— Jamie ! Tu n'as pas fait ça !

Elle hoche la tête en pinçant les lèvres.

— C'était tellement torride. Honnêtement, je ne crois pas que je l'aurais fait si ce n'était pas anonyme, mais c'est garanti. Enfin, il y a bien quelques personnes que j'ai cru reconnaître, mais pour la plupart…

— Et Ryan était d'accord avec ça ?

Je n'imaginais pas que Ryan – qui s'est âprement battu pour gagner la main de Jamie – puisse vouloir regarder sa femme coucher avec un autre homme, anonyme ou pas.

— Non, non ! s'empresse de rectifier Jamie. C'était Ryan et moi. Bien sûr, il y a des célibataires et des échangistes. Mais ce n'est pas obligé. C'est… je ne sais pas. C'est excitant de le faire devant tout le monde. Regarder et être vu, tout en sachant que personne ne connaît ton identité. En tout cas, pas officiellement.

— Mais Ryan et toi, vous n'aviez jamais… ?

Je laisse ma phrase en suspens et je sens mes joues s'enflammer.

— Ce n'est pas comme si vous n'étiez jamais allés dans un club libertin.

Je sais que Jamie et Ryan ont fréquenté des clubs de BDSM à quelques reprises. D'après Jamie, ce n'est pas une habitude, mais de temps à autre, ils aiment bien jouer à ce jeu-là. Et d'après ce que je sais au sujet de ces clubs, il se passe aussi des choses en public.

— C'est vrai, dit-elle avec nonchalance. Mais dans les salles communes, on ne faisait que se peloter. Pour passer aux choses sérieuses, nous prenions une chambre privée. Le Masque, c'était une expérience radicalement nouvelle. Et c'est tellement glamour aussi. Il n'y a absolument rien de glauque, tu comprends ?

— Ça alors...

J'essaie d'analyser mon ressenti devant cet aperçu de la vie sexuelle de ma meilleure amie. Et surtout, j'essaie de comprendre pourquoi la perspective d'aller dans un endroit comme le Masque avec Damien me donne des frissons d'une excitation inattendue.

Jamie penche la tête sur le côté. À son petit sourire, je comprends qu'elle lit dans mes pensées.

— Tu devrais y aller.

Je secoue la tête sans répondre. Au même moment, le serveur arrive avec nos plats. Il pose nos assiettes et emporte le ceviche. Pendant ce temps, je m'efforce d'interrompre le film X en technicolor qui se déroule dans ma tête.

— Je suis sérieuse, dit-elle. Damien et toi, vous devriez essayer. Je te jure que ça allumera un vrai brasier dans votre vie sexuelle.

Je hausse un sourcil.

— Je ne suis pas sûre qu'on ait besoin de ça.

Jamie agite la main comme pour rejeter mon objection.

— Je te parle de températures solaires, là. De la chaleur du Big Bang.

— Moi aussi, dis-je en souriant.

Elle lève les yeux au ciel.

— Crâneuse.

— Et puis, c'est plus votre truc que le nôtre.

C'est la vérité. Ma vie sexuelle avec Damien obéit à très peu de paramètres, mais je sais pertinemment que s'envoyer en l'air en public, ce n'est pas son truc. Ce qui me convient très bien, car ce n'est pas non plus le mien.

Ou du moins, je ne pense pas.

— Tu es intriguée, dit Jamie avec un jeu de sourcils, comme pour souligner ce qu'elle avance.

— Je suis aussi intriguée par le parachutisme, mais je n'essaierai jamais d'en faire.

Jamie enfonce sa fourchette dans sa salade avant de pointer vers moi son morceau d'avocat.

— Laisse tomber, lui dis-je sans même la laisser parler. Si tu continues avec ça, je finirai par te mentir en te disant que nous y sommes allés. Si c'est anonyme, tu ne le sauras jamais.

Elle se renfrogne et mange son avocat.

— D'accord. J'abandonne le sujet. Tout ce que je dis, c'est que tu n'as pas idée de ce que tu rates.

— Ça ne me dérange pas, parce que je n'en ai pas envie.

Mes paroles sont fermes. Catégoriques. Impérieuses.

Et je ne peux m'empêcher de craindre que ce soit surtout un énorme mensonge.

CHAPITRE SIX

— Une dernière bouchée et je file, dit Jamie une heure plus tard en glissant sa fourchette dans le cheese-cake qu'elle m'a convaincue de partager avec elle.

Comme elle l'a dit elle-même, les calories absorbées en compagnie d'une copine comptent moitié moins.

— Je dois aller à Redlands.

Je lève aussitôt les yeux vers elle, oubliant ma propre fourchette.

— Je ne suis pas retournée à Redlands depuis la fois où Damien nous a fait la surprise de nous offrir cette escapade au Desert Ranch Spa, à toutes les deux.

Jamie était restée deux nuits entières, mais j'étais repartie avec Damien dès le lendemain.

— C'est une petite ville charmante, dis-je. Sur le trajet du retour, nous nous y sommes arrêtés pour dîner.

— Rien que pour dîner ? fait Jamie, de l'humour dans la voix.

— C'était un très bon restaurant. Avec une super ruelle juste derrière, aussi... ajouté-je avec un sourire énigmatique.

— Coquine ! dit-elle avant de chiper du bout des doigts le morceau de cheese-cake sur ma fourchette.

— Eh !

— Arrête. Je mérite complètement ce dessert. Toi, tu t'envoies en l'air dans les ruelles sombres alors que je dois faire un reportage sur un festival du cinéma lycéen.

En guise de ponctuation, elle lâche le morceau de cheese-cake dans sa bouche.

J'éclate de rire. Elle n'a pas tort.

— Mais tu vas te régaler.

— Oui, avoue-t-elle. C'est vrai. J'y suis déjà allée l'an dernier et c'était vraiment sympa de voir les films tournés par ces jeunes. Ils ne sont pas du tout blasés. Pas encore. Ça viendra dans quelques années, après leur diplôme, quand ils franchiront la centaine de kilomètres qui les sépare d'Hollywood.

Elle a sans doute raison et je me garde de tout commentaire.

— Et toi ? demande-t-elle. Tu retournes au boulot ?

— Il va bien falloir. Mais d'abord, j'ai des courses à faire. Je dois retrouver l'agent immobilier dans nos nouveaux locaux. On emménage mercredi. Et je dois aller réserver le gâteau pour la fête d'anniversaire des filles. Ça approche.

C'est dans une semaine, pour être précise, et il y a encore tant de préparatifs.

D'un point de vue technique, la fête ne tombe pas le jour d'un de leurs anniversaires. Anne aura deux ans mercredi prochain et la date d'anniversaire attribuée à Lara est la veille de l'événement. Elle aura quatre ans cette année. Difficile de croire qu'il y a encore si peu de temps, on la déposait dans un chariot de bois devant les portes d'un orphelinat chinois. Comme il était impossible de connaître avec précision le jour de sa naissance, l'orphelinat a déclaré qu'il s'agissait du jour où elle avait été trouvée, et Damien et moi n'avons pas souhaité changer cela.

— À ce sujet, dit Jamie. J'ai enfin des idées de cadeaux, mais tu vas devoir attendre samedi pour les voir. Ce n'est pas facile de faire des emplettes pour les enfants, ajoute-t-elle.

À son intonation, on dirait presque que je lui ai mis personnellement des bâtons dans les roues.

— Je suis sûre qu'elles vont adorer ce que tu leur offriras. Tu es leur Tante Jamie. Tu ne peux pas te tromper.

Je suis sincère, mais c'est parce que Jamie s'est beaucoup assagie ces dernières années. À une époque, j'aurais hésité à lui laisser choisir un cadeau pour des mineures. Heureusement, elle a Ryan maintenant, et je sais qu'il l'empêchera de faire des choix douteux.

Puis je songe aux soirées du Masque et je me demande si, tout compte fait, Ryan est une influence aussi sage que je le croyais.

Naturellement, ces pensées me mènent vers Damien. Ce qui fait bouillir mon sang et propage un frisson sur ma peau.

Je bois une gorgée de vin et j'essaie de chasser ces pensées alors que Jamie me demande avec intérêt :

— Je t'ai perdue ?

— Désolée. Tu m'as fait penser à tout ce que j'ai à faire aujourd'hui.

— Vas-y, dit-elle en désignant la ville. Je m'occupe de l'addition.

— Tu en es sûre ?

Elle me lance un regard si caractéristique que j'éclate de rire, puis je me lève.

— Je t'aime, James.

— Moi aussi. Oh ! Attends. J'ai parlé à Ollie ce matin. Il m'a dit qu'il viendrait à l'anniversaire des filles.

— Sérieusement ?

Je m'arrête, la main sur le dossier de ma chaise.

— C'est fabuleux.

Ollie est le troisième élément de notre tiercé gagnant, même si notre amitié n'est plus aussi stable depuis que Damien est entré dans ma vie. Ils ont appris à se tolérer – j'irais même jusqu'à dire qu'ils se respectent –, mais ils ne seront jamais très proches.

Ollie est avocat, et depuis quelques années maintenant, il passe plus de temps à New York qu'à Los Angeles où il est pourtant censé habiter. Un interminable litige d'entreprise. Mais Jamie m'explique que cette affaire retombe et qu'il revient pour de bon à son cabinet de Los Angeles.

— C'est merveilleux. J'ai l'impression que les filles le connaissent à peine.

— C'est vrai, dit-elle.

Elle enchaîne rapidement et je comprends que la relation d'Ollie avec mes filles est bien le cadet de ses soucis.

— Fais-moi plaisir et ne lui parle pas de sa maison, d'accord ?

Je fronce les sourcils et je penche un peu la tête, comme pour mieux comprendre sa requête. Mais je sèche complètement.

— Quoi ?

— Il la vend.

— Ah bon ? Tu es sérieuse ? Mais il n'a même pas commencé les rénovations.

Il a acheté une maison délabrée dans les collines, avec deux chambres et une salle de bain, un immense terrain, une vue à couper le souffle sur les Studios Universal et un potentiel formidable. Peu de temps après, son cabinet l'a envoyé à New York et il a repoussé la date des travaux, mettant sa maison en location. Pas franchement luxueuse, mais correcte.

— Et ses projets ? Je croyais qu'il comptait demander à Jackson de l'aider à rénover.

Le mari de Sylvia est un architecte de renommée mondiale. C'est aussi le demi-frère de Damien et un très gentil garçon. Et il a proposé à Ollie de l'aider à prix réduit.

Je tire ma chaise et commence à me rasseoir, mais Jamie agite la main de manière évasive.

— File à tes rendez-vous, dit-elle. De toute façon, je n'en sais pas plus. J'ai peut-être mal compris, mais ça m'étonnerait. Pour être honnête, je crois qu'il a des problèmes d'argent.

Une vague de culpabilité déferle en moi quand je me rends compte à quel point j'ai perdu le contact avec l'un de mes meilleurs amis. Il me disait qu'il cherchait à faire un investissement immobilier, et à l'époque, je l'avais invité à dîner pour lui permettre de demander conseil à Damien, un génie des questions financières. Ollie avait décliné la proposition en me disant que l'un de ses clients pouvait l'aider en la matière et qu'il savait très bien ce qu'il faisait. Comme à ce moment-là j'étais épuisée entre mon bébé et ma petite fille, je n'ai pas insisté.

Maintenant, je le regrette. Les conseils de Damien ne l'auraient pas forcément sauvé, mais au moins, j'aurais fait tout mon possible pour aider mon ami.

— Ne t'inquiète pas, me dit Jamie, ses yeux noirs rivés sur moi. C'est un grand garçon.

Bien sûr. Mais une demi-heure plus tard, dans ma Mini Cooper rouge cerise en direction de Beverly Hills, en route vers mes préparatifs pour la fête d'anniversaire, je pense toujours à Ollie.

À Ollie *et* Damien. Parce que la situation financière de

mon ami ne fait que souligner à quel point j'ai de la chance. Dieu sait que j'aimerais Damien même s'il était dans la misère, mais je ne peux nier que sa fortune est une vraie bénédiction.

Naturellement, il y a des inconvénients. Mary Lee me l'a très bien fait comprendre ce matin.

Nous avons subi notre lot de scandales et d'émotions fortes, de harcèlement et de paparazzi. Cela va des incidents insignifiants qui prêtent à sourire jusqu'aux horreurs les plus sinistres que, sans Damien, je n'aurais jamais pu surmonter sauf en utilisant une lame tranchante pour soulager la pression.

Mais avec lui, je suis forte. Même quand je ne suis pas dans ses bras, comme ce matin au pavillon de plage, son amour coule dans mes veines et je suis ancrée en lui.

Et en ce moment, je compte les minutes jusqu'au soir, quand je pourrai me blottir contre son corps et laisser couler le reste de la journée.

———

Je n'oublie pas tout de suite Ollie et Mary Lee, mais tout en progressant dans la circulation dense, je m'efforce de chasser ces sombres pensées pour me concentrer sur des questions plus importantes. Par exemple, des paillettes au sucre de toutes les couleurs, des nappes en plastique et des jeux amusants pour bambins, de quoi occuper une pleine maisonnée de petits enfants.

Heureusement, Bree et Gregory – le valet de chambre/majordome/homme à tout faire de Damien – participent à l'organisation et aux préparatifs de la fête. Même avec leur coup de main, je suis complètement dépassée. Ces derniers temps, c'est un état quasi permanent.

Damien ne cesse de me dire que je devrais embaucher une assistante pour m'aider à gérer tous ces détails, à la fois professionnels et personnels, étant donné que le poste de Bree est exclusivement concentré sur les enfants.

Je lui ai dit que j'y réfléchirais, mais jusqu'à présent, j'ai évité la question. Je sais que Damien a toute une équipe d'assistants supervisée par Rachel, mais je ne peux me résoudre à engager quelqu'un. Après tout, nous avons déjà du personnel de maison. En plus de Bree et de Gregory, nous avons une femme de ménage qui vient tous les jours, un jardinier et sa main-d'œuvre, une équipe d'agents de sécurité et une cuisinière à temps partiel. Sans parler des chauffeurs qui travaillent techniquement pour sa société, mais qui sont à son entière disposition.

Certes, ce serait utile d'avoir une aide permanente, mais je ne pense pas avoir besoin d'autres employés. Je me débrouille bien jusqu'à présent. Je suis très occupée, mais ça va.

Toujours est-il que je ne suis pas Damien. Ma société est modeste et j'ai bien moins de responsabilités que lui. Je n'ai pas besoin de toute une équipe pour gérer ma vie quotidienne.

Et cela me convient à cent pour cent.

Et puis, si j'avais une assistante, ce serait vraisemblablement elle qui viendrait passer commande chez Love Bites à ma place. Ce qui signifie qu'elle goûterait les échantillons de gâteau et qu'elle discuterait des décorations. *Et ce serait bien dommage*, me dis-je en me garant devant un parking. Je sors de la voiture, je remets mes clés au voiturier et je longe Rodeo Drive sur quelques pâtés de maisons jusqu'au croisement de Beverly Boulevard.

Un frisson me traverse lorsque j'arrive au coin de la rue. *Comme si quelqu'un marchait sur ma tombe*. La voix de mon grand-père résonne dans ma tête, inondant mes souvenirs de ses dictons et superstitions du Sud.

À moins que ce ne soient pas des superstitions...

Quand je me retourne, je m'attends presque à découvrir quelqu'un qui m'observe de l'autre côté de la rue. Mais en levant les yeux, je ne vois rien qui sorte de l'ordinaire. Il n'y a que des touristes et les clients des boutiques de luxe, qui rient, sourient et profitent de cette magnifique journée.

Je traverse la rue, puis je m'arrête encore, mais la sensation a disparu et je la mets sur le compte de ma paranoïa, exacerbée par la journée que j'ai passée. Quand j'arrive enfin à Love Bites, j'ai réussi à m'aérer l'esprit.

— Nikki !

Sally Love ouvre grand les bras lorsque je pousse la porte vitrée. Aussitôt, des arômes riches et alléchants de gâteaux et de biscuits tout frais sortis du four me parviennent. Son sourire est radieux et ses joues rosissent quand elle accourt pour me serrer dans ses bras. Chef réputée, Sally a animé sa propre émission de cuisine pendant des années avant de quitter les projecteurs pour se concentrer sur une chaîne nationale de boulangeries haut de gamme, Love Bites, dont le magasin fleuron est cette boutique de Beverly Hills.

— C'est un plaisir de te voir.

Je suis sincère. J'ai fait appel à Sally pour de nombreux événements, et si j'adore ses confections, je l'aime aussi en tant que personne. Elle a quelques années de plus que moi et une personnalité maternelle, aussi cordiale et réconfortante qu'un gâteau au chocolat tout chaud.

— J'ai pensé aux filles, me dit-elle en me conduisant de l'autre côté des présentoirs, dans le salon de dégustation privé agencé en cuisine accueillante, avec deux murs bordés de plans de travail et de placards, un réfrigérateur, un fourneau et des plaques de cuisson.

Elle a récemment agrandi sa boulangerie en rachetant l'espace adjacent, et elle me fait signe de prendre place sur un tabouret autour de l'îlot central à la surface en quartz qui domine le centre de la pièce.

Elle se campe à côté de moi et sa hanche effleure un tabouret, comme si elle envisageait de s'asseoir, trop active pour s'y résoudre.

— Au risque d'être accusée de manquer d'imagination, je crois que nous pourrions encore opter pour des cupcakes. Mais cette fois, il y aura un truc en plus.

— Un truc en plus ?

Pour notre mariage, Sally avait confectionné des tours de cupcakes. Le résultat final était grandiose. Les invités pouvaient choisir le parfum qu'ils souhaitaient sur les cinq étages de cupcakes aux décorations somptueuses et au glaçage fondant. Ma mère était mortifiée, mais moi, j'étais aux anges.

Sally hoche la tête, puis elle se penche pour ouvrir l'un des placards sous l'îlot. Quand elle se lève, elle porte un immense plateau sur lequel trône un gâteau rond à deux étages, avec un épais glaçage au chocolat, parfaitement exécuté et tellement appétissant que j'ai envie de passer le doigt sur l'un des bords pour un avant-goût de ce délice sucré.

— Quelque chose comme ça au centre, m'explique Sally. Mais pour les enfants, ce sera plus haut et plus large.

Une fois de plus, elle plonge dans son placard aux merveilles. Cette fois, elle sort une montagne de cupcakes. Le centre, comme elle l'a décrit, est le gâteau au chocolat double couche. Mais deux cercles concentriques de cupcakes viennent encadrer cette base, l'un d'eux glacé par ce qui ressemble à de la crème au beurre et l'autre avec du chocolat.

Quatre pointes se dressent à partir des gâteaux ronds, soutenant la première couche d'une tour surmontée d'un assortiment de cupcakes. Au-dessus, quatre autres colonnes soutiennent un étage de diamètre inférieur, avec des cupcakes plus petits. La couche supérieure est constituée d'un seul cupcake surdimensionné.

— Pour les reines de la fête, dit Sally en désignant le gros cupcake. Évidemment, nous aurons deux tours, une pour Anne et une pour Lara. Il y aura des bougies d'anniversaire dessus, évidemment. Et elles peuvent choisir leur couleur préférée pour le glaçage.

— J'adore, dis-je avec un ravissement sincère.

— Ce n'est pas encore fini.

Cette fois, elle ne se penche pas sous l'îlot, mais elle se hisse vers l'étagère au-dessus de l'évier, où sont rangés toute la collection de ses livres publiés ainsi que quelques classeurs.

Elle m'apporte un classeur bleu ciel, couvert d'une fine couche de farine. À l'intérieur se trouvent des pages de photos protégées par des pochettes en plastique transparentes. Elle les feuillette rapidement, puis elle me montre la tour de cupcakes avec toutes ses décorations, accompagnée de bols argentés remplis de pépites colorées, de bonbons et autres fantaisies.

— Ce sera salissant, dit-elle. Mais je te promets que les enfants s'amuseront beaucoup. Et quand nous l'installerons, nous placerons sur le sol un revêtement de protection qui aura l'apparence et la texture d'un tapis classique. Nous pouvons même apporter des tables pour enfants, si tu en as besoin.

— Je m'en charge, lui dis-je avant de lever vers elle un

regard amusé. Je ne me doutais pas que tu étais en pleine expansion sur le marché des moins de cinq ans.

Elle éclate de rire.

— J'ai préparé le gâteau pour l'anniversaire de mon neveu, et ça m'a donné des idées. Maintenant, j'offre le service complet pour les fêtes d'enfants.

Elle ajoute avec un clin d'œil :

— J'adore mon travail, mais c'est une gratification toute particulière quand un gamin me sourit avec une bouche couverte de glaçage.

— Je suis bien d'accord avec toi. J'espère que tu seras présente.

Sally envoie souvent l'un de ses employés aux événements qu'elle couvre, mais elle connaît Damien depuis des années et nous l'avons conviée en tant qu'invitée après l'installation de la tour de cupcakes.

— Je suis impatiente. Ça fait une éternité que je n'ai pas vu vos filles. Ni Damien et toi, d'ailleurs.

— Nous avons été très occupés ces derniers temps. Et toi, du nouveau dans ta vie ?

— Avec tout ce qui se passe à la boutique ? Je n'ai pas de temps pour la nouveauté.

Elle sourit tout en parlant, mais sous ses paroles, je crois déceler une pointe de regret. J'ai envie de l'interroger, mais je me ravise. Ce n'est pas mon rôle. Et surtout, c'est peut-être le fruit de mon imagination.

Nous réglons les derniers détails pour la fête. Au moment où nous terminons les choix de glaçage et de décoration, la prochaine cliente de Sally franchit le seuil. C'est une jeune femme, grande et belle, au visage si radieux que je suis certaine qu'elle vient pour son gâteau de mariage.

En fin de compte, j'ai passé presque une demi-heure à

Love Bites. Je retourne en flânant à ma voiture. Sauf en cas d'accident sur Santa Monica Boulevard, je devrais arriver à temps à mes nouveaux bureaux pour retrouver Luis et mon équipe.

Love Bites est sur Beverly Boulevard, et ma voiture est garée à quelques rues, entre Dayton Way et le 2, Rodeo Drive, un haut lieu du shopping de luxe. Je me suis dépêchée à l'aller, concentrée sur ma destination. À présent, je prends le temps de me promener et je laisse mon regard lécher les vitrines.

Les robes sexy aux coupes parfaites, présentées sur des mannequins sans têtes. Les élégantes robes du soir, plus chères que les voitures de bien des gens, qui seront portées sur un tapis rouge avant d'être reléguées dans une housse en plastique au fond d'un placard ou offertes à des œuvres de charité. Les sacs à main minutieusement confectionnés. Les bijoux somptueux qui scintillent sous la lumière tamisée, conçue pour mettre en valeur chaque trésor.

En temps normal, je ne prête pas attention aux marques, mais je ne peux nier que le célèbre quartier de Rodeo Drive abrite tout un monde de beauté et d'opulence. Les prix sont hors de portée de nombreuses bourses, et pourtant, le faste et le prestige de cette destination réputée attirent tout un flot de touristes en plus d'une clientèle aisée. L'intérêt pour le luxe, le confort et le détail peut agir comme un baume contre un monde brutal et dur.

Tout en me promenant, j'admire les couleurs et les motifs, avant de m'arrêter net devant une vitrine entièrement remplie de photos en noir et blanc. Ce sont des femmes nues, dans des postures indéniablement érotiques malgré la pudeur que confère le contraste en ombres et lumière.

Je connais ces photos. C'est l'œuvre de Wyatt Royce, star

montante dans le monde de la photo. Il s'appelle Wyatt Segel, mais comme sa famille fait partie de la noblesse hollywoodienne, il a pris un pseudonyme d'artiste. Il souhaitait se faire connaître pour son talent, sans profiter de sa famille.

C'est également un bon ami, et même si je ne m'attends pas à le voir dans la galerie qui vend ses œuvres, j'entre néanmoins. J'ai toujours eu un faible pour la photo depuis que ma sœur m'a offert un Nikon quand j'étais au lycée, et j'ai envie de contempler de plus près les belles compositions et le style éblouissant de Wyatt.

Je suis d'abord attirée par une photo de sa femme, Kelsey. C'était son modèle à l'époque où il a rencontré le succès. On ne voit pas son visage sur la photo, mais elle m'a parlé de cette séance et je suis certaine que c'est elle. Dans son studio de danse, elle se tient à la barre, un pied à plat sur le sol, l'autre fléchi sur la rampe en bois. Penchée en avant, les mains sur les orteils, elle ne porte que ses ballerines et un tutu. Pas de collants, pas de justaucorps. Ses longs cheveux tombent autour de son visage, comme si c'était cette négligence – et non son absence de vêtements – qui constituait un véritable affront à la danse classique.

Elle a un corps agile de danseuse, une musculature longiligne. L'image est prise à un angle qui révèle trois des quatre miroirs, ce qui donne l'impression qu'il y a une infinité de Kelsey. La photo est à la fois sensuelle et délicate. Si elle semble manquer de caractère au premier abord, plus je la regarde, plus j'ai la conviction qu'elle me restera longtemps dans la tête lorsque j'aurai quitté la galerie.

— Bonjour. Puis-je vous aider ?

Une femme grande et mince s'avance vers moi. Ses cheveux argentés coupés court accentuent ses pommettes saillantes. Elle doit avoir une soixantaine d'années, soit deux fois plus que moi, et j'espère être aussi magnifique à son âge.

Elle m'adresse un sourire chaleureux et j'aperçois le petit badge élégant qu'elle porte, sur lequel son nom est gravé : *Emily*.

— Cherchez-vous quelque chose en particulier ?

— Pour être honnête, je rejoignais ma voiture. J'ai vu les œuvres de Wyatt et j'ai eu envie d'entrer.

— Vous connaissez Monsieur Royce ?

— Je suis une grande fan et une amie. Nikki Stark, ajouté-je en tendant la main.

— Madame Stark, c'est un plaisir. J'ai presque l'impression de vous connaître.

Je me crispe et elle rit timidement, comme pour masquer sa gêne.

— Je suis désolée. Je me suis mal exprimée. Je voulais dire que Monsieur Royce m'a parlé de vous en termes très élogieux, ainsi que de votre belle-sœur. Madame Steele ? Il paraît que vous avez pris des cours avec lui.

Aussitôt, je me détends en comprenant que ce qu'elle connaît de moi n'est pas lié à la fascination des tabloïds pour mon mariage, le célèbre tableau ou l'argent de Damien.

— Je ne dirais pas que nous avons pris des cours. Syl et moi sommes des amatrices. Mais j'adore la photographie et je sais reconnaître une belle œuvre quand j'en vois une. Le travail de Wyatt est exceptionnel.

— C'est vrai.

Elle désigne d'un geste le mur où sont exposées sous verre la plupart des photos de Wyatt.

— Je ne sais pas si vous vous intéressez aux autres arts, mais en ce moment, la galerie présente *Péchés de Chair*, une exposition conjointe d'œuvres érotiques à vendre, sous diverses formes et par plusieurs artistes différents.

Je ne peux réprimer le sourire qui se dessine sur mes lèvres.

— J'adore le titre.

— Dans ce cas, je m'en attribue le mérite. J'avoue avoir été inspirée par le *Rocky Horror Picture Show*. C'est un petit plaisir coupable du temps de ma jeunesse, et j'ai toujours beaucoup aimé la bande originale.

— J'y ai pensé. Ma sœur a fait le mur pour aller voir ce film quand elle était au lycée, puis elle a acheté l'album. Elle le passait en boucle. Pour faire enrager notre mère, au début. Mais nous avons commencé à adorer ces chansons. Bien sûr, c'était tout à fait inapproprié pour moi, mais c'était notre secret entre sœurs.

Un sourire mélancolique me vient. J'avais oublié ces souvenirs jusqu'à maintenant, et je cligne frénétiquement des paupières pour retenir mes larmes.

— Et si je vous laissais jeter un œil, dit Emily.

J'acquiesce avec reconnaissance, certaine qu'elle a perçu ma détresse et qu'elle m'accorde un peu d'intimité.

— Merci. Vous avez éveillé ma curiosité.

C'est la vérité, et même si je dois me dépêcher pour arriver à l'heure à mon rendez-vous, j'ai encore un peu de temps.

Je marche le long du mur, admirant les clichés de Wyatt. J'en reconnais quelques-uns pour les avoir vus à son atelier la dernière fois que je lui ai rendu visite. En arrivant au bout de la vitrine, je la contourne et je m'arrête net. *Je connais ces tableaux.*

Pas *ces* tableaux exactement, mais d'autres peintures tellement similaires que mes jambes flageolent quand je les vois. Parce que ce sont les tableaux de Blaine, si ressemblants à ceux qui ornaient les murs de la maison d'Evelyn le soir où j'ai rencontré Damien à Los Angeles. Le soir où tout a commencé.

Je fais un pas et je me rends compte que j'ai refermé mes bras autour de mon buste. Non pas pour me protéger, mais dans un geste de pur égoïsme. Je veux conserver ces images avec mes souvenirs. Comme si je risquais de perdre le goût et la texture de ces moments passés si je ne les serrais pas contre moi.

Jamais. Ces moments sont gravés en moi au fer rouge. Imprimés sur mon cœur. Et en cet instant, je désire plus que tout la présence de Damien à mes côtés.

Comme ce n'est pas possible, je me laisse aspirer par le désir que ces tableaux ont déclenché. Les souvenirs de ces moments avec Damien, avant notre vie de couple, quand notre attirance brûlait comme un feu de forêt – incandescent, dangereux et hors de contrôle.

La peinture devant moi reflète un désir bien différent. Si les premières œuvres de Blaine se concentraient sur le rouge pour accentuer des images en nuances de noir et de gris, cette toile est dominée par des touches audacieuses d'un bleu orageux. Autour des chevilles et des poignets d'une femme nue, des rubans l'attachent sur une chaise. Elle se cambre, le haut du corps dans l'ombre de ses côtes. Son visage est tourné vers le plafond. Ses longs cheveux tombent en arrière, mais quelques mèches s'échappent devant son épaule, décrivant une boucle sur son sein nu.

Son sexe est caché dans l'ombre. Les coups de pinceau sont subtils et il est impossible de voir l'expression de son visage détourné. Est-elle excitée, dans l'attente d'un amant ? Est-elle nerveuse en se livrant à des jeux érotiques avec un homme qu'elle connaît à peine ? Est-elle ici de son plein gré ou est-ce l'image de la peur et de la violence ?

Je tremble à cette pensée, puis je bondis en sentant la pression de deux mains masculines autour de ma taille. Un homme se plaque derrière moi. Mon corps se raidit dans une réaction épidermique que je suis incapable de contrôler pendant la fraction de seconde qu'il faut à mon esprit pour lui demander de se détendre. Parce qu'il n'y a absolument rien à craindre.

Damien.

Je commence à me retourner, mais il augmente la pression et me maintient fermement en place.

— D...

— Chut.

Je sens son souffle dans mes cheveux.

— Reste où tu es, bébé, et ne te retourne pas.

CHAPITRE SEPT

Son nom s'éteint sur mes lèvres, mais je l'entends dans ma tête. *Damien.* Ma voix n'est qu'un murmure. Empreint de désir.

Il m'attire doucement, mon corps contre le sien, et je ferme les yeux pour m'abandonner aux sensations de ses caresses tout en luttant contre l'envie de m'éloigner. De lui demander de s'arrêter. De lui dire que nous sommes en public et que nous ne pouvons pas faire ça.

Mais je ne le fais pas. Je reste, et en fermant les yeux pour capituler à mes propres désirs, j'entends son gémissement satisfait. Son sexe en érection se presse au bas de mon dos, excité par mon assentiment.

Et je le suis aussi.

J'ai beau ne pas être le genre de femme à se laisser exciter par les caresses de son amant dans une galerie publique, je ne peux nier la chaleur entre mes cuisses, pas plus que je ne peux nier la simple vérité : avec Damien, il n'y a pas de limites. Non parce que je n'en ai aucune, mais parce qu'il sait m'entraîner au bord du gouffre. Me laisser sans voix, avide et éperdue. Sans jamais aller trop loin.

Je me suis changée avant de retrouver Jamie pour le déjeuner, et je porte un débardeur au crochet près du corps et une jupe portefeuille attachée par un bouton sur la hanche. Ses mains serrent la courbe de ma taille et je sens leur chaleur à travers les mailles de mon haut noir. J'esquisse un geste pour me retourner, mais il resserre sa poigne et prononce un *non* si faible que je crois l'avoir imaginé.

Mais je sais que je n'imagine pas le mouvement de ses mains, qui remontent lentement sur mon corps, faisant battre mon cœur un peu plus vite à chaque millimètre gagné. Le souffle court, je murmure son prénom :

— Damien...

Je ne suis pas certaine d'accepter ce moment, je le supplie d'arrêter, et en même temps de continuer.

Ses mains glissent sous mes seins et ses paumes les soulèvent. Il pince mes tétons entre ses pouces et ses index. Il augmente la pression et j'inspire en serrant les jambes. Mon clitoris palpite et je me mords la lèvre, réprimant l'envie de céder à la chaleur qui se propage en moi.

— Tu te demandes si c'est du plaisir qu'elle ressent, me dit-il.

Mon esprit s'est tellement éloigné de ces murs qu'il me faut un moment pour comprendre qu'il parle de la femme sur le tableau de Blaine.

— Du plaisir ou de la gêne, ajoute-t-il.

Sa main droite descend et ses doigts trouvent le rabat de tissu où les deux pans de ma jupe se chevauchent.

Il y passe la main, sa paume effleurant le coton brossé. Lentement, ses doigts ramènent vers lui le pan intérieur de la jupe. Il le froisse dans sa main et je retiens un gémissement lorsque, du bout des doigts, il frôle la peau nue de ma cuisse.

— Était-elle excitée de savoir que les gens verraient son portrait ?

Ses doigts remontent lentement, se rapprochant dangereusement de mon sexe. Je me mords la lèvre et je ferme les yeux, tout le corps vibrant de désir pour ses caresses. J'imagine sa main sur mon sexe, ses doigts à l'intérieur. Ses lèvres effleurent mon oreille et il chuchote. Ses mots sensuels réveillent mon imagination. Mon corps frissonne, se contracte et pétille autour de lui. Je me mords si violemment pour ne pas crier que je sens le goût du sang dans ma bouche.

J'imagine tout cela. J'en ai envie. Désespérément besoin.

Et en même temps, ça me terrifie.

— Pas ici, murmuré-je en posant ma main sur la sienne. Pas maintenant.

Ses doigts s'immobilisent, mais il se rapproche encore. Sa chaleur me brûle le corps et les battements de son cœur se répercutent à travers moi.

— J'ai eu ton message. Et ton cadeau.

Son murmure me traverse et, à ses mots, je suis encore plus consciente d'être nue sous cette jupe.

— Tu m'as raté à dix minutes près.

— Comment m'as-tu retrouvée ?

— J'ai mes sources. Et je suis prêt à tout mettre en œuvre pour arriver à mes fins.

Sa voix est taquine et je souris, amusée. En fait, il n'a pas eu besoin de mettre beaucoup de choses en œuvre. L'application installée sur nos deux téléphones, ainsi que sur nos voitures – et celle de Bree, bien sûr, au cas où nous ayons besoin de la retrouver avec les enfants.

Il a dû consulter son téléphone, voir que j'étais garée à Beverly Hills et se rappeler que je devais passer commande pour le gâteau des filles. Puis il a dû suivre mon trajet et il m'a vue entrer ici.

— Tu crois vraiment que j'ai besoin d'un GPS pour te trouver ? rétorque-t-il une fois que je lui ai fait part de mes remarques. Tu ne sais pas que tu es toujours dans mon cœur ? Comment pourrais-je perdre cette trace-là ?

Je souris et pousse un soupir de bonheur. Ses mots me ravissent. Qui sait ? C'est peut-être vrai. Mon mari est un homme remarquable.

— J'avais envie de te voir.

Sa voix a une intonation implacable. Comme si les détails ne comptaient pas. Comme si sa volonté seule suffisait à me retrouver.

Peut-être est-ce le cas.

— De te toucher.

Les doigts de sa main sur mon sein me pincent le téton, propageant une nouvelle onde de désir entre mes jambes.

— Je voulais savoir si tu étais toujours nue, ou si tu avais enfilé une nouvelle culotte.

Sa main demeure immobile, mais je ne peux m'empêcher de la lâcher pour la laisser continuer.

— On ne peut pas.

C'est une galerie publique. N'importe qui pourrait entrer. Quand cette idée me vient, je balaie la salle du regard. Nous nous trouvons dans une section sans vitres. La galerie est vide et il y a de l'écho, avec un carillon au-dessus de la porte. Nous sommes seuls, à l'exception d'Emily. Et si elle vient par ici, ses talons claqueront forcément sur le sol, ce qui devrait nous avertir.

Cette pensée – ce fantasme – me parcourt le corps.

— On ne peut pas, répété-je, à la fois pour insister et pour me rappeler cette vérité élémentaire.

— Vraiment ?

Sa bouche effleure mon oreille et son souffle fait frémir mes cheveux, diffusant des frissons le long de ma colonne.

— Et si je te disais qu'Emily est occupée sur son ordinateur ? Qu'elle a fermé la porte à clé pour la pause déjeuner ? Que je suis certain qu'on ne nous verra pas ?

Je déglutis sans répondre. Si je parle, j'ai peur que mon désir trahisse mon bon sens.

— Elle ne voudra pas nous déranger. Surtout si nous sommes des clients potentiels. Si elle gâche ce moment, elle pourrait perdre une vente. Elle le sait. Elle sait qu'un client doit s'abandonner à l'art. Au moment présent.

Son pouce décrit de petits cercles sur mon sein, et mon cœur bat si fort que je suis presque étonnée qu'Emily n'entende pas son écho, à l'autre bout de la galerie. Sur mes jambes, ses doigts progressent délicatement. Ils sont subtils, mais pas immobiles. Non, ses doigts caressent ma peau nue, par des gestes sensuels mesurés pour exciter mon désir.

— Que veux-tu, Nikki ?

Ses mots sont aussi tendres que ses doigts sur ma peau.

— Tu veux que je monte plus haut, un millimètre après l'autre, sur tes cuisses humides ? Tu retiendrais ton souffle, dans une attente haletante. Pousserais-tu un cri si je caressais ton clitoris, pourrais-tu retenir l'explosion ? À moins que je ne te caresse pas à cet endroit-là. Je pourrais enfoncer mes doigts en toi, profondément. Sentir ta moiteur, ton corps qui se comprime autour de moi, qui m'attire alors que mon pouce jouerait avec ton clitoris. Sans jamais te toucher franchement. Je t'exciterais tout doucement jusqu'à ce que tu ne tiennes plus.

Déjà je n'y tiens plus, et je suis certaine qu'il le sait. J'ai envie de lui demander d'arrêter, et pourtant je ne veux pas.

Alors je me contente de chuchoter son nom. Une supplication. Une prière.

— *Damien.*

— C'est ça, bébé.

J'entends la chaleur dans sa voix grave et mélodieuse, une passion aussi intense que la mienne.

— Crierais-tu mon nom en explosant ? Ou garderais-tu le silence en tremblant dans mes bras, pour que je sois le seul à connaître la force de l'orgasme qui t'ébranle ?

À présent, je tremble pour de bon. Je suis si proche de l'explosion qu'il décrit que je sens presque ma peau crépiter. Le léger souffle d'air dans les conduits au plafond ne parvient pas à rafraîchir ma peau brûlante. J'ai envie de cette extase, je l'attends, et pourtant je n'arrive pas à me laisser aller. Pas ici. Pas comme ça.

Damien le sait, évidemment. Son but réel n'est pas de me faire jouir, c'est de m'entraîner dans le précipice. Du plaisir, oui, mais ourlé de frustration. D'envie. Et surtout, d'une attente insoutenable.

— Ce soir, murmuré-je avant de retirer sa main de ma cuisse, avec audace et une pointe de regret.

— Je suis impatient, Madame Stark.

Il recule d'un pas et me libère entièrement. Je prends une inspiration, attristée de perdre la sensation de son corps. Et peut-être, au fond, attristée que cette rencontre ne soit pas allée plus loin.

— Au fait, la réponse, c'était les deux, ajoute-t-il.

Il est toujours derrière moi. Depuis qu'il m'a rejointe dans la galerie, il n'a pas bougé. À présent, je me retourne légèrement, juste assez pour apercevoir sa silhouette dans mon champ de vision.

— Comment ça ?

— Le modèle. Du plaisir, oui, mais avec un soupçon de gêne. Pas parce qu'elle est exposée à la vue de tous, ce n'est pas ce qui la dérange.

Il garde le silence. La question évidente reste en suspens entre nous.

— Alors, pourquoi ? demandé-je lorsque le silence devient insoutenable.

Il se penche vers moi et son souffle effleure mon lobe d'oreille.

— Parce que ça lui plaît.

Ces mots me traversent et la force de cette phrase toute simple me donne le frisson.

— On se retrouve à la maison, me dit-il en reculant encore.

Cette fois, la distance ne m'attriste plus. Au contraire, j'en ai besoin. J'ai besoin de distance et de temps si je veux me ressaisir avant de rejoindre Santa Monica.

Je me retourne et lui prends les mains en plongeant mes yeux dans les siens. C'est la première fois que je le vois depuis des jours, et je me délecte de sa beauté. Ses cheveux d'un noir de jais. Ses yeux vairons, l'un noir et l'autre ambré. Ce corps sec et musclé, conçu pour porter des costumes sur mesure, mais parfait dans sa nudité.

Pourtant, ce n'est pas son physique qui le rend si fascinant. C'est sa prestance. Son assurance. Comme s'il pouvait obtenir tout ce qu'il désire. Y compris moi.

Cette pensée me fait sourire. Comme toujours, je suis frappée par la beauté de cet homme et par l'amour que reflète son regard.

— Ça me fait plaisir que tu sois passé.

— Le plaisir, ce sera pour ce soir, dit-il sans se départir de son sérieux.

Je réprime un sourire et je darde sur lui un regard sévère.

— Tu as l'esprit mal placé. Ce n'est pas ce que je voulais dire.

— Je sais, dit-il. Mais je reste sur ce que j'ai dit.

Je lui lance un sourire séducteur.

— C'est une promesse ?

— Bébé, c'est une exigence, répond-il, un doigt sous mon menton et ses yeux dans les miens.

———

— C'EST UNE GALERIE MAGNIFIQUE, dit Damien à Emily lorsque nous revenons dans le hall d'accueil.

— Je suis ravie que l'exposition vous ait plu. Une œuvre a-t-elle attiré votre attention ?

— Le tableau de Blaine, avec la femme sur la chaise. Je crois que c'est *Femme en Bleu*.

Il me lâche la main pour sortir son portefeuille de la poche intérieure de sa veste de costume. Il lui tend une carte American Express noire.

— S'il vous plaît, demandez à Blaine de m'appeler pour qu'on discute de l'heure de la livraison et de l'installation. Il a mon numéro.

Elle ne semble pas étonnée qu'il lui donne un ordre. Ni qu'il ne lui demande même pas le prix de l'œuvre.

— Certainement, Monsieur Stark.

Ils terminent la transaction en un temps record. Je prends congé d'Emily et je franchis la porte avec Damien, clignant des paupières en émergeant dans la lumière.

— Où comptes-tu mettre le tableau ? demandé-je. Ce n'est pas approprié pour les enfants.

— C'est vrai, dit-il.

Au pincement de ses lèvres, je comprends qu'il n'y avait pas pensé. Il voulait ce tableau, et il l'a acheté sans plus de questions.

Son sourire se dissipe et il me demande, la mine grave :

— Il te plaît ?

— Le tableau ? Bien sûr.

C'est la vérité, mais j'espère qu'il ne voit pas le reste de la réponse dans mes yeux. Parce qu'il y a autre chose. Le pouvoir de l'argent. La satisfaction du désir. Et les messages que nous envoyons à nos enfants. Mais c'est une tout autre conversation. Une conversation plus difficile, que nous ne pouvons pas avoir sur un trottoir de Beverly Hills.

— Tant mieux.

Il penche la tête en regardant la galerie. Sans doute imagine-t-il le tableau chez nous. À moins qu'il pense au portrait de Blaine suspendu au deuxième étage, fixé sur un mur de pierre en haut de l'escalier. Une femme nue, debout, les poignets liés et le visage détourné. C'est moi, bien sûr, et à cause de cela j'ai du mal à être objective.

Pourtant, j'y parviens. Bien qu'il y ait un certain érotisme dans cette peinture, ce n'est pas une peinture érotique. Ce n'était pas ce qu'il avait commandé. Non, c'est l'étude d'une femme nue, le visage caché. C'est beau, peint avec goût.

Et naturellement, les filles ne savent pas encore que le modèle n'est autre que leur mère.

En revanche, *Femme en Bleu* est l'un des tableaux franchement sexuels de Blaine, notamment parce que la femme se tient face au spectateur, les jambes écartées et le corps attaché.

— Nous trouverons un emplacement, dit-il. Peut-être dans notre chambre. Nous pourrions faire installer un cadre profond, avec des volets automatiques. Quand les filles sont dans la chambre, nous aurons une télécommande pour cacher le tableau.

C'est plus fort que moi, j'éclate de rire avant de me blottir dans ses bras.

— Tu as réponse à tout, Monsieur Stark. Et je crois que

tu viens d'augmenter le prix de ce tableau et de son installation de plusieurs milliers de dollars.

— C'est bien peu à payer pour garder un souvenir de cet après-midi.

Il libère ma taille et prend mes joues dans ses mains.

— J'ai envie de le voir et de me rappeler le paquet sur mon bureau, puis de te voir, les yeux sur ce tableau. Tu penserais à ce premier soir, chez Evelyn, quand nous avons vu la peinture de la femme en rouge, attachée. En regardant la femme en bleu, je veux penser à notre étreinte d'aujourd'hui. Quand je t'ai touchée. Je veux garder le souvenir de ce que je t'ai dit, et je veux me rappeler que, si j'étais allé plus loin, tu m'aurais suivi.

Je perçois le mouvement de ses iris lorsqu'ils glissent sur moi.

— N'est-ce pas ? demande-t-il.

— Tu le sais bien.

Un sourire se dessine sur ses lèvres, exprimant à la fois la reconnaissance et un soupçon de mélancolie.

— Et c'est ma dernière raison. Je veux pouvoir regarder ce tableau et me rappeler la satisfaction que m'a causée la profondeur de ta confiance aujourd'hui. Tu sais à quel point ça compte pour moi ?

— Bien sûr.

Je le dévisage. Pendant un moment, je crois apercevoir une lueur dans son regard, comme si quelque chose le perturbait.

— Damien ?

Il tend la main pour faire glisser une mèche de cheveux entre ses doigts.

— Tu aurais dû m'appeler, dit-il.

J'ignore de quoi il parle, et il doit s'en rendre compte, car il poursuit :

— La journaliste. Le bouton d'alarme. Nikki, bon sang, pourquoi tu n'as pas appelé ?

Sa voix douce est devenue insistante et une boule se forme dans mon ventre quand je comprends sa peur. Bien sûr, il reçoit les alertes lorsque notre système de sécurité se déclenche. Je n'y avais même pas pensé.

— Ce n'était rien, dis-je. Tu as forcément appelé le gardien. Tu sais que tout va bien. Rien d'important.

Il analyse mon regard, mais il ne dit rien.

— Ça va, Damien. J'avoue que j'ai été un peu secouée. C'est pour ça que je suis venue à ton bureau. Il m'a suffi de te laisser ce message pour me calmer.

Je me hisse et dépose un baiser sur ses lèvres.

— Ça va, répété-je. Sincèrement.

Il m'attire à lui et referme ses bras autour de moi, une main derrière ma tête lorsque je presse ma joue sur son torse. J'entends le rythme régulier de son cœur et je ferme les yeux. J'aimerais pouvoir le rassurer encore plus.

Mais ce n'est pas ce qu'il attend de moi. Il sait déjà que je vais bien. Il sait que je l'aurais appelé immédiatement si ça n'allait pas. Il s'agit de tout autre chose.

Je m'écarte et je penche la tête pour le regarder. Je lui pose une question tacite. Il me répond avec un baiser, fougueux et si délicieusement intime que je gémis en me rapprochant, sans prêter attention aux passants. En fait, je ne prête attention à rien, même s'il est certain que je découvrirai une photo de ce moment si je me connecte aux réseaux sociaux plus tard dans la journée.

Mais ça m'est égal. Il en a besoin. Il a besoin de me toucher. De me serrer contre lui. Notre moment d'intimité dans la galerie était un jeu, une suite logique au cadeau que j'ai laissé sur son bureau. C'est pour lui. Pour lui assurer que tout va bien. Que je suis là. Que je lui appartiens.

Je ne sais pas pourquoi il en a besoin, mais cela n'a aucune importance. Je donnerai toujours à Damien ce qu'il veut.

Mes genoux sont faibles lorsqu'il me libère enfin. En reculant, je remarque les badauds alentour. Je reste concentrée sur mon mari et ils passent leur chemin en comprenant que le spectacle est terminé.

— Attention, Monsieur Stark, dis-je sur un ton espiègle. Je dois retrouver mon équipe à Santa Monica. Nous n'avons pas le temps de faire un saut à l'hôtel Beverly Wilshire pour un petit coup en vitesse.

Il esquisse un sourire amusé, mais l'ombre s'attarde. Quelque chose de sombre, d'impénétrable. Quelque chose qui n'a sans doute rien à voir avec moi.

Quelque chose que je ne comprends pas.

Pas encore.

Mais je comprendrai. Parce que je mets un point d'honneur à le découvrir.

CHAPITRE HUIT

Mon téléphone sonne au moment où je m'engage sur Wilshire Boulevard, à quelques kilomètres de mes nouveaux locaux. J'appuie sur le bouton pour prendre l'appel et la voix de ma belle-sœur se fait entendre dans le système d'enceinte de Coop.

— Où es-tu ? demande Sylvia.

— À Santa Monica. Quoi de neuf ?

— C'est ta dernière visite avant de conclure les détails ? Tu veux que je vienne ?

Je ne loue pas mes bureaux dans un bâtiment du parc immobilier de Stark, alors Sylvia ne m'a pas accompagnée dans mes recherches ni dans la signature du contrat. Mais comme l'immobilier est sa spécialité et qu'elle fait partie de la famille, sa proposition est sincère. Malgré tout, je refuse.

— J'apprécie beaucoup, mais je crois que c'est bon.

— D'accord. Si tu as le moindre doute, envoie-moi un message. J'ai terminé au Domino, donc je peux être là dans un quart d'heure maxi.

— Qu'est-ce qui se passe là-bas ? Rachel m'a dit qu'il y avait une grosse crise à gérer.

— Elle n'a pas menti. Attends.

Je distingue des voix, des bruits de pas, puis une déglutition.

— Désolée, dit-elle en reprenant. J'essaie de réduire la caféine, mais c'est un jour où j'en ai besoin.

J'imagine qu'elle s'est installée au Domino Café, le kiosque avec terrasse déjà ouvert sur le site. C'est une belle journée ensoleillée et elle s'est sûrement assise sur l'une des chaises en plastique bariolées. Elle porte des lunettes de soleil qui dissimulent ses yeux couleur whisky, et la pointe de ses cheveux bruns et courts volète dans le vent, lui donnant un petit côté élégant, mais insouciant.

— Moi aussi, j'ai une dure journée. Raconte-moi la tienne, ça me remontera le moral. Et puis, j'ai envie de connaître les derniers ragots des bureaux Stark.

Comme je l'avais espéré, elle éclate de rire.

— Ce ne devait pas être difficile aujourd'hui. J'avais quelques réunions sur place, à propos de la nouvelle phase, rien d'autre. Mais tout d'un coup, Richard Breckenridge a débarqué. Il s'est mis à me hurler dessus et à me dire qu'il allait obtenir une injonction pour interrompre la construction et geler les locations, et qu'il allait détruire le Domino, Damien, moi et tous ceux qui se mettraient en travers de son chemin.

— Merde...

Ce mot résume parfaitement la situation. Breckenridge est un homme d'affaires de la région, avec des propriétés dans le monde entier. C'était l'un des premiers investisseurs du Domino. Il avait l'air très correct quand je l'ai rencontré, un soir, lors d'un dîner d'affaires avec Damien. Un peu prétentieux, mais d'une conversation agréable.

Cependant, il y a peu de temps, il s'est retrouvé impliqué dans un scandale lié à #metoo. Les accusations semblaient non seulement fondées, mais particulièrement graves. Au lieu de poursuivre son partenariat avec cet homme, Damien – ou plutôt sa société – a invoqué une clause dérogatoire pour racheter l'investissement de Breckenridge, rompant toute association avec lui. Judicieux pour Stark International, mais Breckenridge était fou de rage.

— Damien et Jackson sont arrivés tout de suite, bien sûr, et la sécurité a raccompagné Breckenridge dehors. Honnêtement, je pensais que nos gars allaient devoir appeler les flics. Je n'ai pas entendu ce que Breckenridge disait à Damien quand ils discutaient, mais d'après le visage de Damien, ce n'était pas bon.

— Non, dis-je d'un air pensif en me remémorant sa mine sombre. Ce n'était sûrement pas bon.

— De toute façon, c'est fini maintenant. Damien et Jackson sont retournés en ville depuis longtemps. Je suis restée pour rattraper le boulot en retard. Alors, comme je te le disais, je peux te rejoindre si tu as besoin de moi. Sinon, je vais rentrer à la maison plus tôt que prévu et faire un gros câlin à mes enfants. La journée est terminée.

— Je suis de tout cœur avec toi, lui dis-je.

Dès que j'en aurai fini avec le travail, je ferai exactement la même chose.

— C'est toujours bon pour demain ?

— Oui. Ronnie est folle de joie, dit-elle.

C'est sa fille, un enfant précoce.

— Elle a déjà rangé la salle de jeux. Elle dit qu'elles vont jouer à l'école. Je crois qu'elle est surtout impatiente de jouer au petit chef avec son frère et ses cousines.

— Oh, ce ne sont pas les filles qui s'en plaindront. Elles l'adorent.

La fille de Jackson avait trois ans quand il a rencontré Sylvia, et après leur mariage, Sylvia a officiellement adopté la petite Veronica Steele. Maintenant, Syl et Jackson ont aussi un garçon, et les quatre cousins sont les meilleurs amis du monde en dépit de leurs différences d'âge. À cause de nos emplois du temps surchargés, ça fait un moment que les enfants ne se sont pas vus. Demain, pendant que tous les adultes participeront au brunch de la Fondation, les enfants resteront à Palisades, chez Jackson et Sylvia.

— Tu sais qui va les surveiller ? dis-je en ralentissant pour tourner à droite.

J'avais envisagé de demander à Bree de s'en occuper, mais quand elle m'a dit qu'elle souhaitait assister au brunch pour écouter mon discours, je me suis ravisée.

— Moira s'en charge, me dit Sylvia.

Moira est la petite sœur de Ryan. C'est la belle-sœur de ma meilleure amie, mais depuis qu'elle étudie à l'Université de Los Angeles, je la vois rarement. C'est une fille responsable et gentille. Elle a déjà gardé les enfants, chez moi et chez Sylvia, et je sais qu'elle en est capable.

— Elle ne vient pas au brunch ?

Je ne tiens pas à ce que tous mes amis et membres de la famille soient présents quand je dévoilerai au monde mes secrets les plus intimes, mais je suis étonnée qu'elle ne vienne pas. Après tout, Jamie et Ryan sont très impliqués dans l'organisation. Ils participent à différents comités et ils parrainent deux enfants.

— Elle aimerait bien, mais elle a un devoir à rendre pour lundi. Elle m'a dit qu'elle prendrait son ordinateur pour travailler tout en surveillant les enfants.

— Dans ce cas, Ronnie a bien fait de choisir le thème de l'école pour leurs jeux.

— Il faut croire, répond Syl en riant.

— Je viens d'arriver, je vais te laisser.

Je me gare sur un emplacement libre juste devant l'immeuble, sans prendre la peine de me rendre au parking.

— On se voit demain.

— Parfait. Je croise les doigts pour que tout se passe bien dans tes nouveaux locaux.

J'acquiesce, puis je coupe le moteur. Je me penche pour récupérer mon sac à main quand un frisson me parcourt, la brusque impression que quelqu'un m'épie. Je me redresse juste à temps pour voir la porte vitrée du hall se refermer. Quelqu'un vient d'entrer. Une fois de plus, mon attention est attirée par des cheveux blonds coupés court. C'est un homme, je crois. Je me penche pour mieux voir, mais le reflet sur la porte trouble ma vision. Je m'empresse de sortir de la voiture et de rejoindre le bâtiment. Lorsque j'arrive, il n'y a plus personne.

L'immeuble de sept étages se trouve à une rue de Wilshire, dans un quartier cosmopolite de Santa Monica composé de bureaux, de magasins et de nombreux restaurants. Fairchild & Associés occupe désormais l'angle nord-ouest du dernier étage. Je m'attends à découvrir l'homme mystérieux en entrant, mais il n'y a personne dans le hall. Seulement quatre chaises autour d'une table basse dans un coin.

Je jette un œil vers les ascenseurs, mais aucun affichage lumineux n'indique à quel étage ils se trouvent. Et le bouton n'est pas éclairé. L'homme a déjà atteint son étage, sans doute. À moins qu'il soit ressorti par la porte de service.

Un panneau sur le mur entre les deux ascenseurs dresse la liste des occupants. J'ai beau la parcourir, je n'en sais pas plus sur l'identité de l'homme qui m'a précédée. Comme il n'y a pas de réception, personne ne peut me confirmer si j'ai vu juste ou si j'ai la berlue.

C'est pourtant évident. Mary Lee m'a embrouillé la tête ce matin et, depuis, j'ai les nerfs à fleur de peau.

Je secoue la tête, frustrée, comme un chien qui se sèche après un plongeon dans le lac. Puis j'écarte Mary Lee et l'homme mystérieux de mon esprit en appuyant sur le bouton de l'ascenseur.

Il n'y a aucun agent de sécurité dans hall, mais il faut une carte d'accès ou un code pour accéder à l'escalier du rez-de-chaussée ou à l'ascenseur. J'insère ma carte dans le lecteur et je regarde les portes se refermer en coulissant, puis je m'adosse contre le mur du fond alors que la cabine se met en branle.

Au septième étage, l'ascenseur s'ouvre sur un espace central, avec un couloir conduisant à droite et à gauche, et des portes vitrées entre les deux. Et là, sur la porte, en lettres d'or, il y a le nom *Fairchild & Associés*. Je souris en prenant conscience que cela m'avait manqué d'avoir un bureau. Je sors de l'ascenseur, je traverse l'accueil et je tire les portes.

Elles ne sont pas fermées à clé. C'est logique. Abby, Travis ou Luis sont sans doute arrivés avant moi.

— Ohé ! lancé-je.

Je m'attends à recevoir une réponse, mais rien ne vient.

Ce n'est pas très inquiétant. Les locaux se composent d'un espace de réception avec vue sur l'océan, puis de bureaux qui longent le mur jusqu'aux angles nord et sud. Mon bureau est dans l'angle nord-ouest, et deux plus petits donnent au nord, avec un aperçu de l'océan sur la gauche.

En d'autres termes, nous avons choisi un espace conçu pour s'agrandir, avec une importante superficie. Et puis, les bureaux – ainsi que la salle de pause, la salle de conférence et les archives – ont tous d'épaisses portes pour étouffer les bruits et éviter la déconcentration. Ce n'est donc pas étonnant que personne ne m'ait entendue.

Je m'apprête à m'avancer dans le bureau lorsque mon téléphone sonne. Je ne reconnais pas le numéro et j'envisage de ne pas répondre. Mais je me rends compte que cela pourrait être l'un des nombreux entrepreneurs qui travaillent à la préparation de nos locaux.

— Ici Nikki Stark.

— Madame Stark. Je suis content de vous avoir.

La voix est sèche et professionnelle. Je ne la reconnais pas.

— Qui est-ce ?

— Richard Breckenridge.

Tout ce qu'a dit Sylvia me revient en mémoire.

— Que voulez-vous, Monsieur Breckenridge ?

— Je veux savoir comment vous pouvez vivre avec un homme tel que votre mari. Il s'est débarrassé de *moi* à cause de mes indiscrétions ? Quel con. Parce que votre mari a les mains propres peut-être ?

Je sens la colère bouillonner.

— Je vais raccrocher maintenant.

— Vous croyez que je ne sais pas ce qu'il a fait avec cette petite traînée de Sofia ?

Cette phrase est dure, brutale, si forte que je l'entends même si j'ai déjà décollé le téléphone de mon oreille.

— Je parie que j'ai attiré votre attention, dit-il. L'incroyable Damien Stark et la fille du coach ? Même s'il l'a dit au monde entier, ça n'en reste pas moins lamentable. Et il se croit meilleur que moi ? Croyez-vous que je ne sais pas ce qu'il vous a payée pour faire ? Le tableau. Cet argent ? Il vous a payée comme une pute, ma petite, puis il vous a épousée pour vous éviter à tous les deux de culpabiliser.

— Vous vous trompez, dis-je avant de raccrocher.

Je n'ai *pas* à écouter ce connard, dont le seul but est de me harceler pour calomnier Damien. *Merde.* Pas étonnant qu'il se soit montré d'une humeur bizarre à la galerie tout à l'heure, après avoir eu affaire à cet abruti. Bon sang, c'est peut-être lui qui a laissé le message sur ma voiture, même si je me demande comment il aurait procédé s'il était au Domino avec Damien, Jackson et Sylvia.

Je fourre le téléphone dans mon sac en m'efforçant d'oublier ce taré. Puis j'entre dans le bureau et je lance :

— Abby !

Son bureau est à côté du mien. Si elle y est déjà, avec la porte fermée, absorbée dans la contemplation du paysage, il y a peu de chances qu'elle m'entende. Elle serait sortie si elle avait entendu la conversation que je viens d'avoir.

Je m'apprête à rejoindre son bureau quand j'entends le tintement de l'ascenseur derrière moi. Je me retourne. De l'autre côté de la séparation de verre, je vois les portes du deuxième ascenseur coulisser, révélant Abby, ses boucles blondes tombant sur ses épaules, de part et d'autre de son visage. Travis l'accompagne, ses yeux bleus à la Paul Newman rivés sur elle.

Notre entrepreneur, Luis, sort derrière eux. Le petit homme au teint mat et au visage avenant feuillette les pages d'un porte-bloc. Sa bedaine dépasse par-dessus sa ceinture. La tension devait être palpable entre mes deux collègues dans cet espace exigu, mais il ne semble pas s'en être rendu compte.

Je me renfrogne lorsqu'ils sortent de l'ascenseur. Non pas à cause du petit mélo de bureau entre mes deux collègues, mais parce que les locaux n'étaient pas fermés à clé. Je franchis la porte vitrée pour aller à leur rencontre dans l'espace à aire ouverte devant les ascenseurs.

— Vous êtes déjà entrés dans les bureaux ? demandé-je.

Abby fronce les sourcils en secouant la tête.

— On vient juste d'arriver.

Je jette un œil à l'intérieur.

— Marge, peut-être.

— Elle nous suit, dit Travis. Elle avait oublié son téléphone dans sa voiture et elle y est retournée.

Je pousse un soupir de frustration en croisant le regard de Luis.

— Ce n'est pas très grave tant que les lieux sont vides, mais j'ai des livraisons de meubles et de matériel informatique lundi, des dossiers et autres documents mardi, et nous aurons toutes nos affaires personnelles dès mercredi. Je sais que votre équipe a encore des choses à faire, mais assurez-vous que tout le monde ferme la porte à clé en partant. Pour la pause déjeuner et en fin de journée.

Je désigne les petits couloirs des deux côtés de l'ascenseur, qui conduisent aux autres espaces locatifs.

— Il y a deux autres occupants dans les bureaux d'angle, et un code d'accès pour l'ascenseur, ça ne suffit pas à garantir la sécurité des lieux.

— Bien sûr, Madame Stark, dit-il d'un air gêné.

Je ne lui en veux pas. Je l'ai embauché parce qu'il avait une excellente réputation. Je me doute qu'il va passer un savon à son équipe plus tard.

— Je parlerai personnellement à mes employés. Ça ne leur ressemble pas.

Je hoche la tête, satisfaite, puis j'entraîne les autres après avoir bloqué l'une des doubles portes ouvertes.

— Allez vérifier vos bureaux. Je vais dans le mien en attendant Marge, puis je m'assurerai que le personnel de Luis a terminé la salle de pause et la salle des archives. Ensuite, j'inspecterai l'accueil avec Marge quand elle arrivera. Transmettez vos remarques à Luis.

Tous deux hochent la tête. Alors qu'ils se dirigent ensemble vers le couloir qui mène sur la droite, je vois

Travis lever la main comme pour la poser sur les reins d'Abby, mais il se ravise et la glisse dans la poche de son jean.

Ce geste à peine ébauché est assez intime pour me laisser penser que ce qui s'est passé entre eux était plus sérieux qu'une simple amourette de bureau. Et à en juger par la rapidité avec laquelle il a retiré sa main, je comprends que ça s'est mal terminé.

Je me renfrogne malgré moi. En théorie, je n'ai aucun problème avec les liaisons entre collègues, mais s'il y a des tensions entre eux...

Je secoue la tête, frustrée par mes propres pensées vagabondes. De toute évidence, ils restent professionnels. Tant que la situation ne change pas, je n'ai aucune inquiétude à me faire.

Je suis tirée de mes réflexions par le tintement de l'ascenseur, puis les pas précipités de Marge dans le couloir. Elle lance :

— Désolée. Mon téléphone a glissé entre les deux sièges.

Elle est à bout de souffle. Sa peau claire est rouge de fatigue, des gouttes de sueur perlent sur son front, à la racine de ses cheveux courts poivre et sel.

Je lui assure que ce n'est pas grave. Nous commençons ensuite à examiner par le menu les salles communes qu'elle devra superviser en tant que responsable administrative. Nous passons du temps à discuter de l'agencement de la salle d'archive et de l'ameublement dans la salle de pause et l'espace d'accueil. Puis nous allons voir les bureaux de Travis et d'Abby. Comme Marge sera présente pour les livraisons la semaine prochaine, elle prend de nombreuses notes sur l'emplacement de chaque chose. D'abord, nous visitons le bureau de Travis, puis celui d'Abby.

Abby est dans le bureau voisin du mien. Pendant

qu'elle décrit la disposition qu'elle souhaite pour son bureau et le reste de ses meubles, je m'éloigne de quelques pas en direction du mien. Puis j'appuie sur la poignée et je pousse légèrement la porte. Comme les lumières sont éteintes et les stores baissés, je tends la main sur ma droite et j'allume l'interrupteur. C'est à ce moment que je le vois. L'énorme X et les traînées de peinture rouge sur les murs et sur les stores. Et ce mot immonde, abject, immense en face de moi.

SALOPE

J'entends un cri étranglé et je me rends compte que c'est moi qui l'ai poussé.

— Nikki ?

Quand je tourne la tête, je suis adossée contre le mur du couloir. Sans même en avoir conscience, je suis sortie du bureau à reculons. J'ai plaqué une main sur ma bouche et mon cœur cogne si fort que j'entends à peine Abby. Son beau visage devant moi, ses yeux noisette écarquillés, elle me regarde avec une profonde inquiétude.

Je prends une inspiration, déterminée à me ressaisir.

— Ça va. Disons que...

Quoi ? Que puis-je dire ? Que ce n'est qu'une merde de plus dans le tas qui s'accumule depuis ce matin ? Est-ce Mary Lee ? Breckenridge ? Quelqu'un d'autre encore ? Quelqu'un qui cherche à me nuire ?

À moins que ce ne soit qu'une farce idiote, par un abruti qui a réussi à pénétrer dans nos locaux ?

C'est vrai, mais les mots me manquent. Au lieu de ça, je tends le doigt. C'est inutile, car Travis a rejoint mon bureau, Luis sur les talons.

J'entends Luis pousser un juron, mais mon collègue

réagit plus en douceur. Il me rejoint et passe un bras sur mon épaule.

— Venez, allons-nous-en.

Il est grand, avec un torse ferme et des bras musclés, et même si c'est Damien que je désire, j'apprécie sa force dans un moment pareil.

— Merci, dis-je lorsque nous arrivons au bureau de réception.

Je m'éloigne et je respire posément.

— Ça commence à faire beaucoup pour une seule journée.

Abby fronce les sourcils et je vois Travis surprendre son regard. Bien sûr, aucun d'eux ne peut comprendre, et je ne suis pas d'humeur à leur donner des explications.

— Qu'y a-t-il ? Que se passe-t-il ?

Marge accourt dans le couloir et j'en déduis qu'elle était en train d'inspecter le placard de rangement, du côté nord de l'étage.

— Va voir, lui dit Abby en désignant mon bureau. C'est affreux.

— Qui a fait ça ? demande Luis au même moment, son teint brouillé par la colère. Ce n'est pas l'un de mes employés. Madame Stark, vous le savez...

— Bien sûr que je le sais. Mais quelqu'un est entré ici et...

Ding !

Marge s'arrête en plein élan et nous nous tournons d'un bloc vers la porte laissée ouverte. Nous regardons la porte en acier brossé de l'ascenseur et mon pouls s'accélère. Le silence retombe dans le hall d'entrée. Nous entendons le ronronnement des câbles et de la machine qui s'arrête net.

Les portes coulissent, révélant des cheveux blonds. J'étouffe un cri et, soudain, tout prend forme. La silhouette que j'ai vue sur le parvis de la tour. Cette impression d'être observée. Et surtout, ces cheveux blonds et courts familiers et ce début de barbe, sur un visage et un corps que je connais trop bien.

— Éric ? murmuré-je.

Au même moment, une personne encore plus familière apparaît et je découvre le grand sourire rassurant de mon mari, qui me regarde dans les yeux.

— Regarde qui j'ai croisé en train de sortir de l'ascenseur dans le hall.

Damien invite Éric à passer devant lui, dans le hall d'accueil. Je reste figée sur place, pétrifiée, les yeux rivés sur le jeune homme qui travaillait pour moi avant de déménager à New York. Évidemment, son téléphone a un indicatif en 917 maintenant.

— Nikki ?

Damien fait un pas vers moi tandis qu'Éric recule.

— Bébé, que se passe-t-il ?

— Pourquoi tu as fait ça à mon bureau, bordel ?

Je regarde fixement Éric, pleine de fureur et de chagrin.

— Non, dit Éric. Ce n'est pas...

Mais il n'achève pas sa pensée. Damien vient de comprendre qu'il se tramait quelque chose et qu'Éric en était l'épicentre. Avant que je me rende compte de ce qui se passe, il a plaqué Éric contre le mur du fond, son avant-bras enfoncé contre le cou de mon ancien employé.

— Bon, Éric, dit Damien d'une voix plus menaçante que jamais. On doit avoir une petite conversation.

CHAPITRE NEUF

— Dis-moi ce qui s'est passé, demande Damien.

Nous sommes encore dans le vaste hall d'accueil, à la sortie des ascenseurs, et il ne quitte pas Éric des yeux, mais je sais que sa question s'adresse à moi.

— Mon bureau, dis-je en tendant vaguement le doigt. Il y a de la peinture à la bombe, du rouge partout. Et le mot *salope*. On vient d'arriver. Les lieux étaient vides, mais la porte n'était pas fermée à clé.

Je regarde Damien tout en parlant, mais je vois aussi Éric. Ses yeux sont remplis de crainte et il secoue la tête en petits mouvements frénétiques, comme s'il craignait qu'un geste plus ample pousse Damien à lui broyer la gorge.

J'ai le ventre noué. C'était mon ami. Un collègue en qui j'avais confiance. Et je n'y comprends rien. Ni ce qui est arrivé aujourd'hui. Ni maintenant. Ni pourquoi il ferait une chose pareille, pourquoi il me voudrait du mal.

L'expression de Damien demeure imperturbable. Elle est froide. Glaciale. Et même si Éric me rend malade à cet instant, j'espère qu'il restera parfaitement immobile. Parce que je crains que Damien soit capable de tout. Dieu sait qu'il a la force de tuer un homme à mains nues.

J'entends un mouvement derrière moi, et Abby apparaît dans ma vision périphérique. Travis est derrière elle, la main sur son épaule, comme pour l'empêcher de bondir. Si elle ne le repousse pas, je crois que c'est parce qu'elle est tout aussi déboussolée et furieuse que moi.

— Pourquoi ? lâche-t-elle avec force. Putain, pourquoi tu as fait ça ?

Éric a les yeux hagards et il secoue encore la tête. Maintenant, ses lèvres aussi remuent.

— Je n'ai rien fait.

J'entends à peine ses paroles.

— Ce n'était pas moi.

— Vous êtes tous arrivés ensemble ? demande Damien en me regardant.

— Je suis montée, dis-je avant de prendre une inspiration pour m'efforcer de rester calme. Puis Abby et Travis, avec Luis. Et enfin, Marge.

— Il devait être là avant qu'on arrive. Puis il est descendu quand nous sommes tous entrés, dit Abby en désignant de la tête le couloir conduisant aux bureaux du côté est, loués par un autre occupant. Il attendait peut-être à l'angle.

Elle regarde Damien.

— Vous avez dit qu'il sortait de l'ascenseur au rez-de-chaussée, c'est bien ça ?

— Oui. De quel étage arrivais-tu ?

— D'ici, bien sûr, dis-je en m'avançant vers Éric. Tu m'as suivie toute la journée. Merde, Éric ! Pourquoi...

— Ce n'est pas moi qui ai fait ça. Je le jure. Oui, je t'ai vue. Je t'ai appelée. Et je voulais te parler à la tour Stark, mais je me suis dégonflé. Alors, j'ai appelé Rachel et elle m'a donné cette adresse. Et voilà.

— Et tu as peinturluré son bureau ? s'exclame Abby.

— Non ! répond Éric avec un regard suppliant. Tu me connais, Nikki. Tu sais que je ne ferais jamais ça. Voyons, Monsieur Stark. Lâchez-moi.

Damien me regarde, les sourcils interrogateurs. Je prends une inspiration, puis je hoche la tête en m'efforçant de me calmer.

Inspire, expire. Enfin, Damien recule, relâchant la pression sur le cou d'Éric. Ce dernier glisse le long du mur, où il reste assis, les yeux levés vers nous.

— Il y a des chances que ce ne soit pas lui, dis-je à Damien. Crois-moi quand je dis que j'ai plusieurs suspects.

— La journaliste, dit Damien.

J'acquiesce et j'ajoute avec une grimace :

— Et Richard Breckenridge. Il vient d'appeler. Il m'a dit des tas d'horreurs, surtout à ton sujet. Tu n'es vraiment pas dans ses bonnes grâces aujourd'hui.

Damien sourit presque.

— Non, on peut le dire. Mais même s'il est bien capable d'avoir couvert ton bureau de graffitis, je ne pense pas qu'il ait eu le temps de le faire.

— Peut-être pas. Cela dit, Éric non plus.

Je reporte mon attention sur mon ancien employé encore par terre, la mine pitoyable.

— J'admets que le vandalisme, ce n'est vraiment pas ton style. Mais pourquoi m'as-tu suivie ?

— Tu es sûre qu'il te suivait ? me demande Travis en fronçant les sourcils, comme si cette situation n'était qu'une ligne de code à résoudre.

Je m'apprête à hocher la tête, mais soudain le doute m'envahit et j'opte pour le silence.

— Je la suivais, avoue enfin Éric.

Je vois Damien serrer les poings et je m'avance à côté de lui pour lui prendre doucement le poignet.

— Je voulais te parler d'une embauche, continue Éric.

Je cligne des yeux.

— Tu as déjà un emploi. J'ai vu l'annonce quand tu as déménagé à Austin.

— Oui, mais ça n'a pas marché. Et la Californie me manquait, et... oh, tu sais, Nikki, je me suis rendu compte que j'aimais vraiment travailler pour toi. J'aurais dû t'appeler, mais je voulais te parler en personne sans organiser d'entretien et sans laisser un tas d'idées préconçues te traverser la tête.

Du bout des doigts, il se masse délicatement les tempes.

— Je suis allé à la tour Stark pour obtenir la nouvelle adresse de tes bureaux. Puis je suis venu ici, car Rachel m'a dit que tu passerais aujourd'hui. Je n'avais pas pensé qu'il faudrait une carte dans l'ascenseur, alors je suis monté avec un type qui se rendait au quatrième et j'ai appuyé sur le bouton de ton étage. Je comptais attendre à la réception, mais tu n'as pas de meubles. Alors, je me suis promené dans les bureaux en me disant que tu aurais peut-être déjà aménagé le tien. C'est à ce moment que j'ai vu le graffiti.

— Et tu es parti en courant ? demande Damien.

Il hausse les épaules.

— Étant donné les circonstances, je me suis dit que le jour était mal choisi pour parler d'une embauche. De toute façon, je ne savais pas qui avait fait ça.

Il nous regarde d'un air dépité.

— C'était stupide. J'aurais dû t'appeler et t'en parler. Ou appeler Rachel. Mais enfin, j'ai... merde, Nikki, je suis parti d'ici avec de grands projets, et tout s'est cassé la figure. Je n'avais pas envie d'affronter ça en plus du reste.

— La peinture est sèche, observe Travis en revenant dans le hall d'accueil où nous sommes encore tous réunis.

Je ne m'étais même pas rendu compte qu'il était parti et encore moins en direction de mon bureau, mais à présent, il s'approche d'Éric.

— Lève les mains.

Ce dernier se renfrogne, mais il fait ce qu'on lui demande. Ensemble, Travis et Damien inspectent ses doigts.

— Difficile d'utiliser de la peinture en bombe sans laisser des résidus sur ses doigts, déclare Damien.

— Il portait peut-être des gants, dit Marge en s'avançant.

C'est la première fois qu'elle prend la parole, et elle ajoute :

— Mais je n'y crois pas. C'est notre Éric. Il ne ferait pas ça.

— Même s'il portait des gants, la peinture sur les murs serait encore fraîche.

Damien jette un œil vers Travis par-dessus son épaule.

— Je suppose que c'est parfaitement sec ?

Mon collègue hoche la tête. Pendant un moment, personne ne bouge. Puis Damien tend la main vers Éric. Ce dernier hésite, mais il finit par l'accepter et Damien le hisse sur ses pieds.

— Je suis vraiment désolé, dit Damien. Mais tu comprends l'impression que ça donnait.

— Oui.

Il passe les doigts dans ses cheveux et ajoute :

— Croyez-moi.

Son regard triste rencontre le mien.

— Je suis sincèrement désolé. Et encore plus quand je vois l'état dans lequel cette histoire te laisse.

Il me faut une seconde pour interpréter le sens de ses paroles. Je prends enfin conscience que si le tagueur n'était pas Éric, alors nous ignorons toujours qui est entré par effraction dans mon bureau.

Damien a pris les devants. Il est déjà au téléphone et il exige à son interlocuteur de venir tout de suite.

— Non, ajoute-t-il. C'est sérieux. Je t'expliquerai quand tu arriveras, mais nous avons un problème de sécurité.

Après avoir rangé son téléphone dans la poche intérieure de sa veste, il me dit :

— C'était Ryan. Montre-moi ton bureau.

Je hoche la tête, puis je reporte mon attention sur Éric.

— Je ne peux pas parler boulot maintenant. Mais on emménage mercredi et des entretiens sont prévus jeudi dans la journée, dont quelques candidats pour ton ancien poste. Tu veux un créneau ?

— Oui, répond-il. Merci.

Je vois Abby approuver.

— Je vais consulter l'agenda et je t'enverrai l'horaire par email. En attendant, fais-moi parvenir ton CV à jour.

— J'apprécie beaucoup.

Il soupire en nous regardant, tour à tour.

— Je suis vraiment désolé pour ce bazar.

— Nous aussi, dit Damien. Et désolé pour ta gorge.

— Ça me rappelle qu'il vaut mieux éviter de te fâcher pour de bon, dit Éric avec ironie.

Puis il ajoute :

— En même temps, il faut être un abruti pour énerver Damien Stark.

Damien jette un œil vers les bureaux. Je sais qu'il imagine mes murs couverts de peinture rouge sang.

— Quelqu'un a joué au con, dit-il d'une voix calme. Et ce quelqu'un va payer.

CHAPITRE DIX

— Je vais voir avec la gestion du bâtiment pour récupérer la vidéosurveillance du rez-de-chaussée et des ascenseurs.

Ryan Hunter, le mari de Jamie et chef de la sécurité chez Stark International, jette un regard circulaire dans mon bureau. Il est mince et musclé, avec des cheveux châtains et des yeux d'un bleu franc. En cet instant, sa mâchoire est contractée et son corps tendu. À cet égard, il ressemble beaucoup à Damien. Quand les deux hommes voient rouge, ils ont besoin de se défouler.

— Nous découvrirons le coupable, me dit-il. C'est promis.

— Je n'en doute pas, dit Damien. Le plus tôt sera le mieux.

— Bien sûr.

Ryan sort son téléphone et se met à écrire. Sans doute envoie-t-il des instructions à ses hommes. Le reste de mon équipe est déjà parti et je reste seule avec Ryan et Damien dans les bureaux vides où nos voix résonnent.

Au bout d'un moment, Ryan lève les yeux de son téléphone.

— J'aurai la vidéo de l'immeuble dans une heure. Je vous dirai ce que je trouve.

Damien hoche la tête, puis il me tend la main en ouvrant la paume.

— Tes clés de voiture.

Je les lui donne et il les lance à Ryan.

— Demande à l'un de tes hommes de ramener la voiture de Nikki à la maison. Tu rentres avec moi, ajoute-t-il en me regardant.

J'acquiesce en silence. Ce programme me convient parfaitement.

Sa main libre est posée délicatement dans mon dos, où elle est restée pendant les quinze minutes de notre échange avec Ryan, tandis que je leur racontais ma journée dans le détail, y compris l'interview avec la journaliste et le mot retrouvé sur ma voiture.

Ryan inspecte la carte de visite de Mary Lee. Damien l'a déjà vue. D'ailleurs, il l'a même prise en photo.

— Je crois que c'est un journal réglo, dit Ryan, mais je vais vérifier. Les noms de ces petits groupes de presse locaux se ressemblent tous.

— Même s'il est réglo, ça ne veut pas dire que la journaliste le soit.

— Je sais, dis-je, consciente que Damien a raison. Mais le numéro du bureau, c'est celui que j'ai appelé pour confirmer. J'ai parlé à la rédactrice en chef.

Je hausse les épaules en croisant le regard de Ryan, puis je me recroqueville un peu plus contre Damien.

— Ou du moins, j'ai cru parler à sa rédactrice en chef.

— Tu n'y es pour rien, dit Ryan. Comme je l'ai dit, elle est peut-être réglo. Sinon… eh bien, c'était une arnaque bien huilée.

— Cette foldingue était dans le pavillon de plage avec toi, dit Damien. Cela aurait pu mal tourner.

Je hoche la tête. Bien sûr, j'y avais déjà pensé. À côté de moi, son corps se crispe sous l'effet de la colère et de l'inquiétude. Je m'écarte et j'ôte sa main de mon dos pour pouvoir la tenir dans la mienne. *Je vais bien*, ai-je envie de lui dire. *Je vais parfaitement bien.*

— Je vais récupérer le mot que tu as donné à Joe, dit Ryan. Puis je me procurerai la vidéo du parking aussi.

— Tu crois vraiment que tout est lié ? m'enquiers-je.

— Oui. Il vaut mieux. Je préfère qu'une seule personne te harcèle plutôt que plusieurs. Pas vrai ?

Évidemment, je ne peux pas le contredire.

— Pourquoi es-tu venu, au fait ? demandé-je à Damien une demi-heure plus tard, alors que nous sommes installés dans la Ferrari noire qui file en direction de la Coast Highway.

— Mon emploi du temps s'est libéré et je me suis dit que je pourrais passer voir comment avancent les préparatifs de ton bureau, dit-il en jetant un œil vers moi. Pas bien, à ce que j'ai vu.

Je fais la grimace.

— Non, je ne changerai pas de bureaux.

Il me répond d'une voix un peu trop mielleuse :

— J'ai suggéré ça, moi ?

— Tu le penses très fort.

— Vraiment ?

À présent, il a l'air amusé. Tant mieux.

— Tu te disais que j'aurais dû m'installer au Domino, comme tu me l'as proposé il y a des mois. Mais ce n'était pas prêt à l'époque. Et tu sais pourquoi je ne pense pas que ce soit une bonne idée d'être dans une propriété Stark. Tout est question de perception.

— Si c'est une question de perception contre ta sécurité, alors la perception peut aller se faire foutre, dit-il avant d'enchaîner sans me laisser le temps de répondre. De toute façon, j'ai changé d'avis pour le Domino.

Il s'arrête au feu rouge et se tourne vers moi.

— J'ai la moitié d'un étage disponible à la tour Stark. Je peux le faire réaménager et meubler pour lundi.

Naturellement. Et je ne peux nier que ce serait agréable d'être si près de lui. De l'appartement. Les enfants ont une chambre là-bas, et Bree aussi. Si je manquais de temps, ce serait pratique. Un peu comme notre fonctionnement actuel au pavillon de plage.

— Non, décrété-je.

Malgré tous les avantages, je refuse tout net de m'installer dans un espace appartenant à Stark.

— J'accepte tes conseils. J'accepte tes recommandations. Et je suis ravie de vendre mes produits aux sociétés Stark. Mais je dois avoir mon autonomie professionnelle.

— Au détriment de ta sécurité personnelle ?

Je penche la tête.

— Et si tu étais à ma place ? Accepterais-tu de travailler à la maison, du jour au lendemain ?

— Nikki.

Je croise les bras en me carrant dans mon siège.

— Je dis ça, je dis rien.

Il me prend la main, mais il doit me lâcher aussitôt pour passer la vitesse.

— Je n'aurais pas dû prendre la voiture avec une boîte manuelle aujourd'hui, grommelle-t-il.

Je ne peux m'empêcher de rire.

— Tu aurais dû me parler du message, ajoute-t-il.

Cette fois, il n'y a aucun humour dans sa voix.

— Je l'aurais fait, à la maison. Par contre, à la galerie...

— Quoi ?

— Eh bien, un peu tue-l'amour comme discussion, tu ne trouves pas ? Et ensuite, quand tu m'as interrogée sur la journaliste, honnêtement je n'avais pas fait le lien. Je me demande toujours si les deux histoires sont liées.

— Deux, ça peut être une coïncidence. Mais trois, c'est un lien indéniable.

— Peut-être, dis-je en haussant les épaules. Je ne sais pas.

Et surtout, j'ai envie de tout oublier. Mais je ne le dis pas. C'est inutile. Damien me connaît trop bien.

Il se penche et me caresse la joue. Je soupire en me laissant aller sous sa paume, comme un chat en manque d'affection.

— J'ai horreur que tu sois blessée ou inquiète, que tu souffres, que tu aies peur.

Sa voix est basse, mais intense. Je n'ai pas le moindre doute, ce qui s'est passé aujourd'hui l'a affecté tout autant que moi.

— Je sais.

Je lui prends la main et dépose un baiser sur ses doigts.

— Mais si j'arrive à surmonter la souffrance, la peur ou les inquiétudes, c'est grâce à toi. Parce que je sais que tu seras toujours là pour m'aider à tout surmonter.

— Toujours, dit-il d'une voix chargée de promesses.

Nous roulons en silence pendant un moment et Damien retire sa main pour manœuvrer dans les rues sinueuses de Malibu jusqu'à notre propriété.

— J'ai une idée, dit-il alors que nous dévalons la route du canyon. Libérons Bree pour le reste de l'après-midi et emmenons les filles au pavillon. On pourrait faire des grillades sur la terrasse et des châteaux de sable sur la plage.

— Vraiment ?

Je me tourne sur mon siège pour le regarder avec un sourire tellement immense que je sens la peau s'étirer sur mes pommettes.

— Ça me plaît. Beaucoup.

Il tend la main et la pose doucement sur ma cuisse.

— Appelle Bree. Demande-lui de préparer les affaires des filles.

J'ai déjà dégainé mon téléphone et j'appuie sur la touche correspondant au numéro de Bree. Au bout de trois sonneries, la voix chantante de Bree me demande de laisser un message. C'est ce que je fais avant de la rappeler immédiatement. C'est l'une de nos règles les plus strictes – *toujours* répondre aux appels de Damien ou aux miens.

Une fois de plus, je tombe sur sa messagerie.

— Damien.

— Tout va bien, dit-il d'une voix tendue. Tu es encore nerveuse à cause de la journée.

Peut-être. Mais s'il me dit cela, c'est qu'il est nerveux, lui aussi.

— Essaie, toi. Peut-être que mes appels ne lui parviennent pas, pour une raison quelconque.

Il appuie sur le bouton de son volant et demande :

— Appeler Bree.

J'écoute le son crachotant de la sonnerie et je fronce les sourcils. Nous arrivons dans la zone où le signal est mauvais, sur trois kilomètres entre la route principale et la maison.

Encore une fois, nous tombons sur son répondeur.

— Tant pis si je suis parano ! dis-je. Appelle la sécurité.

— Tout de suite.

C'est ce qu'il fait. Mais cette fois, aucune sonnerie. Rien que le silence.

— Putain. Appelle-les, toi !

Je me suis déjà emparée de mon téléphone, mais je

secoue la tête en voyant le signal « aucun réseau » dans le coin supérieur gauche de l'écran.

— Damien.

J'entends la panique dans ma propre voix.

— Je sais, dit-il.

Et il écrase la pédale d'accélération.

CHAPITRE ONZE

Damien entre dans notre propriété par le garage souterrain, le trajet le plus rapide, car il évite la longue allée qui conduit jusqu'à la section supérieure de la propriété et qui offre aux invités une vue imprenable sur la maison, le domaine et l'océan au-delà. On dirait presque que la Ferrari vole dans l'espace caverneux, émergeant dans la lumière juste devant la maison en faisant crisser ses pneus sur l'allée de pierres concassées.

J'ouvre la portière avant même que nous soyons entièrement arrêtés et je sors en titubant de la voiture avant de détaler jusqu'à la porte d'entrée. Je saisis le code plus vite que je ne l'ai jamais fait. Il s'écoule peut-être sept secondes entre le moment où je quitte la voiture et celui où le verrou s'ouvre, mais j'ai l'impression d'attendre une éternité.

Je bouscule la porte et je fais irruption à l'intérieur. Je m'arrête net en apercevant un inconnu, debout sur le seuil entre les panneaux de verre coulissants de l'autre côté de la pièce, devant la terrasse dallée autour de la piscine.

Un énorme sachet de chips Ruffles sous le bras, il tient à

la main un paquet de douze briques de jus de pomme sous emballage plastique. Dans l'autre main, il a deux bouteilles d'eau gazeuse.

Il porte un short de bain, des tongs et rien d'autre. Ce spectacle est tellement opposé au scénario de meurtre, de chaos et de violation de domicile que je m'étais imaginé que je le dévisage, abasourdie. Il me renvoie mon regard et je me rends compte que je dois avoir l'air d'une folle – les yeux hagards, le corps tendu. La terreur qui s'est emparée de moi a dû me transformer en un curieux tourbillon d'émotions confuses.

Damien déboule derrière moi. En entendant son soupir de soulagement, je me détends un peu. J'ignore ce qui se passe ici, mais les chips et le jus de fruits n'ont rien à voir avec le meurtre et le chaos.

Puis le cri haut perché de Lara brise le silence. Mon sang ne fait qu'un tour et Damien me dépasse avec empressement. Il s'arrête en voyant Lara accourir sur les dalles de la terrasse. Elle entre en trombe dans la maison et termine sa course en criant « Baba ! » avant de se jeter dans ses bras. C'est le nom qu'elle donne à Damien, au même titre que *Papa*.

— Mais que... qui êtes-vous ?

La voix de Damien est sèche. Il modère son intonation pour ne pas apeurer la fillette dans ses bras. Devant lui, l'inconnu a l'air terrifié et je le comprends parfaitement.

Je connais suffisamment Damien pour savoir que sa voix, sa posture et la fureur sur son visage ne sont que des résidus de sa peur. Je comprends que nous avons dépassé le moment de crise et que ce type, quel qu'il soit, ne risque pas d'être réduit en bouillie sanglante par Damien.

Cet inconnu, en revanche, se fie à ce qu'il voit. Je me

précipite pour rejoindre Damien et poser une main apaisante sur son bras, tout en souriant à Lara qui ne semble pas avoir conscience des émotions encore à l'œuvre.

— Où est Bree ? demandé-je à l'homme.

— Dehors, avec Anne, dit-il. Je suis allé chercher des en-cas.

Cette déclaration est si dérisoirement normale que j'ai envie de rire. Au lieu de quoi, je lui dis :

— Nous avons appelé. Plusieurs fois.

— Je... fait-il en secouant la tête. Elle a son téléphone. Il n'a pas sonné.

Il lève la main qui tient les jus de fruits et ajoute :

— Je le jure.

— Qui êtes-vous ? répète Damien.

— Rory, dit-il.

Je me détends aussitôt en comprenant la situation.

— Rory Claymore, précise-t-il.

— Monsieur Stark ?

Bree arrive en courant sur la terrasse. Elle s'arrête sur le seuil, Anne dans ses bras.

— Nikki ?

Son regard alterne entre Damien, Rory et moi. D'abord, elle semble troublée, puis elle comprend lentement.

— Nous passons un moment dehors, explique-t-elle. Rory m'a appelée pour savoir si je voulais sortir et je lui ai dit que je ne pouvais pas. Mais je lui ai proposé de venir.

Elle rencontre mon regard.

— Tu dis toujours que je peux inviter des amis de temps en temps, et je me suis dit que pour jouer dans la piscine, deux adultes valent mieux qu'un.

— C'est bon, dis-je en la rejoignant.

Quand je prends Anne dans mes bras, elle glapit : «

Maman ! » en enroulant ses bras et ses jambes autour de moi comme un petit singe. Je fais pleuvoir des baisers sur sa joue, puis je ferme les yeux en laissant les dernières angoisses me quitter. Je prends enfin conscience des extrémités où mon imagination fébrile m'avait entraînée.

— Nous avons appelé, dit Damien d'une voix tranchante comme un rasoir. Bien sûr, tu es avec un ami, mais ce n'est pas une excuse pour ne pas répondre à ton portable ni au téléphone fixe.

Elle déglutit, le visage blême.

— Je n'ai pas entendu le téléphone de la maison. Et mon portable n'a pas sonné. Pas une seule fois. Je vais vous montrer.

Elle sort précipitamment sans nous laisser ajouter un mot.

— C'est vrai, confirme Rory. J'étais assis à la petite table près de la piscine pendant tout ce temps. L'un de nous l'aurait entendu.

Damien penche légèrement la tête et il plisse les yeux en dévisageant l'homme. Je profite de l'occasion pour le détailler à mon tour, car ma première impression était biaisée par la peur. Rory est grand, dégingandé. Le style décoiffé de ses cheveux d'un brun riche est parfaitement maîtrisé et quelques mèches tombent sur son front, effleurant ses lunettes à la monture en fil métallique. Son beau visage respire l'intelligence et ses traits arrondis lui donnent un côté doux qui tranche avec l'intensité de ses yeux noirs enfoncés.

— On se connaît, dit Damien.

Rory s'avance, comme pour lui répondre, mais Bree l'interrompt en revenant, son téléphone bien serré dans sa main.

— Je suis désolée, dit-elle. Il est mort. Je ne comprends pas, il est resté en charge toute la journée jusqu'à ce qu'on sorte. C'est bizarre, il ne fonctionne plus.

Elle me le donne en disant :

— Je ne voulais pas vous faire peur.

Je baisse les yeux sur son téléphone. Elle a raison, il ne s'allume plus. En voyant son visage mortifié, les derniers éclats glacés de la peur fondent comme neige au soleil.

— Ce n'est rien. Je suis contente que tout le monde aille bien.

Je jette un œil vers Damien tout en parlant, et même s'il serre toujours Lara dans ses bras, il garde les yeux rivés sur Rory. Je pense à ce qu'il a dit. *On se connaît.*

— Rory était l'un des bénéficiaires de la fondation Stark pour l'enfance, m'annonce fièrement Bree. Je viens de le découvrir aujourd'hui.

Rory penche modestement la tête. Ses épaules se soulèvent et retombent, comme s'il cherchait à minimiser les choses, puis il regarde Damien.

— J'étais l'un des premiers. Je vous ai rencontré en entretien, et ma photo est parue dans la newsletter. Les conseillers de la fondation m'ont aidé à obtenir des bourses d'études et un contrat en alternance, en plus de payer les frais de scolarité. Je n'aurais pas réussi sans vous, alors merci.

— Pas besoin de me remercier, dit Damien. C'est exactement le but de la fondation.

Il tend la main et Rory la serre.

— C'est un plaisir de te retrouver. Désolé pour l'entrée fracassante. Nous avons eu une journée difficile.

— Cette journaliste ? me demande Bree.

— Et ce n'est pas tout, dis-je avant d'interrompre d'un

geste sa prochaine question. Plus tard. On ne va pas gâcher cette petite fête autour de la piscine.

Comme les filles sont déjà en maillot de bain – et excitées à la perspective de grignoter des chips –, elles ressortent avec Bree et Rory, tandis que Damien et moi allons nous changer. Finalement, nous avons décidé de passer une heure à la maison avant de descendre au pavillon de plage, laissant Rory et Bree à leur soirée. Un programme qui enchante Bree quand je lui en fais part.

Quarante-cinq minutes plus tard, nous sommes étendues sur des chaises longues, toutes les deux. Nous nous séchons au soleil tandis que Damien et Rory jouent avec nos deux petites boules d'énergie dans la piscine.

— Je suis vraiment désolée, dit Bree pour la quarantième ou la cinquantième fois depuis que je lui ai exposé les grandes lignes de ma journée. Désolée de ne pas avoir pu décrocher après tous ces événements. Honnêtement, je suis *désolée*.

— C'est bon. Ce n'est rien. Vraiment.

Je me redresse en me tournant légèrement vers elle.

— Pourquoi tu ne m'avais pas dit que Rory avait bénéficié de la bourse ?

— Je n'en savais rien avant aujourd'hui. Il m'a appelée pour savoir si je voulais sortir demain soir et je lui ai dit que je n'étais pas certaine de pouvoir, parce que je participais à un brunch de la fondation Stark et que je ne savais pas combien de temps ça durerait ni si vous auriez besoin de moi après. Alors, il m'a demandé pourquoi j'y allais et je me suis rendu compte que je ne lui avais jamais dit pour qui je travaillais.

Elle prend la crème solaire et presse généreusement le flacon sur sa paume.

— Je n'en parle jamais, ajoute-t-elle avant d'appliquer la

lotion sur ses jambes. Enfin, pas avant de bien connaître quelqu'un. Je te l'avais dit à l'entretien d'embauche.

— C'est vrai et je suis contente que tu respectes ça. C'est l'une des qualités qui m'ont impressionnée dès le début chez toi.

— J'apprécie que tu me laisses inviter des amis à la maison. C'est difficile, comme je vis sur la propriété. Conjuguer ma vie et mon travail, tu sais ?

— Oui.

En effet, j'en sais quelque chose. Et je suis ravie qu'elle n'en profite pas. Ça me plaît que Rory soit un ancien protégé de la fondation Stark. Au moins, ça signifie qu'il est sous nos radars. Je sais que Bree lui fait confiance, évidemment, mais ça ne fait pas longtemps qu'ils sortent ensemble. Et le fait est que je tiens à la sécurité de mes enfants infiniment plus qu'à la vie sociale de Bree.

J'entends Lara crier dans la piscine quand Damien la soulève pour la jeter dans le grand bain. Il a de l'eau jusqu'à la taille. Par-dessus la bordure de mes lunettes de soleil, je regarde le couchant, puis je lève la main pour faire signe à Damien. Nous avons adapté notre programme afin de rester un peu avec Rory et Bree, mais nous avons l'intention d'emmener les filles à la plage. Une promenade les pieds dans l'eau à la recherche de coquillages, puis un dîner sur le toit-terrasse avant de regarder *Les 101 Dalmatiens*. Ou, comme dit Anne, *Les Chiots !*

Après une journée sous le soleil et dans l'eau, je doute qu'elles tiennent jusqu'à la fin, mais ce n'est pas grave. Je n'imagine pas meilleure soirée que de rester allongée contre Damien sur le canapé, avec ma cadette dans les bras et notre fille aînée étendue, la tête sur la jambe de son papa.

— Tu es prêt ? lancé-je à Damien.

Il acquiesce et commence à faire sortir les filles de la piscine.

— Vous avez besoin de quelque chose ? demande Bree. Encore désolée pour cette journée de folie.

Je secoue la tête en souriant.

— Tout va bien maintenant.

Et j'espère sincèrement ne pas me porter la poisse.

CHAPITRE DOUZE

— Et là, les douves, dit Lara. Tu vois, Anne ? Ça fait le tour du château.

— Les douves ! s'exclame Anne avant de plonger ses mains dans la tranchée remplie à ras bord, faisant clapoter l'eau. Encore de l'eau !

— Non, non, non, déclare Lara en agitant un doigt autoritaire. Il y a des cocodiles.

— *Cocodiles ?* articule Damien en me regardant.

Je hausse les épaules. Dommage que je n'aie pas filmé cet échange.

— Des cocodiles ? répète Anne en fronçant les sourcils. Où les cocodiles ?

Elle se penche et agite les mains dans l'eau en s'éclaboussant avant de regarder sa sœur.

— Non, y a rien.

Lara se tourne vers moi et lève les yeux au ciel de façon tellement théâtrale que je dois serrer les dents pour ne pas rire.

— Qu'y a-t-il au milieu ? demande Damien, désamorçant habilement ce qui aurait pu devenir une discussion sérieuse sur l'absence de crocodiles sur les plages de Californie.

Il s'accroupit à côté du château.

— Qui habite ici ?

Il désigne le tas de sable en forme de seau qui se dresse sur la petite île au milieu des douves.

— Papa ! s'écrie Anne.

— Le roi ! rectifie Lara.

Anne tend le doigt vers Damien.

— Le roi Papa !

— C'est exact, dit Damien en attrapant les fillettes par la taille.

Puis il se lève et les fait tournoyer lentement. Elles gloussent en décollant de terre.

— Le roi Papa déclare qu'il est l'heure de rentrer.

— Nooon...

La protestation de Lara retentit sur la plage.

— Oh, si ! riposte Damien en les reposant sur le sol. À moins que tu veuilles être privée de dessin animé ce soir et filer directement au lit ?

Lara semble sur le point de capituler, mais le regard d'Anne alterne fébrilement entre Damien et moi.

— Pas de chiots ?

— Il y aura les chiots si deux fillettes rentrent sagement à la maison. Prenez vos jouets, ajouté-je en désignant le sac contenant leur collection de seaux et de pelles en plastique.

Tandis qu'elles rassemblent leurs ustensiles de plage, Damien et moi replions les serviettes, puis nous suivons les filles qui détalent vers la maison. Malgré leurs protestations, Lara semble enchantée par la perspective du dessin animé. Quand Damien et moi atteignons la douche de plage, au bas des marches, Lara s'est déjà rincée et elle court rejoindre la terrasse.

Nous la suivons avec Anne. Bientôt, tout le monde est propre et sec, installé en pyjama sur le canapé. D'abord, les filles restent calmement entre nous, mais Anne ne cesse de bouger et quand Cruella apparaît au volant de sa voiture, la fillette a déjà la tête en bas.

Elle s'endort, toujours à l'envers, avant la fin du film. Même si Lara a tenu jusqu'au bout et clame qu'elle n'est pas du tout fatiguée, elle a les paupières lourdes.

— Eh bien, tant mieux, dis-je.

Anne cligne des yeux et bâille quand nous la mettons au lit.

— Ça veut dire que tu es assez réveillée pour lire *L'Heure du pyjama* à ta petite sœur.

Elle lève vers moi ses grands yeux marron.

— Et *Bonne nuit, dormez bien, petits lapins* ?

C'est son histoire préférée, mais malheureusement, le livre est dans la maison principale. Quand je le lui dis, elle répond en souriant :

— C'est pas grave. Je le connais par cœur.

C'est vrai. Damien et moi assis à côté d'elle, elle « lit » son livre favori à sa petite sœur.

— C'était formidable, lui dis-je alors que Damien la soulève du petit lit d'Anne pour la déposer sur le grand lit, de l'autre côté de la chambre.

Je me penche pour embrasser Anne, qui s'est déjà rendormie, ses petits doigts fermés sur sa couverture satinée préférée. Puis je rejoins Lara et je lui fais un bisou de bonne nuit. Ses yeux se ferment déjà. Elle perd sa bataille contre le sommeil.

Nous marquons une pause dans l'encadrement de la porte et je penche la tête pour recevoir un baiser de Damien avant de me tourner vers les enfants, leurs visages baignés par la douce lueur de leur veilleuse. Je m'adosse contre

Damien et, lorsque ses bras se referment autour de ma taille, un frisson me traverse comme un une brise fraîche soufflant sur l'océan.

— Oh, fait Damien en déposant un baiser sur ma tête. Tu trembles ?

Je secoue la tête et l'entraîne dans la cuisine, où je lui tends une bouteille de vin à ouvrir. Puis il remplit deux verres.

— Dis-moi, insiste-t-il.

Il me tend l'un des verres avant de me conduire sous le porche, le *babyphone* attaché à la ceinture du pantalon de survêtement qu'il a enfilé après la plage.

— Je ne sais pas. C'est...

Je secoue la tête au lieu de parler, m'efforçant de mettre un peu d'ordre dans mes pensées.

— Je n'aurais jamais cru qu'on aurait des enfants. Pas au début. Je ne pensais pas...

Je hausse légèrement les épaules en buvant une gorgée de vin.

— Enfin, tu vois... ajouté-je.

Il opine, la mine grave. Il y avait d'autres raisons bien sûr, mais surtout, je craignais que mes expériences d'automutilation m'empêchent de devenir une bonne mère. Ou pire, que le stress de la parentalité alimente cette pulsion que j'avais eu tant de mal à réfréner.

Damien le sait, bien sûr. Tout comme il sait que j'ai surmonté cela. Ou plutôt, que nous l'avons surmonté ensemble.

— Maintenant, je n'imagine pas ma vie sans elles. Et quand j'étais là, à les regarder ce soir...

— Nikki.

Je pose mon vin et je croise les bras. Ma voix est rauque lorsque je murmure :

— Je n'imagine pas les perdre. Je crois que je n'y survivrais pas.

— Oh, bébé.

L'instant d'après, il m'a prise dans ses bras. Je ne pleure pas, mais je me sens vidée et creuse, comme si j'avais versé un millier de larmes et qu'il m'en restait encore un millier en réserve.

— Tu as eu une dure journée.

Je hoche la tête. Bien sûr, il a raison. Il ne s'agit pas des enfants. C'est l'accumulation de ce qui s'est passé aujourd'hui.

— Tu as eu des nouvelles de Ryan, au sujet de mon bureau ?

Le visage de Damien se ferme.

— La caméra de surveillance du hall d'entrée montre un adolescent avec un sac en plastique. Il avait une carte de sécurité. Volée, sans doute. Un jeune envoyé par quelqu'un pour entrer dans ton bureau et le taguer. Je n'en sais pas plus sur cette Mary Lee. Ryan n'avait rien trouvé quand nous avons discuté, ajoute-t-il, anticipant ma question.

Je hoche la tête.

— Eh bien, ça suffit pour aujourd'hui. Demain aussi, ce sera mouvementé.

Il acquiesce.

— Tu n'as pas parlé de ton discours de toute la journée.

Je hausse une épaule, puis je me détache de ses bras pour récupérer mon verre de vin. Il prend ma main libre et nous nous rendons dans notre chambre.

— Disons que j'ai choisi le déni.

Mon aveu le fait rire. Je m'exclame :

— Un discours. Mais qu'est-ce que je croyais ?

— Que la fondation est importante pour toi et que tu veux partager cela avec les invités.

Il a raison. C'est pour ça que j'ai accepté de donner ce discours inaugural demain.

— Ce n'est pas ce qui me noue le ventre, lui dis-je. Je n'ai pas peur de parler en public.

J'ai peu de reconnaissance pour ma mère, mais au moins, grâce à son obsession, j'ai participé à tant de concours de beauté que prendre la parole sur scène devant une foule m'est aussi naturel que respirer.

Mais c'est une chose de donner un discours pour accueillir les invités et leur expliquer la mission de la fondation Stark pour l'enfance. C'en est une autre de partager publiquement mon combat contre l'automutilation. De révéler un aspect intime de ma vie privée, même si c'était mon idée pour une raison particulièrement louable, à savoir montrer l'exemple aux enfants qui sont au cœur de cette organisation.

— Je sais.

Sa voix est douce et il prend délicatement mon menton dans sa main avant de croiser mon regard.

— Je t'ai dit combien je suis fier de toi ?

— Plus de fois que je ne peux les compter.

Je serre sa main dans la mienne.

— Mais je suis nerveuse.

— C'est bien normal.

Je ne peux m'empêcher de sourire.

Il roule sur le lit pour se tourner franchement vers moi.

— Je sais comme ça peut être difficile de révéler une chose aussi personnelle, dit-il.

Je marque mon approbation, le cœur serré en songeant à ce qu'il a enduré quand il a dû parler de tout ce que Sofia et lui avaient subi avec son coach de tennis, Merle Richter. Des secrets qu'il a avoués pour ne plus en porter le fardeau, pour ne plus être otage d'un sombre passé. Il a préféré embrasser ces ténèbres. Il a sacrifié sa vie privée, et ce faisant, il s'est découvert une force qu'il ignorait avoir.

— Tu as été mon ancre pendant cette épreuve, me dit-il. Demain, je serai la tienne.

— Demain ?

Le coin de ma bouche esquisse un sourire.

— Tu es *toujours* mon ancre.

— Oh oui, dit-il avant de m'attirer pour un tendre baiser. Si je ne me trompe pas, je crois que j'ai promis de faire l'amour à ma femme ce soir.

— C'est vrai.

Ma respiration s'accélère lorsque sa main descend le long de mon tee-shirt, jusqu'à la peau nue exposée entre mon haut et la ceinture de mon short ample.

— Et mon mari est un homme qui tient toujours ses promesses.

— Toujours.

Ses lèvres frôlent les miennes, d'abord tout doucement, puis avec plus d'intensité. Sa barbe de fin de journée me titille le menton et je change de position sur le lit, ouvrant la bouche pour approfondir le baiser.

Il passe une main derrière ma tête et sa langue opère sa magie dans ma bouche. Tandis qu'il m'attise et me goûte, ses doigts se frayent un chemin sous ma ceinture, de plus en plus bas sur ma peau nue.

Je tressaille en sentant ses doigts former un V. Ils me caressent, dansant autour de mon sexe sans toutefois me toucher comme je le désire. Je bouge les hanches et Damien ricane.

— Un problème, Madame Stark ?

— Jamais, dis-je en écartant les jambes, le suppliant silencieusement d'aller plus loin avant d'enfouir les doigts dans ses cheveux pour l'attirer à moi.

Notre baiser s'enflamme, nos langues s'éperonnent et mon corps s'embrase, propageant un désir intense dans mes veines.

Ses doigts continuent leur petit jeu. Ils sont intimes, mais jamais assez. Mon clitoris palpite, avide d'une caresse qui ne vient pas, et je gémis avant de fermer les jambes, prenant sa main au piège de mes cuisses.

— S'il te plaît... l'imploré-je.

Tout mon corps attend l'extase. Il attend Damien.

Il se retire et ses yeux sombres cherchent les miens. À présent, il a dégagé sa main et mes protestations se perdent dans un cri étouffé quand il me pousse brutalement sur le lit, allongée sur le dos. Il m'enfourche et ses mains remontent le long de mon corps, sous mon tee-shirt fin, pour venir empoigner mes seins nus. Il pince mes tétons entre ses pouces et ses index.

La sensation est exquise et je tressaille. Mon corps se cambre lorsqu'il se penche en avant et suspend ses lèvres au-dessus des miennes avant de descendre lentement sur mon menton, puis dans mon cou. Sa bouche succède à sa main sur mon sein gauche, mais il continue de pincer mon téton droit entre ses doigts.

D'abord, sa langue danse légèrement sur mon mamelon. Mais bientôt, il joue avidement avec mon téton sensible et durci. Pendant ce temps, ses doigts s'aventurent à nouveau sous mon short, mais cette fois, c'est une provocation bien différente qu'il y exerce. Après quelques caresses légères sur mon clitoris, il enfonce un doigt en moi.

Je suis humide, et à chacune de ses attentions intimes – à chaque coup de langue sur mon sein –, je sens l'excitation monter en flèche. On dirait qu'un lien de plaisir brûlant est tendu entre ma poitrine et mon bas-ventre.

Mon corps frémit. J'ai envie de lui. Et même si je ne veux

pas que ces sensations merveilleuses et torrides se terminent, j'ai envie de plus. J'ai *besoin* de plus.

— S'il te plaît, l'imploré-je encore.

Il détache sa bouche de mon sein, et l'air frais sur mon téton mouillé me donne le frisson.

— Dis-moi ce que tu veux.

— Toi. En moi.

— Comme ça ? demande-t-il.

Je retiens un cri lorsqu'il enfonce ses doigts encore plus profondément. Je ferme les yeux et je me cambre. Mes hanches ondulent de leur propre initiative. Le désir de mon corps prend un essor incontrôlable.

— Oui, dis-je dans un souffle. Oui, mais encore plus. Damien, s'il te plaît.

— S'il te plaît *quoi* ?

— Baise-moi. Je t'en prie, Damien. Prends-moi maintenant.

Nos regards se croisent et la chaleur qui brûle dans ses yeux manque de me faire fondre.

Il descend le long de mon corps, puis il décolle mes hanches afin de retirer mon short de nuit, l'abandonnant en tas sur le lit. Je m'attends à ce qu'il ôte son propre pantalon, mais il se contente de m'écarter les jambes, déposant des baisers à l'intérieur de ma cuisse.

Je gémis de plaisir avant de pousser un cri lorsqu'il remonte, jusqu'à ce que sa langue caresse mon clitoris. En même temps, il enfonce ses doigts en moi. Des mots m'échappent. Je le supplie de me baiser, éperdue dans ces sensations délicieuses. J'ai envie de plus – j'ai envie de le sentir en moi, qu'il me remplisse –, mais je ne veux pas que ça se termine. Ce plaisir grandissant, dévorant.

Je me presse contre lui sans la moindre honte, dans un abandon total. Mon corps se contracte à l'approche de l'orgasme. Je suis proche, si proche, et j'attends cette explosion. En cet instant, j'en ai besoin autant que d'oxygène. Je tremble, au bord du gouffre. La bouche de Damien me suce le clitoris, ses doigts vont et viennent dans un rythme enivrant jusqu'à ce qu'enfin – *enfin* – le monde se disloque et mon corps éclate en mille morceaux, ouvrant devant moi tout un univers de plaisir...

... avant de revenir brutalement à la réalité par un seul petit mot.

Maman ?

Le retour sur terre est violent. Je vois que la porte pivote lentement et j'ai le temps de croiser le regard de Damien. Ensemble, nous éclatons de rire.

— Eh bien, son timing aurait pu être pire, dis-je en m'empressant d'enfiler mon short.

Il plisse les yeux en feignant le reproche.

— Je crois que tu m'en dois une.

— Évidemment, dis-je avant de désigner de la tête la porte qui vient de s'ouvrir et la fillette qui entre dans la chambre. Mais plus tard.

— Je croyais que tu devais dormir, dit Damien à Lara.

Elle cligne ses grands yeux humides.

— J'ai fait un mauvais rêve, dit-elle en avançant sa lèvre inférieure tremblotante. Les *cocodiles*.

— Oh, non.

Damien lui caresse les cheveux et lui embrasse le front.

— Eh bien, il n'y a aucun danger ici, avec Maman et moi.

Elle acquiesce et se blottit contre lui, refermant les bras autour de son cou. Il l'emporte vers le lit et elle le quitte pour se pelotonner contre moi.

Dans le *babyphone*, la voix ensommeillée d'Anne appelle sa sœur. Je croise le regard de Damien et je souris.

— Après tout, nous sommes venus au pavillon pour passer du temps en famille.

Il ébauche un sourire de biais.

— Je vais la chercher, dit-il.

Bientôt, il revient et dépose une deuxième fillette assoupie entre nous.

Moi-même, j'ai sommeil. Je ferme les yeux et je tends la main par-dessus les filles pour trouver celle de Damien. Nos doigts se joignent et j'ouvre mes paupières lourdes, juste assez longtemps pour croiser son regard. Je soupire, comblée, avant de laisser le sommeil m'engloutir.

Ou du moins, j'essaie. Au bout d'un moment, je reçois un petit coup au menton et j'ouvre vivement les yeux. Je me rends compte qu'il a dû s'écouler un certain temps, car Anne est tête-bêche et j'ai son pied sur le visage. Comment un être aussi petit se débrouille-t-il pour prendre autant de place dans un lit ? Ça me dépasse, mais chaque fois que nous dormons ensemble, elle se retrouve toujours en sens inverse.

Pour couronner le tout, elle a le sommeil léger, et lorsque j'essaie de la remettre dans le bon sens, je la réveille invariablement. Comme Damien est plus doué que moi pour changer notre cadette de position sans perturber son sommeil, je bâille et tends le bras de son côté du lit pour essayer de le réveiller en douceur.

Mais il n'est pas là.

Ma tête retombe sur l'oreiller, un petit pied nu sous le menton. Mon cerveau n'a pas encore émergé, mais je pense que c'est déjà le matin. En tâtonnant à la recherche de mon téléphone pour consulter l'heure, je constate qu'il n'est qu'une heure et quart.

Peut-être est-il aux toilettes ?

Je l'appelle à mi-voix, mais je n'obtiens pas de réponse.

J'ai beau avoir conscience que ma réaction est excessive, de petits frissons de panique me parcourent. Je m'extrais du lit avec précaution, puis je traverse la maison à pas de loup.

Je ne le trouve nulle part et les doigts de la panique se resserrent. Je presse le pas en direction du toit-terrasse. Peut-être est-il sorti admirer les étoiles. Il n'est pas là et je m'apprête à retourner à l'intérieur pour chercher mon téléphone et lui envoyer un texto quand j'aperçois un mouvement sur la plage. Ce n'est qu'une ombre qui se déplace, mais à bien y regarder, je constate qu'il s'agit d'un homme. *Damien.* Malgré la distance, par cette nuit sans lune, je le reconnais. Avec un soupir de soulagement, je fais un pas vers les escaliers pour le rejoindre.

Mais bien sûr, je ne peux pas. Les filles sont dans notre chambre et il n'y a pas de *babyphone* là-bas. Je ne peux pas les laisser seules.

Je reste debout devant la porte ouverte du pavillon, en espérant qu'il se retournera et me verra. Il doit avoir des soucis pour aller se promener en pleine nuit et j'espère qu'il ne s'inquiète pas pour moi et le discours de demain.

Il marche, silhouette obscure sur le sable éclairée par la lueur tamisée du croissant de lune. Il fait un pas en direction de la maison, puis je vois quelque chose de blanc et vaporeux voleter à côté de lui. Je me penche en avant, comme si ces quelques centimètres supplémentaires pouvaient me permettre de tout discerner par magie.

Ça ne fonctionne pas. Car même si je comprends brusquement ce dont il s'agit, j'ignore avec quelle femme Damien pourrait être en train de discuter sur la plage au beau milieu de la nuit.

Parce qu'une chose est sûre. C'est une jupe. Maintenant que mon esprit l'a compris, je distingue la seconde silhouette dans la pénombre avec Damien. Une femme. Le doute n'est pas permis.

Mais qui est-ce ? Et de quoi parlent-ils ?

Je me précipite dans la maison pour récupérer le *babyphone* dans la chambre des filles et je l'apporte dans la chambre principale.

Puis je m'empare d'un peignoir pour couvrir mon débardeur et mon short de nuit. J'enfile les manches et noue la ceinture autour de ma taille avant de ressortir sur la terrasse. Le *babyphone* dans la poche du peignoir, je dévale les marches pour me rendre compte que la femme est partie et que Damien remonte déjà le sentier jusqu'au pavillon.

— Nikki ?

Je m'efforce de sourire.

— Je me suis réveillée et je suis sortie prendre l'air.

— Moi aussi, dit-il en s'empressant de me rejoindre. Et les filles ?

Je lui montre le *babyphone*.

Il me dévisage attentivement et demande :

— Tu es ici depuis longtemps ?

— Oh.

Je hausse les épaules.

— Non, pas longtemps. Je t'ai vu sur la plage avec quelqu'un.

J'ai du mal à reconnaître ma voix et j'ai envie de me frapper. Je ne sais pas ce qu'il faisait, mais je suis convaincue que ce n'était rien de mal. Il ne me trompe pas. C'est quelque chose que je me refuserai toujours à croire.

Mais me faire des cachotteries, en revanche...

Enfin, je n'en suis pas sûre.

— Jenny, dit-il.

S'il a perçu ma curieuse intonation, il n'en laisse rien paraître.

— Encore son chien...

— Sérieux ?

Jenny et Phil Neeley possèdent la maison voisine, éloignée de la nôtre d'environ sept cents mètres.

— Elle l'a retrouvé ?

— Oui, il jouait à courir dans les vagues.

Il tend les bras et m'enlace tendrement.

— Comme c'est agréable de te faire un câlin. La journée n'a pas été facile.

J'acquiesce en silence et je referme les bras autour de lui pour le serrer avec ferveur.

Au bout d'un moment, nous nous détendons tous les deux, puis je recule pour le regarder dans les yeux.

— Sais-tu à quel point je t'aime ? demande-t-il.

— Oui, dis-je, ébahie de sentir un tel poids quitter mes épaules. Je le sais.

CHAPITRE TREIZE

Je longe le court de tennis qui occupe une grande part du domaine de la fondation quand j'entends une voix d'homme familière qui m'appelle. Je me tourne pour découvrir mon beau-frère, Jackson Steele. Il s'approche à grandes enjambées en agitant la main. Comme Damien, il est superbe et ténébreux, un dieu des affaires à la tête d'un empire.

— Salut, dis-je en souriant à ses yeux d'un bleu arctique.

Il me prend dans ses bras pour me saluer.

— Je pensais te voir ce matin, quand nous avons déposé les enfants.

— C'était prévu, répond-il. Mais le devoir m'a appelé.

Je hoche la tête. Lorsque Damien et moi sommes arrivés avec les filles chez Jackson et Sylvia, il était déjà parti.

— Le Domino ?

Il secoue la tête.

— Non, heureusement. Ce n'était qu'un client exigeant – mais un client d'envergure.

Il hausse une épaule.

— J'aurais pu envoyer quelqu'un d'autre, mais c'est l'un

de mes réalisateurs préférés, et sa femme a joué dans
certains des meilleurs films de mon enfance...

Je réprime un éclat de rire. Dans le milieu de
l'architecture, Jackson Steele est une vraie sommité. C'est
adorable de le voir jouer les *fanboys*.

— Tu as reçu un autographe ? dis-je pour le taquiner.

— Évidemment.

Nous nous esclaffons, puis il ajoute en sortant son
téléphone :

— Je ne t'ai pas uniquement rejointe pour te dire
bonjour. Je voulais te montrer ce message de Moira. Attends.

Il effleure l'écran, puis il me montre une vidéo touchante
de mes filles en train d'agiter frénétiquement la main avec
leurs cousins, Ronnie et Jeffery.

— Apparemment, ils s'éclatent.

— Comme toujours quand ils sont ensemble, dis-je.
Alors, vous partez en Europe demain ?

— Tous les quatre, répond-il. Je fais appel à la famille et
j'emprunte l'un de ses jets à mon frère.

— C'est le meilleur moyen de voyager, dis-je en souriant.

Jackson le sait déjà, naturellement. Sa compagnie
possède plusieurs jets privés, elle aussi, mais aucun n'est
équipé pour des vols transatlantiques.

— Ronnie emporte son appareil photo ?

J'ai offert un appareil photo à Ronnie à Noël dernier, et
Sylvia et moi l'avons emmenée en séance photo à plusieurs
reprises. En dépit de son jeune âge, elle a un œil affûté.

— Oh, oui. Tout est déjà rangé, prêt à partir.

— Parfait. Dis-lui que je suis impatiente de voir ses
photos. Oh, et demande à Sylvia de passer me voir plus tard,
d'accord ? Maintenant, je dois aller voir s'ils ont besoin de
moi avant mon discours inaugural.

J'ai aussi envie de rejoindre Damien. Mais comme c'est

mon état d'esprit par défaut, je ne prends même pas la peine de le mentionner.

Il me promet de transmettre le message, puis il passe son chemin. Au passage, il salue quelqu'un que je connais de vue pour l'avoir déjà croisé dans un cocktail.

La propriété de Beverly Hills est immense. En arrivant, Damien et moi sommes allés faire un tour. Dans la mesure du possible, nous aimons échanger avec les enfants que soutiennent les deux principales fondations Stark. La fondation originale, que Damien a lancée avant que je le rencontre, s'appelait la fondation Stark pour l'éducation. Elle avait pour mission d'identifier et d'aider les enfants défavorisés doués pour les maths ou la science.

Plus tard, quand la triste vérité au sujet de l'enfance de Damien a éclaté au grand jour dans le cadre de son procès pour meurtre, il a créé la fondation Stark pour l'enfance. Sa mission première est d'aider les enfants maltraités à remonter la pente au moyen de la thérapie par le jeu et le sport.

Stark International soutient divers organismes de charité, à la fois sociaux et éducatifs, mais ces deux-là sont les plus chers au cœur de Damien. Et au mien. Ce sont deux associations indépendantes, et pourtant quelques bénéficiaires relèvent des deux à la fois, notamment les enfants maltraités qui présentent des talents spéciaux.

L'événement d'aujourd'hui célèbre ce point commun. Des enfants des deux organismes seront mis à l'honneur et une levée de fonds aura lieu. Après mon discours d'introduction, je me présenterai en tant que nouvelle porte-parole de la jeunesse, un poste officiellement affilié à la fondation Stark pour l'enfance.

Le brunch sera servi dans une heure et, comme je ne monte pas sur l'estrade avant une heure et demie, je retourne en flânant vers le bâtiment principal. Sur mon chemin, je m'arrête pour bavarder et saluer les invités tandis que de nombreux enfants se succèdent aux différents stands. Il y a même une petite arène où les bambins peuvent faire un tour à cheval. J'aperçois Lyle Tarpin – star d'Hollywood et premier porte-parole de la jeunesse – qui conduit un cheval blanc sur lequel est juchée une fillette blonde au visage mutin.

Il sourit en croisant mon regard, puis il lève le pouce afin d'encourager la petite princesse, qui lui répond par le même geste avec un sourire si éclatant qu'on se croirait à Noël.

Je suis tellement accaparée par mes salutations que je manque de bousculer Evelyn Dodge. Elle me prend aussitôt par les épaules et m'entraîne à l'écart du chemin.

— Texas ! J'espérais avoir la chance de te parler. Ça fait des semaines que je ne t'ai pas vue.

Je la serre dans mes bras avec chaleur. Techniquement, j'ai une mère, mais c'est à Evelyn que j'ai demandé de m'accompagner à l'autel lors de mon mariage. C'était avant que je rencontre mon père, bien sûr, mais même si j'avais déjà connu Frank à l'époque, j'aurais souhaité que cette femme soit à mes côtés. Elle est impertinente et obstinée, et son sens de l'humour est souvent en dessous de la ceinture, mais elle est brillante et c'est une amie fidèle.

Et puis, à part moi, c'est l'une des rares personnes en qui Damien a entièrement confiance et je sais qu'elle le protégerait, lui et ses enfants, même si sa vie en dépendait.

Je ne peux pas rêver mieux.

— Tu viens à la maison le week-end prochain, n'est-ce pas ? Lara sera déçue si tu n'es pas là à son anniversaire.

— Rater la fête de mes miss ? Hors de question. Frank et moi, nous viendrons, avec tambours et trompettes.

Mon père est un photographe de voyage. En ce moment,

il est en Suède ou en Suisse – honnêtement, je ne m'en souviens pas. Mais je sais qu'il est censé rentrer la semaine prochaine. Étant donné le temps qu'il passe avec Evelyn chaque fois qu'il est en ville, je ne suis pas étonnée qu'ils viennent ensemble à l'anniversaire.

Bras dessus bras dessous, nous continuons de marcher en direction du bâtiment principal.

— J'ai croisé ton gars il y a quelques minutes, me dit-elle.

Je souris en l'entendant surnommer Damien mon *gars*.

— Il m'a dit que vous alliez faire l'acquisition d'un nouvel original de Blaine dans votre collection.

— Oui, dis-je en gardant les yeux droit devant, même si je meurs d'envie de jeter un coup d'œil de côté pour voir sa tête. Nous avons découvert une galerie à Beverly Hills et l'une de ses œuvres nous a plu à tous les deux. J'ai comme l'impression qu'il se vend très bien.

— À ce qu'il paraît.

Son intonation volontairement enjouée ne lui ressemble pas.

Je fronce les sourcils et j'essaie de la percer à jour, en vain.

— Vous êtes restés en contact tous les deux ?

Quand j'ai rencontré Evelyn, elle entretenait une liaison passionnée avec Blaine, malgré leurs quinze années de différence. Elle était son plus fervent soutien, moteur de sa carrière. Elle finançait des expositions et le présentait aux galeristes. En un mot, c'était son mécène.

— Un peu. Il doit revenir à Los Angeles dans un mois, je crois. Je le verrai sans doute à ce moment-là. Ou pas.

Sa voix reste désinvolte et légère, comme si elle sous-entendait que cela n'avait aucune importance pour elle.

Mais je connais Evelyn. Après une dernière accolade,

elle s'empresse de rejoindre une cliente qu'elle vient d'apercevoir. Mais je ne me fie pas à son détachement. Au contraire, je crois que Blaine est très important à ses yeux.

— Tu fronces les sourcils.

Je cligne des paupières. Concentrée sur Evelyn qui s'éloigne sur le chemin, je n'ai pas remarqué l'arrivée de Jamie. Elle est splendide, comme toujours, mais son maquillage est plus prononcé que ne l'exige cet événement. Je sais que cela n'augure rien de bon.

— Ne me dis pas que tu vas filmer mon discours.

Elle se mord la lèvre.

— Désolée. Tu es célèbre et la fondation aussi. Et puis, quand une personnalité comme Lyle est impliquée, il faut en parler à la télé. C'était moi ou Lacey.

Elle hausse presque les épaules jusqu'au niveau de ses oreilles.

— Je me suis dit que tu préférais que ce soit moi. Je me trompe ?

Je lève les yeux au ciel.

— Pas du tout. Sois indulgente.

— Oh, je t'en prie. Tu seras éblouissante. Quand as-tu déjà bafouillé sur une scène ?

Elle a raison. D'ailleurs, c'est sûrement ma présence scénique qui a fait mon malheur. Je ne cessais de remporter les concours de beauté et ma mère persévérait, m'inscrivant à toutes les compétitions, jusqu'à ce que ma seule échappatoire à cette vie de cauchemar – à son emprise infernale et malsaine, à ses règles restrictives – soit de prendre le contrôle par l'unique moyen à ma disposition.

J'avais déjà commencé à me taillader à l'époque. Il fallait que j'exerce un quelconque contrôle et j'étais soulagée de pouvoir maîtriser ma propre douleur. Mais je me scarifiais en secret, portant ma lame sur des parties cachées de mon corps. Invisibles, même au regard scrutateur de ma mère. Et quand je n'ai plus réussi à supporter d'être manipulée comme une petite princesse de papier, j'ai lâché la bride de cette lame en qui je faisais confiance.

Alors, non. Je n'ai aucun problème avec la scène. Mais cela ne veut pas dire que j'aime être dans la lumière.

— James, dit-elle en baissant la voix.

Elle se rapproche et me prend la main.

— Si tu veux, je peux me désister, mais si ce n'est pas moi, ce sera quelqu'un d'autre. Étant donné ce que tu vas partager avec tout le monde, mieux vaut que ce soit moi.

J'acquiesce en lui serrant la main.

— Tu as raison.

Elle me dévisage.

— Alors, tout va bien ?

Je lui promets :

— Absolument.

Nous tombons dans les bras l'une de l'autre, et Jamie me dresse la liste de toutes les personnalités qu'elle va interviewer au cours du brunch. Lyle, bien sûr, mais elle espère aussi pouvoir prendre une minute avec Damien et Jackson, et une longue liste d'acteurs, musiciens et autres célébrités.

— Je n'en connais pas la moitié, lui dis-je en souriant.

— Menteuse, s'exclame-t-elle.

Je suis forcée de rire. À vrai dire, il y a certains invités dont je n'ai jamais entendu parler, mais j'ai déjà rencontré la majeure partie d'entre eux, ou du moins je les connais de nom. C'est amusant, car avant de fréquenter Damien, je ne connaissais pratiquement aucune star de cinéma en vogue. Disons que j'en étais restée aux débuts de Sean Connery dans le rôle de James Bond.

Et pourtant, maintenant, difficile d'éviter les ragots. Ma

meilleure amie est une journaliste spécialisée dans le divertissement, et mon mari fait partie de ces célébrités sous les projecteurs. Par défaut, moi aussi.

Je n'aime pas ça, mais j'aime Damien. Et cela me permet de tout supporter.

— Madame Stark ! Madame Stark !

Je fais volte-face pour découvrir un homme aux épaules larges qui accourt dans ma direction, un petit garçon de six ou sept ans sur les talons. Ils me disent vaguement quelque chose et ce n'est que lorsqu'ils arrivent juste devant moi que je me rends compte de la forte ressemblance entre le garçon et Damien. Ils ont les mêmes cheveux foncés et le même menton carré. En revanche, les yeux du garçon sont différents. Ils ne sont pas d'un ton ambré et chaud, mais d'un bleu limpide.

Je suis certaine de n'avoir jamais vu ni l'homme ni le garçon, mais je m'arrête et je souris en attendant qu'ils se présentent.

— Daniel Bryson, dit l'homme en tendant la main pour me saluer. Et mon fils, Nate.

— C'est un plaisir de... oh !

Je rencontre le regard de Monsieur Bryson et j'y remarque une étincelle d'humour.

— Je suis vraiment désolée, lui dis-je. Il m'a fallu un moment pour me rappeler ce nom.

— Pas besoin de vous excuser, dit-il. Je viens de parler à votre mari et je voulais vous remercier personnellement, vous aussi. Je sais que Marianna vous en a fait baver, à Monsieur Stark et à vous. Vous n'étiez pas obligés d'aider mon petit garçon et moi. Je... Je voulais juste vous dire que votre aide a changé notre vie.

— Monsieur Bryson, vous n'avez pas à nous remercier.

Nous sommes tous très heureux que Nate et vous soyez réunis.

Il pose la main derrière la tête du garçon, puis il tend le doigt vers des animaux de ferme, de l'autre côté du chemin.

— Regarde, ils distribuent de quoi nourrir les chèvres. Tu devrais aller voir si tu peux te faire des nouvelles copines à cornes...

Le garçon lance à Jamie et moi un regard hésitant, puis il se tourne vers son père en hochant la tête. Avec un sourire timide, il détale sur le chemin pour rejoindre le bénévole qui donne du fourrage aux enfants.

— J'ai reçu l'ordonnance du juge il y a deux semaines, dit Monsieur Bryson. Maintenant, j'ai la garde exclusive de Nate. Dieu merci. Quand le personnel de Monsieur Stark a pris contact avec moi, Marianna a vite craqué. Elle s'est mise à divaguer et à fulminer. Elle jurait qu'elle allait me détruire.

Il jette un œil inquiet vers le garçon.

— J'ai failli ne pas venir aujourd'hui. Mais ma mère habite ici et Nate voulait voir sa grand-mère. Évidemment, nous avons souhaité venir au brunch. Les bourses de la fondation ont été plus utiles que vous l'imaginez.

— Je suis vraiment heureuse que vous alliez bien, tous les deux. Merci d'être passés me donner des nouvelles.

— C'est tout naturel. Si vous avez besoin de quoi que ce soit, Madame Stark, n'hésitez pas. Votre mari et vous. Je ne vois pas en quoi je pourrais bien vous être utile, mais s'il y a quoi que ce soit, n'hésitez pas à me le demander.

Je lui assure que nous n'y manquerons pas et il rejoint les animaux de la ferme pour retrouver son fils.

— C'est le garçon qui n'est pas le fils de Damien, c'est bien ça ?

Je décoche à Jamie un regard en coin et nous reprenons notre promenade en direction du bâtiment principal.

— Quoi ? J'ai raison ? insiste-t-elle. C'est le fils de cette tarée. Il y a quelques mois. La femme qui a essayé de faire croire que Damien était le père, même si elle savait très bien que ce n'était pas vrai.

J'acquiesce. C'est bien ça. Il y a quelque temps, Marianna Kingsley a débarqué de nulle part en prétendant que Damien était le père de son petit garçon.

— Heureusement que Quincy a retrouvé le vrai père. Monsieur Bryson a l'air gentil et sain d'esprit.

Dans cette affaire, Damien a fait appel aux services de Quincy Radcliffe, un agent des renseignements britannique aussi sexy que mystérieux qui travaille en parallèle pour une milice privée appelée Délivrance. Je ne suis pas censée connaître son existence. Heureusement, Quincy a réussi à retrouver le père biologique, révélant ainsi que Marianna connaissait la vérité depuis le début. Elle avait jeté son dévolu sur le compte en banque de Damien, au mépris de la véritable identité du père.

— De quelle bourse parlait-il ?

— Damien et moi nous sommes dit que le pauvre gamin n'avait pas eu un début de vie facile, avec Marianna qui l'utilisait comme outil de négociation. Alors, nous avons financé une bourse d'études, qu'il touchera quand il sera plus grand. Et il se trouve que le garçon a d'excellents résultats scolaires. Mais comme son père est un enseignant célibataire à San Francisco, il n'a pas assez d'argent pour lui payer de bonnes études ou des activités extrascolaires.

— Ce qui signifie que le gamin aurait sans doute reçu des aides sans votre intervention.

— Il aurait déjà fallu que quelqu'un l'inscrive, dis-je.

— Et maintenant, il habite dans la région de la baie avec son père ? Marianna était d'accord ?

— Bryson lui a fait un procès pour obtenir la garde. Je te

l'ai raconté à l'époque, tu t'en souviens ? Damien a demandé à Charles de l'aider.

Charles Maynard est l'avocat de Damien.

— C'est vrai, j'avais oublié.

Nous sommes arrivées à l'entrée et elle tire la porte pour me laisser passer.

— Tu viens ? demandé-je.

Elle secoue la tête avant de consulter sa montre.

— J'ai une interview avec Lyle dans dix minutes. Ensuite, j'interrogerai quelques enfants. Mais je serai de retour à temps pour ton discours.

Elle prend ma main et la serre.

— Je suis très fière de toi. Je sais que je te l'ai déjà dit, mais c'est vrai.

J'ai une boule de nerfs dans le ventre, mais j'acquiesce en l'étreignant.

— À bientôt, dis-je avant de rentrer.

Je dis bonjour aux membres du personnel que je connais. Tout le monde s'affaire à l'organisation du brunch et je salue un groupe d'adolescents – les jeunes bénéficiaires de la bourse – qui mettent la main à la pâte pour les derniers préparatifs.

— On se prépare pour la mascarade ?

La voix est froide et familière. Je me retourne pour découvrir Mary Lee.

Tout mon corps se crispe.

— Bon sang, que faites-vous ici ?

Elle hausse les sourcils.

— J'ai peut-être une carte de presse.

— C'est ce qu'on verra.

Je jette un regard circulaire à la recherche de l'attaché de presse de la fondation. Je sais que je l'ai aperçu en arrivant et je lève la main pour faire signe à l'un des bénévoles et lui demander d'aller le chercher.

Mais sans m'en laisser le temps, Mary poursuit :

— Ça t'arrive de le regarder et de te demander ce qu'il voit en toi ?

Sa voix grave et menaçante me pétrifie.

— Quelqu'un de faible, poursuit-elle. Rien qu'une petite reine de beauté. Quelqu'un qui se respecte si peu qu'elle accepte l'argent qu'un homme est prêt à lui donner pour poser nue et se faire reluquer.

Elle fait un pas vers moi et mon cœur se met à cogner contre mes côtes.

— Une petite salope, faible et ridicule, qui ne devrait jamais avoir le droit d'élever des enfants.

— Éloignez-vous de moi.

Je parviens à parler sans trémolos dans la voix.

— Allez-vous-en !

— *Nikki.*

J'entends Damien au moment où sa main se referme sur mon bras. Quand je me tourne pour le regarder, ses yeux brillent d'une rage pure.

— Bon sang, mais que fais-tu ici ? demande-t-il à Mary Lee en s'avançant.

Son corps forme une barrière physique devant ma persécutrice.

— Attends, dis-je en regardant Damien. Tu la connais ?

— Malheureusement, oui. Nikki, je te présente Marianna Kingsley, ajoute-t-il d'une voix vibrante de colère. La mère de Nate Bryson.

CHAPITRE QUATORZE

— Tu ne peux pas m'obliger à partir, dit Marianna, alors
même que Damien vient de le lui ordonner en des termes
parfaitement clairs. Mon fils est un bénéficiaire de la bourse.
J'ai le droit d'être ici.

— Non, dit Damien. Tu n'as aucun droit.

Il fait un pas en avant et elle recule, renversant une table
de desserts. Des biscuits et des parts de gâteau dégringolent
par terre.

— Ne me touche pas, hurle-t-elle. Tu ne peux pas me
malmener. Tu ne peux pas me toucher.

— Va-t'en, Marianna, dit Damien.

Le calme trompeur de sa voix masque un océan de
colère. Il brandit son poignet gauche et regarde sa montre,
qu'il tapote.

— Tu peux partir sans esclandre ou avec une escorte.
Mais dans tous les cas, tu seras de l'autre côté de ce portail
dans moins de cinq minutes.

— Va te faire foutre.

Elle avance le menton et se campe juste devant Damien,
les yeux plissés en deux fentes étroites.

— Tu te crois au-dessus de tout, pas vrai ? Eh bien, réfléchis. Tu t'en es pris à la mauvaise personne, Damien Stark. Je vais te détruire. Attends de voir comment.

Les portes s'ouvrent sur la gauche et je vois l'un des bénévoles s'y précipiter, les yeux écarquillés, sans doute pour dire aux nouveaux venus que la salle n'est pas encore ouverte au public. Mais la personne qui vient d'entrer n'est autre que Ryan, et d'un léger mouvement de la main, il fait signe au bénévole de reculer. Puis, les yeux comme des lasers, il s'approche de Damien. Il m'adresse un bref hochement de tête avant de fusiller Marianna du regard.

— Des ennuis, Monsieur Stark ?

— Madame Kingsley s'est perdue et elle ne retrouve pas la sortie. Pourrais-tu l'aider à quitter les lieux ?

— Aucun problème.

Il dévisage Marianna avec un regard glacial qui refroidirait même l'enfer.

— Si vous voulez bien me suivre.

Pendant un moment, je m'attends à ce qu'elle proteste. Son regard se pose sur Ryan. Il est costaud et impressionnant. Je la vois déglutir, puis accepter.

Ils n'ont fait que deux pas lorsqu'elle se retourne, des éclairs dans les yeux.

— Ce n'est pas fini, Stark.

— Je note, rétorque-t-il avant de lui tourner le dos.

Il me prend la main et m'entraîne de l'autre côté de la salle.

— Elle peut ? demandé-je.

Il plisse les yeux.

— Elle peut *quoi* ?

— Eh bien, elle a dit qu'elle te détruirait et je sais que c'est impossible. Mais peut-elle te causer des ennuis ?

Il me caresse la joue et il secoue la tête.

— Bébé, elle a déjà essayé et nous avons gagné. Elle ne peut rien faire d'autre que parler. Et nous ne sommes pas obligés d'écouter.

— D'accord.

Je dépose un tendre baiser sur ses lèvres.

— J'espérais que tu dirais ça.

Dehors, quelqu'un fait tinter le triangle suspendu devant la salle de réception, indiquant à tout le monde que le service a commencé – et à moi que je me tiendrai bientôt sur l'estrade pour ouvrir mon cœur devant une salle comble.

— Ça ira ?

En levant les yeux, je me rends compte que Damien m'observe attentivement.

— Bien sûr, dis-je avec un sourire crispé. J'avais la tête ailleurs.

À sa mine, je ne suis pas sûre qu'il me croie. L'instant d'après, l'un des membres du conseil de la fondation l'appelle. Je l'embrasse sur la joue, puis je désigne Jamie qui vient d'entrer dans la salle en compagnie de Ryan.

— À plus tard, lui dis-je avant de m'éloigner, me dérobant à son regard soucieux.

— Qu'y a-t-il ? demande Jamie lorsque je la rejoins et passe mon bras autour de sa taille pour chercher le réconfort de ma meilleure amie.

— Rien.

C'est un mensonge et elle roule de gros yeux.

— Ignore-la, me dit Ryan.

Bien sûr, il fait référence à Marianna, non à Jamie.

— Elle ne représente aucune menace pour Damien.

— Peut-être, dis-je. Mais je n'apprécie pas qu'elle lui vole dans les plumes.

C'est la vérité, mais Jamie comprend que ce n'est pas tout.

— Balance, m'ordonne-t-elle après m'avoir conduite à l'écart en prétextant vouloir se servir à la table des desserts avant que les enfants la pillent.

— Je suppose que ça ne sert plus à rien maintenant, mais j'ai appelé le magazine. Cette rédactrice en chef ? Elle n'existe pas. Et ils n'ont jamais fait appel à une Mary Lee, ni indépendante ni employée. C'était une arnaque depuis le début.

— Étant donné ce qui vient de se passer, je ne peux pas dire que je sois étonnée.

— Mais tu vas bien ?

Jamie me dévisage attentivement.

— Absolument.

Elle garde le silence pendant un moment, puis elle penche la tête sur le côté, croise les bras et soutient mon regard.

— Euh, je suis ta meilleure amie, tu t'en souviens ? Tu veux reformuler ta réponse ?

Je pousse un profond soupir.

— Ce n'est rien. Vraiment.

Je parle avec assurance, parce que je suis sincère.

— Elle me trotte dans la tête.

— Eh bien, fiche-la dehors, rétorque Jamie en fronçant le nez.

J'éclate de rire. Cette fois, je me sens mieux. Et après avoir grignoté un mini cheese-cake et suivi Jamie vers une table en fond de salle, je vais encore mieux. Nous sommes au milieu de la salle quand Bree surgit avec Rory.

— Vous passez un bon moment ?

Mais ma question est inutile. Il est évident, à en juger

par son visage – et son bras noué à celui de Rory – qu'elle s'amuse follement.

— Je voulais juste te remercier de m'avoir accordé la journée. J'avais très envie d'assister à ton discours et quand j'ai appris que Rory venait aussi, eh bien, enfin tu vois...

Elle hausse joyeusement les épaules et me répond enfin :

— Oui, on s'éclate.

Son bonheur est contagieux et je souris.

— Je suis ravie de l'entendre. C'est un plaisir de vous revoir, Rory.

— Vous aussi, Madame Stark.

Il tend le doigt et ajoute :

— Je suis impatient d'entendre votre discours.

— Génial, dis-je.

Une fois de plus, j'ai une boule au ventre.

— C'est un gars intéressant, commente Ryan une fois que Rory et Bree sont hors de portée d'oreilles.

— Tu le connais ? dis-je en m'asseyant à table.

— J'ai entendu parler de lui, précise Ryan.

Il s'empare d'une bouchée au chocolat sur l'assiette de Jamie.

— Euh, merci ! s'exclame-t-elle avant de froncer les sourcils. Laisse tomber. Prends-le. De toute façon, je passe bientôt devant la caméra. Ça m'évitera d'avoir du chocolat sur les dents et de comparer mes hanches à celles de Lacey Dunlop.

— Comment se fait-il que tu aies entendu parler de lui ? insisté-je sans prêter attention à Jamie. Oh, Ryan, tu n'as pas fait ça ! m'exclamé-je sans lui laisser le temps de répondre à ma propre question.

Il enfourne un autre mini gâteau dans sa bouche.

— C'est mon métier, dit-il après avoir avalé. Tu crois vraiment que Damien aurait pu s'en passer ?

J'aurais dû me douter que Damien demanderait à ses hommes de se renseigner sur le nouveau petit ami de notre nounou.

— D'accord. Et qu'as-tu appris ?

— Un passé difficile. Un père violent qui les a vite abandonnés, heureusement. Une mère sans diplôme, qui avait du mal à joindre les deux bouts. Puis elle l'a flanqué à la porte et il a atterri à l'assistance publique. Il est parti à quinze ans. Il a vécu dans la rue et il s'est débrouillé tout seul en vendant de l'herbe. Mais il n'en consommait pas. Ou pas beaucoup. Il a passé le bac par correspondance. C'était un gamin exceptionnel, dit-il. Il a eu de la chance qu'un flic remarque son potentiel et lui propose de lui payer son inscription dans une fac publique s'il arrêtait de vendre de la drogue. C'est ce qu'a fait Rory et le flic a tenu parole. Et puis, il s'est fait un nom au sein de cette fondation au début de sa création. Maintenant, il est directeur financier dans une boîte d'investissement, au centre-ville.

Je hoche la tête. Bree m'avait déjà raconté tout cela.

— Il est doué dans son boulot, mais c'est un Peter Pan.

Ryan esquisse un sourire et Jamie lève les yeux au ciel. Moi, en revanche, je n'ai rien compris.

— Il a travaillé pour quatre boîtes différentes en quatre ans, m'explique Ryan. Il a du talent, mais il ne s'est pas encore vraiment posé.

— Il veut dire que Rory n'a pas grandi, me traduit Jamie.

— Avec l'enfance qu'il a eue, c'est normal qu'il mette du temps à prendre ses marques, dis-je.

Ryan acquiesce.

— Et à en juger par le profil qui lui a valu la bourse de cette fondation, il devrait travailler dans la recherche et le développement. Pas placer l'argent des autres.

— Lâche-lui du lest, intervient Jamie. Bon sang, même

moi je ne suis pas certaine de savoir ce que je veux faire quand je serai plus grande.

Je croise le regard de Ryan et nous échangeons un sourire. Nous savons tous les deux que Jamie était faite pour ce boulot.

— Tout ce qui compte, c'est qu'il convienne à Bree, dis-je avec assurance. Et jusqu'à présent, ils ont l'air de faire la paire.

Damien nous rejoint, mais quand Jamie lui propose de s'asseoir, il refuse.

— On nous demande en coulisses, Nikki et moi. Tu es prête ?

J'ai envie de dire non – j'ai l'estomac noué –, mais dès que Damien me prend la main, je me sens plus calme. Après tout, c'est mon choix. Je peux le faire. Avec Damien à mes côtés, je ferais n'importe quoi.

Lorsqu'Annabelle Tate, la nouvelle directrice exécutive de la fondation, monte sur l'estrade, Damien et moi disparaissons au fond de la salle. Nous passons près de la table de Jackson et Sylvia et ils nous encouragent à voix basse, tout comme Bree et Rory qui partagent la même table qu'eux. Je n'ai pas vu Abby et Travis, mais je suis sûre qu'ils ne vont pas tarder et je sais que Jamie les invitera à se joindre à Ryan avant de filer retrouver son caméraman pour réaliser son reportage.

La scène se dresse contre le mur, à l'avant de la salle. Le rideau en toile de fond donne sur une porte ouverte. À présent, Damien et moi sommes derrière le rideau, dans une salle d'attente conduisant aux cuisines. Les serveurs et les membres de la fondation s'agitent autour de nous, mais Damien ne leur accorde pas la moindre attention. Il garde les yeux exclusivement rivés sur moi.

— Ça va, lui dis-je.

— Je le sais bien, répondit-il sans quitter mon visage des yeux.

— Damien ?

Ses lèvres frémissent aux commissures.

— Quoi ?

— Ça...

Il se penche pour prendre possession de ma bouche. Ce n'est pas un baiser discret, approprié devant un auditoire de collègues et d'employés. Non, ce baiser est diabolique. Le péché à l'état brut. La fougue. Et il déclenche en moi un feu qui gronde avec incandescence dans mon sang et dans mon esprit, emportant la raison et la bienséance jusqu'à ce qu'il ne reste plus rien qu'une envie pure et violente.

Je referme les bras autour de son cou, mais il m'a déjà attirée à lui. Mes seins sont écrasés contre son torse et nous nous fondons l'un dans l'autre. Je sens chaque surface dure de son corps. Tout ce que je voudrais en cet instant, c'est m'y abandonner.

Mais je dois me contenter de son baiser. Enfin, ses mains glissent le long de mes bras et ses doigts s'entrecroisent avec les miens lorsqu'il porte ma main à ses lèvres et l'embrasse.

— Je t'aime, dit-il.

En réaction, je sens mon sourire enflammer tout mon corps.

— Ça suffit, tous les deux.

Je reste accrochée à Damien, mais je tourne la tête pour sourire à Lyle, qui s'est avancé avec Evelyn. Tous deux me rendent mon sourire. Avec sa beauté brute et ses yeux d'un bleu hypnotique, Lyle fait partie de ces stars capables de garantir à elles seules le succès d'un film. Il a joué dans plusieurs superproductions populaires et il a gagné un Academy Award pour un drame familial plus confidentiel.

— Où est Sugar ? demandé-je.

Il a rencontré sa femme dans des circonstances qui n'ont rien à envier au portrait de nu qui fut le catalyseur de mon couple avec Damien.

— Tu la verras en montant sur la scène, dit-il. Nous sommes au premier rang pour te soutenir.

Il jette un œil vers Damien avant de me regarder, la mine grave.

— Tu es sûre de ce que tu fais ? Tu as vu ce qui s'est passé quand mes secrets ont éclaté au grand jour. C'est parfois brutal.

Je comprends qu'il me laisse le choix d'une échappatoire. Il n'y a que nous quatre, avec Jamie et Ryan, qui sachions ce que je m'apprête à annoncer : que je suis la nouvelle porte-parole de la jeunesse.

Je ne dis rien. Je lâche la main de Damien, je m'approche de Lyle et je l'embrasse sur la joue. Puis je reviens vers mon mari et je hausse les épaules devant son air interrogateur.

— En avant le spectacle ! dit-il au moment où Annabelle entame son discours en présentant Damien.

Les applaudissements éclatent dans le public.

Il passe son pouce sur ma lèvre inférieure avant de franchir le rideau de l'estrade. J'écoute les acclamations de la foule, puis j'entends la voix forte et assurée de Damien qui accueille les invités de la fondation.

— Il est dans son élément, commente Lyle.

Je secoue la tête.

— Non. Le public, c'est ton élément. Le sien, ce sont les groupes moins nombreux. Signer des contrats. Ou s'asseoir à une table pour inventer des technologies complètement démentes qui envoient ses équipes de recherche et développement dans toutes les directions.

— C'est vrai, dit Lyle. Et quel est le tien ?

Il cherche uniquement à plaisanter, mais sa question

trouve un écho en moi. Suis-je dans mon élément au travail ? Avec mes enfants ? Avec Damien ? Et s'il s'agit de Damien, qu'est-ce que cela indique à mon sujet ? Que j'aime mon mari, évidemment. Mais qu'apprend-on sur *moi* ?

— Nikki ?

— Moi ? dis-je en haussant les épaules, sur un ton impertinent et enjôleur. Je suis une énigme. Oh, tu ne le savais pas ?

Dans la salle, le public applaudit. Le timing est parfait. À côté de moi, Evelyn pose le bras sur mon épaule.

— Tu vas briller, Texas, dit-elle.

Je ne peux m'empêcher de me demander si elle parle de mon discours ou de tout autre chose.

— C'est à vous, dit Annabelle qui se tient juste derrière le rideau tandis que Damien vante les mérites de la fondation et des enfants qu'elle soutient.

Elle désigne Lyle et il hoche la tête, prêt à s'avancer pour m'annoncer comme oratrice du discours d'introduction. C'est moi qui me présenterai comme nouvelle porte-parole de la jeunesse en racontant au public l'histoire de ces souffrances personnelles qui me qualifient pour ce poste.

Il fait un pas vers le rideau, puis il marque une pause et se retourne.

— Je sais que c'est dur pour les nerfs. N'oublie pas que tous ceux qui t'ont précédée sur cette estrade avaient une histoire à raconter, eux aussi. Et tout le monde s'est senti infiniment plus léger ensuite.

À côté de moi, Evelyn pouffe.

— Il faudra te lester avant le début de ton discours. Si tu es plus légère, il suffirait que quelqu'un souffle sur son café dans la salle pour te faire envoler.

— Hilarant, dis-je.

Evelyn me fait un clin d'œil.

— Je fais de mon mieux.

Nous restons côte à côte jusqu'à ce qu'Annabelle annonce mon tour. Puis je prends une grande inspiration et je franchis le rideau, m'avançant sur l'estrade.

C'est plus facile que je m'y attendais, notamment parce que la première chose que je vois, c'est Damien. Il est assis à la table VIP avec Lyle, des représentants du gouvernement local, l'avocat de Damien – Charles Maynard, contributeur essentiel de la fondation – et trois des enfants qui ont bénéficié du programme et sont à présent sur le point d'obtenir leurs diplômes universitaires avec les honneurs.

Derrière eux, je constate que Jackson et Sylvia ont rejoint Bree et Rory à table. Abby et Travis sont aussi avec eux. Sur le côté, Jamie et son caméraman échangent à voix basse. À vrai dire, où que je regarde, je découvre des visages amicaux. Des gens que je connais bien. Des gens que j'ai rencontrés à diverses fonctions de la fondation. C'est un groupe enthousiaste. Un groupe bienveillant. Et je suis fière d'en faire partie.

D'ailleurs, c'est précisément le thème de mon discours inaugural. Même si j'ai apporté mes fiches, je le connais par cœur. Ce message. Et mon discours vient du fond du cœur.

Les applaudissements qui m'accueillent quand je termine m'enveloppent comme une couverture chaude et encourageante, et je lève la main pour indiquer que je n'ai pas encore tout dit. Pour cette partie, je n'ai pas préparé de fiches. J'y ai bien réfléchi – je l'ai répété dans ma tête et sous la douche un nombre incalculable de fois –, mais maintenant que je suis le point de mire de tous les regards, c'est différent. Et il me faut du temps pour trouver les mots qui entraîneront la suite.

Un temps que j'emploie à observer la salle, convaincue que les visages amicaux et avenants m'encourageront.

Et c'est le cas. Jamie. Sylvia. Lyle.

Et Damien.

Toujours Damien.

Je rencontre son regard, je vois son sourire chaleureux et je me penche vers le micro.

— Je ne vous retiendrai pas longtemps, mais j'ai autre chose à vous dire. Ne vous inquiétez pas, c'est une annonce et non un autre discours à rallonge.

La foule éclate de rire comme je l'escomptais et je laisse mon regard dériver sur les visages, à commencer par celui de Damien puis le reste de la salle. J'ai l'intention de reprendre la parole en atteignant le côté opposé, trop souvent négligé par les orateurs.

C'est là que se situe la porte. Lorsque mes yeux s'y posent, je vois entrer un homme. Un homme que j'ai déjà rencontré et dont la voix résonne encore dans ma tête.

Croyez-vous que je ne sais pas ce qu'il vous a payée pour faire ? Le tableau. Cet argent ? Il vous a payée comme une pute, ma petite, puis il vous a épousée pour vous éviter à tous les deux de culpabiliser.

Ce n'est pas vrai. Je le sais bien. Il n'y a aucun doute dans mon esprit.

Mais peu importe, ses mots demeurent dans ma tête, réveillant de vieilles peurs. De vieux doutes. Ce terrible soir où le premier homme avec qui j'ai été sérieusement engagée – le seul homme avant Damien – s'est saoulé et m'a dit que je le dégoûtais. Que mes cicatrices le rendaient malade. Que si le reste de mon corps n'était pas joli, il n'aurait jamais persévéré. Et ma honte, ma peur quand j'ai dévoilé à Damien mes cicatrices.

Tu as surmonté ça, bon sang. C'est ce que je me dis. Je le hurle dans ma tête.

Et pourtant, en cet instant, je n'y crois pas.

Et devant cette salle remplie de visages pleins d'espoir, je fais la seule chose que je puisse faire. J'annonce au public que Damien et moi allons lever de nouveaux fonds pour permettre à l'organisation d'aider jusqu'à dix nouveaux bénéficiaires supplémentaires par an.

En d'autres termes, je mens. Je sais pertinemment qu'à la fin du brunch, Damien fera de mon annonce une réalité.

Il arrangera tout, comme toujours.

Mais contrairement à ce que j'aimerais croire, la vérité est que Damien ne peut pas m'arranger, moi.

CHAPITRE QUINZE

— Je n'ai pas pu le faire.

Nous sommes en coulisses. Le brunch est terminé et Damien me tient par les épaules. Il me regarde droit dans les yeux.

— Je n'ai pas réussi à le dire.

Ma voix est fébrile. Paniquée. Je prends une grande inspiration en essayant de me calmer. Je m'efforce d'ignorer les serveurs qui s'affairent alentour pour faire le ménage après le brunch. Je suis certaine qu'ils me regardent. Ils s'interrogent sur cette femme bizarre qui a donné un discours et qui, maintenant, s'effondre à l'écart.

— Je n'ai pas réussi, répété-je comme s'il ne m'avait pas entendue.

— Alors, tu as eu raison de ne pas le faire.

— Damien, non. Je...

Il me fait taire en posant un doigt sur mes lèvres.

— Bébé, ce n'est pas un test. Ce n'est pas un rite de passage. Quand tu seras prête – si tu es prête –, tu le feras. Et si ce jour ne vient jamais, alors tant pis, ce n'est pas la fin du monde.

Je renifle d'un air désabusé.

— Moi et tous mes grands discours sur l'honnêteté et la franchise. Je voulais révéler mes faiblesses pour que nos filles et les enfants que nous aidons comprennent ce qu'est la force. Qu'ils comprennent que personne n'est parfait et que tout le monde a des défauts. Moi qui voulais être un modèle, un phare.

— Tu es une mère incroyable. Faire un discours ou ne pas faire de discours, ça n'y changera rien.

— Je veux être forte pour elles. Pour moi.

— Ce n'est pas en partageant tes secrets que tu es forte. C'est vivre avec la souffrance. La surmonter. Voilà ta force. C'est toi.

Il prend mon visage dans ses mains.

— Tu as prévu ton discours avec de bonnes intentions. Et aujourd'hui, tu n'as déçu personne.

— Sauf moi.

Il secoue la tête.

— Non. Ce qui aurait été une erreur, c'est de te forcer à faire quelque chose que tu n'étais pas prête à faire.

J'ai envie de le croire. Mais...

Je hausse une épaule, incapable de faire autre chose.

Il me dévisage.

— Tu me fais confiance ? demande-t-il.

Ma réponse est automatique :

— Tu le sais bien.

Je vois une ombre dans ses yeux et je fronce les sourcils. Ça me rappelle sa réaction similaire quand nous étions devant la galerie.

— Tu sais que je te fais confiance, pas vrai ? Je te confierais ma vie. Mon cœur. Tout.

— Toi ? bien sûr que je le sais. Je n'en ai jamais douté.

Je hoche lentement la tête en essayant d'analyser ce qu'il

ne me dit pas. Parce que la confiance n'est pas un lien qu'il ne partage qu'avec moi. La confiance est au centre de l'empire qu'il a bâti. C'est la clé de sa réputation et l'étincelle qui l'embrase. Mon mari peut être impitoyable en affaires, mais il ne joue à aucun jeu. Sa parole l'engage. Elle l'a toujours engagé.

— Damien, que s'est-il passé ?

Pendant un moment, il ne dit rien. Puis il secoue la tête.

— Rien d'important. Quelque chose que m'a dit Breckenridge quand on était au Domino.

J'écarquille les yeux.

— Breckenridge ? Eh bien, c'est un sacré emmerdeur, celui-là !

— Laisse tomber, dit Damien. On devrait rejoindre nos invités. Ensuite, nous passerons l'après-midi avec nos deux fillettes. Et ensuite...

Il laisse sa phrase en suspens et je hausse les sourcils, intriguée.

— Ensuite ?

Devant son sourire, j'en ai les jambes qui flageolent.

— Tu verras.

———

CE SOURIRE S'ATTARDE dans mon esprit pendant le reste du brunch, puis jusqu'à la fin de l'après-midi, quand Damien et moi retournons auprès de nos filles.

— Papa ! Papa ! Tu veux voir notre spectacle ? S'il te plaît, s'il te plaît...

— S'il te plaît, ajoute Anne, comme si Lara avait besoin d'être soutenue dans sa requête.

Nous sommes assis autour de la table, dans la salle à

manger du deuxième étage. Damien s'installe confortablement sur sa chaise.

— Eh bien, je ne sais pas. En temps normal, les spectacles sont réservés aux petites filles qui mangent leurs légumes.

— D'accord ! dit Anne avant de prendre deux haricots verts, qu'elle fourre dans sa bouche.

Lara se contente de froncer le nez.

— C'est obligé ?

— Obligatoire, dit Damien. Qu'en dis-tu, Maman ? Penses-tu qu'elle doit manger ses légumes ?

— J'en ai bien peur, ma belle. J'ai mangé les miens.

Les haricots verts en boîte ne sont pas non plus mon plat préféré, mais c'est pratique pour les enfants. Et il n'en reste plus aucun dans mon assiette.

Lara tire la langue avec exagération et Damien et moi parvenons à garder notre sérieux lorsqu'elle se plaint :

— Les parents !

— Mange ! dit Anne à sa sœur avant de descendre de sa chaise pour faire une pirouette maladroite. Mange ! Mange !

— D'accord, d'accord.

Lara pique sa fourchette sur son assiette et porte les trois haricots verts dans sa bouche. Elle mâche, avale et fronce les sourcils.

— On peut y aller maintenant ?

— Les assiettes dans l'évier, dis-je. Puis à la salle de jeux.

— Viens, Anne, ordonne Lara en emportant les assiettes. Vous venez ? nous demande-t-elle ensuite.

— On vous suit.

Elles détalent jusqu'à l'ascenseur – Anne n'a pas le droit de descendre l'escalier en marbre sans être accompagnée par un adulte – et Damien et moi chargeons le lave-vaisselle avant de les rejoindre.

Le spectacle est un joyeux bazar. Les fillettes sautent dans tous les sens sur une version pour enfants de Mozart, sur la scène de fortune bricolée par Bree. Une demi-heure plus tard, Damien et moi applaudissons frénétiquement, ravis que le spectacle soit terminé et enchantés par l'énergie et l'imagination de nos enfants.

Après le spectacle, nous jouons au Memory. Lara remporte la partie, mais Anne a du mal à suivre. Elle rigole, au grand dam de sa sœur.

À la fin du jeu, Damien annonce qu'il est temps d'aller au lit, ce qui déclenche chez les deux petites des protestations ensommeillées.

— Oh, non, dit-il. Ce n'est pas en suppliant que vous gagnerez du temps. Mais si vous êtes sages, je pourrais bien vous emmener dans votre chambre sur mon dos.

Aussitôt, les deux filles font mine de tirer une fermeture éclair sur leurs bouches. Damien hisse Lara sur son dos et je prends Anne. Ensemble, nous montons dans l'ascenseur pour rejoindre le deuxième étage. Nous les bordons dans leurs lits, leur racontons une histoire, puis nous embrassons nos bébés.

Lorsque nous sortons de leur chambre, nos fillettes épuisées sont déjà endormies.

Je referme leur porte avant de me blottir dans les bras de Damien.

— L'heure d'aller au lit, dis-je. Quelle bonne idée.

— C'est toujours une bonne idée, acquiesce-t-il. Mais d'abord, j'en ai une meilleure.

Je recule sans détacher mes bras de sa taille.

— Vraiment ? Quoi donc ?

Il ne répond pas. Au lieu de ça, il sort son téléphone de sa poche et appuie sur un bouton pour la numérotation abrégée.

— Nous avons besoin de toi ce soir, dit-il. À moins que tu aies autre chose de prévu.

Je fronce les sourcils en penchant la tête.

— Bree ?

Il ne me répond pas, mais il ajoute :

— Le plus tôt sera le mieux. Nous passerons la nuit dans la tour, alors si tu pouvais rester aussi demain matin.

Je le libère et recule d'un pas en tendant la main pour qu'il me donne le téléphone. Il obtempère en souriant.

— C'est moi, dis-je.

— Je suis toujours sur le qui-vive avec vous, répond-elle sur un ton amusé qui reflète ma propre humeur.

— Tu es sûre que ça ne te dérange pas ? Tu n'avais pas un rencard ?

— Oh, si. Avec Tom Cruise. J'ai téléchargé trois *Mission Impossible*. Mais Tom et moi, nous pouvons très bien nous retrouver à la grande maison. Ne t'inquiète pas. Ça ne me pose aucun problème.

— Et demain matin ? Anne a...

— Lovely Littles, je sais.

C'est un cours d'art pour les tout-petits dont Anne raffole.

— Je peux emmener Lara aussi, mais...

— Elle va se plaindre. Je sais. Je vais appeler Moira. Je parie qu'elle pourra venir la garder demain matin.

— Ça marche, dit Bree. Amusez-vous bien.

Je penche la tête en regardant Damien.

— J'y compte bien.

———

— Alors nous allons à l'appartement de la tour ?

Je m'assieds dans la Lincoln, sur le siège du côté passager, et j'ajoute :

— J'approuve ce plan.

À vrai dire, je l'approuve même sans réserve. En ce moment, nous avons besoin de nous retrouver tous les deux. Nous avons besoin de consumer tous nos tracas, la peur et la douleur. Mes remords. La déception que j'éprouve envers moi-même.

J'ai toujours besoin de lui. Mais en cet instant, j'ai besoin de cette passion qui concrétise les paroles. J'ai besoin qu'il me rende ma force.

Et Damien… J'ignore ce qui s'est passé, mais je sais qu'il a besoin de voir ma confiance. De la toucher comme il me touche.

— Plus tard, dit-il.

J'en suis étonnée.

— D'abord, nous allons ailleurs.

Je m'agite sur mon siège, troublée, mais il garde les yeux rivés sur la route. Son expression ne trahit rien. Pourtant, pour la première fois, je m'interroge sur la voiture que nous avons choisie. Ce n'est pas la Tesla, ni la Bugatti, ni l'une de ses Ferrari. Il ne s'agit pas d'une voiture tape-à-l'œil qui se remarque de loin. C'est une berline Lincoln noire et classique, comme il y en a des centaines – peut-être même des milliers – dans cette ville.

Je me rencogne sur mon siège en réfléchissant. Honnêtement, je n'ai pas la moindre idée.

Nous roulons en silence pendant un moment, mais lorsqu'il tourne sur la 10, je n'y tiens plus.

— Bon, je donne ma langue au chat. Où allons-nous ?

— J'ai parlé à Ryan l'autre jour, me dit-il sur le ton de la conversation.

Des papillons s'envolent dans mon ventre.

— Il m'a dit que Jamie t'avait chanté les louanges du Masque.

— Oh.

Les papillons descendent un peu plus bas. Ils sont plus agités. Mes cuisses se mettent à trembler et j'ai l'impression que ma poitrine s'alourdit.

— Oh, répété-je.

Damien jette un œil vers moi et son regard m'enveloppe. Puis il reporte son attention sur la route sans rien dire.

Je passe la langue sur mes lèvres.

— Tu connais le Masque ?

Il esquisse un sourire langoureux.

— Je connais le Masque.

— Hmm.

Je croise les bras avant de le toiser ostensiblement.

— J'en déduis que si tu connais un club de ce genre, ça remonte à ta folle époque. Tu sais, avant que tu me rencontres.

— Merci d'avoir précisé, parce que je pensais que ma folle époque, c'est celle que je vis *avec* toi.

Je pince les lèvres pour me retenir de rire.

— Je parle de ta vie de célibataire fougueux.

— Ah, cette époque-là. Figure-toi que le Masque n'existait pas encore.

Je penche la tête.

— Ne te fiche pas de moi. Je sais bien que tu ne fais pas le mur en douce pour fréquenter des clubs libertins sans moi.

— C'est le club de Matthew, dit-il. Bien sûr, ce n'est pas de notoriété publique.

— Matthew ? Matthew Holt ?

Notre ami Matthew est un touche-à-tout dans cette ville. Cinéma, télévision et musique, ses étagères sont garnies de trophées dans ces trois domaines. Cet homme a plusieurs cordes à son arc. Et apparemment, il a aussi des secrets.

— Il m'en a proposé des parts il y a quelques années.

— Attends. Tu possèdes un club libertin ?

— La Californie est sous le régime de la communauté des biens, mon amour. Si je le possède, tu le possèdes aussi.

— *Nous* possédons un club libertin ?

— Non, en fait. J'ai refusé.

Nous atteignons un feu de circulation et nous sommes sur le point de tourner sur Beverly Glen en direction des collines. Pour la première fois, il me regarde droit dans les yeux. La chaleur de sa voix reflète celle de son regard.

— Je me suis dit que ce soir, on pourrait aller y jeter un œil.

— Oh.

— À moins que tu préfères...

— Je... euh, je suis étonnée.

— Mais pas indifférente ?

C'est une question lourde de sous-entendus et je me mords la lèvre. Étrangement, je me sens intimidée.

— Et toi, ça t'intéresse ? demandé-je.

C'est une question bête, étant donné qu'il a choisi cette destination.

Il me prend la main et répond :

— Oui.

Je déglutis en me rappelant ce que j'ai ressenti dans la galerie, lorsqu'il m'a touchée dans un lieu public. La pointe de jalousie quand Jamie m'a décrit son aventure.

Mais tout cela est purement lubrique. Une pulsion sexuelle. Une envie physique.

Il y a autre chose. Un besoin plus profond. La *confiance*.

— Nikki ?

— Oui... murmuré-je enfin.

— Oui, *quoi* ?

Mes jouent s'empourprent quand je réponds :

— Oui, ça m'intéresse.

Il s'engage dans une rue calme, puis il se penche vers moi et ouvre la boîte à gants. Il en sort deux masques et il m'en remet un. Ils sont grands et cachent les trois quarts du visage.

— Tu avais tout prévu.

— Ce sont les billets d'entrée. Je ne savais pas si nous les utiliserions un jour, mais Matthew me les a donnés quand je lui ai vendu la maison.

Je cligne des paupières.

— Tu lui as vendu la maison ? La maison où nous allons ? Où le Masque est situé ?

Il tourne dans une allée circulaire, devant un splendide manoir de style classique. Ce genre de bâtisses serait plus à sa place dans une plantation de Géorgie qu'à Beverly Hills.

— Cette maison.

— Elle t'appartenait ?

— C'était une location. Matthew m'a fait une offre que je n'avais pas envie de refuser.

Un voiturier s'approche du côté conducteur et Damien lève le doigt vers l'homme pour lui faire signe d'attendre.

— Tu es sûre de toi ? Tu peux encore dire non.

Je m'essuie les paumes sur ma jupe en me demandant si Damien entend l'écho de mon cœur. Mais ce ne sont que les nerfs. Au fond, j'ai envie de connaître cette aventure. J'ai envie d'y aller avec Damien.

— Hors de question, dis-je tandis que l'un des voituriers en livrée ouvre ma portière. Allons-y.

CHAPITRE SEIZE

Damien et moi enfilons nos masques avant de quitter la voiture. Ils sont en tissu noir, ornés de brillants et de poudre dorée. Du toc, j'imagine. Mais au vu des circonstances, allez savoir.

Je regarde mon reflet dans le miroir du pare-soleil. Le masque cache presque entièrement mon visage, ne laissant visibles que mes lèvres. Mes yeux aussi, mais mes sourcils sont dissimulés et je doute que l'on puisse me reconnaître. À cette pensée, je me détends.

Puis je regarde Damien. Ses yeux vairons si célèbres. Et je me rends compte qu'il n'est absolument pas anonyme. De toute façon, comment ai-je pu penser qu'il le serait ? Damien est hors du commun, et l'idée qu'une chose aussi simple qu'un masque puisse le cacher est parfaitement absurde.

Donc si Damien n'est pas anonyme, moi non plus. Parce que ce n'est pas un secret que je suis la seule femme à pouvoir être à son bras.

— Quelque chose ne va pas ? Les voituriers ne diront rien, poursuit-il comme s'il craignait que ce soit ce qui m'inquiète. Matthew m'a juré qu'il les payait grassement pour leur discrétion. Certains sont tellement soupçonneux qu'ils arrivent déjà masqués.

Pour être honnête, ça ne m'avait même pas effleuré l'esprit.

— Ça n'a aucune importance, dis-je. Damien…

— Tu veux partir ?

Est-ce possible qu'il n'y ait jamais pensé ? À moins que ce soit un test ou qu'il souhaite être reconnu. Mais je me rends compte que cela m'est égal. Parce que je n'ai pas envie de partir. Et honnêtement, l'idée que de l'autre côté de ces portes les uns ignorent qui sont les autres, ce n'est qu'un fantasme. Le but n'est pas d'être anonyme. C'est l'idée que cela évoque. La liberté et le frisson qui accompagnent le concept du Masque. Ce n'est pas la réalité.

— Nikki ?

Je perçois l'inquiétude dans la voix de Damien.

— Quoi ? Oh, non.

Je le regarde. Sa mâchoire carrée dépasse sous le masque, comme s'il était un superhéros.

— Non, répété-je. Je n'ai pas envie de partir.

Je le connais assez bien pour interpréter son expression malgré le masque et je suis convaincue qu'il est soulagé. Il tapote sur la vitre du côté conducteur et, comme par magie, le voiturier réapparaît. Et même deux, car il y a aussi un homme en livrée de mon côté de la voiture.

Il ouvre ma portière et m'aide à sortir. C'est Damien qui a choisi ma tenue pour la soirée et, en sortant, je fais attention à ce que la jupe noire fendue sur ma cuisse n'en révèle pas trop. Puis je penche la tête avec un petit sourire plein d'ironie. Si la soirée se déroule comme prévu, je révélerai bien plus que mes cuisses.

Damien contourne la Lincoln et je le regarde évoluer,

théoriquement anonyme sous son masque et son costume gris anthracite. Mais il n'en est rien. Même sans ses yeux, impossible de ne pas reconnaître Damien à sa démarche et sa posture, son détachement plein d'assurance comme s'il était à l'aise partout, comme s'il contrôlait tout.

— Madame, dit-il en m'offrant son bras en souriant.

Je le prends et nous nous dirigeons vers l'entrée. Deux autres serviteurs en livrée, des masques sur les yeux, ouvrent la double porte. Nous franchissons le seuil et pénétrons dans un vaste hall d'entrée. De la musique classique se fait entendre dans les haut-parleurs. L'éclairage est tamisé. Les serviteurs passent parmi les invités avec des plateaux garnis de petits fours, de verres de vin et de champagne. Il y a plusieurs bars pour les alcools forts et je fais un signe de tête dans cette direction. En ce moment, j'ai besoin d'un bon whisky.

Parce qu'en plus de l'opulence évidente, il ne fait aucun doute que ce n'est pas une fête ordinaire. Les invités sont masqués, ce qui n'est pas étonnant. D'ailleurs, la nature sexuelle de la soirée ne devrait pas non plus me surprendre. Et pourtant, je ne peux m'empêcher de rester bouche bée devant ce que je découvre. Non loin de là, une femme entièrement nue à l'exception de son masque est étendue sur un divan, le visage d'un homme entre ses cuisses, les doigts dans ses cheveux.

Au fond de la salle, deux femmes aux seins nus, allongées contre un coussin, échangent un baiser intense et passionné.

Je vois trois personnes monter à l'étage, main dans la main. De l'autre côté de la salle, un homme en smoking s'approche d'un couple qui se pelote. Il tape sur l'épaule de l'homme en désignant sa partenaire. Le premier homme s'écarte et le nouveau venu s'avance pour faire glisser sa main sur la jambe de la femme, sous sa jupe.

— Tu as vu ça ? chuchoté-je à l'oreille de Damien.

Il hoche la tête et me tend un whisky avant d'avaler le sien d'un trait. Puis il en commande un second.

J'ai un peu l'impression d'être passée par le trou du lapin blanc, et il se trouve que le Pays des Merveilles est franchement pornographique. Mais j'ai vu beaucoup de pornos, souvent brutal et salé. Ici, il y a une certaine beauté. Un chic plutôt curieux. De l'élégance.

Je me rappelle ce que m'a dit Jamie sur le raffinement de cet établissement, et elle avait tout à fait raison.

Même si je suis ébahie par ce que je vois, je ne peux nier que cela m'excite follement.

À côté de moi, Damien me prend la main.

— Alors ?

Il y a de la chaleur dans sa voix, mais j'entends très bien la question sous-entendue. *Ai-je encore envie de rester ?*

Je remets mon verre vide à un serveur qui passe par là, puis je m'approche de mon mari. Avec audace, je presse ma paume entre ses jambes. Il est dur et je ne retire pas ma main. Je me plaque contre lui en écoutant sa respiration fébrile et mesurée.

— Oui, lui dis-je. J'ai envie de rester.

J'ajoute en croisant son regard :

— Et toi aussi.

Il incline la tête. C'est un mouvement presque imperceptible, mais il acquiesce, manifestement.

— Tourne-toi, demande-t-il.

Aussitôt, il passe la main sous mon haut. C'est un dos nu en soie, uniquement retenu par un nœud derrière mon cou et un autre autour de la taille. Je ne porte aucun soutien-gorge et mes tétons pointent sous le tissu. Cela dit, maintenant, ils sont cachés sous les mains de Damien qui joue avec mes seins tandis que nos regards se perdent dans la foule.

— Dis-moi pourquoi ça te plaît.

— Je ne sais pas, dis-je.

— Parce qu'il y a quelque chose d'excitant à voir l'excitation de quelqu'un. À savoir que tu n'es pas la seule à éprouver un tel désir. Mais ce n'est pas tout, ajoute-t-il. Il y a aussi l'envie de montrer ce qui t'appartient.

Tout en parlant, il referme les doigts sur mes tétons.

— De montrer au monde ce que – ou qui – tu possèdes. Et qui te possède. Ce qui t'est cher. Ce que tu mérites.

Je hoche la tête. Ses paroles forment comme un bruit de fond au plaisir qui me traverse furtivement, intensifié par les circonstances.

Il laisse une main sur mon sein, mais il glisse l'autre sur la fente de ma jupe. Comme elle est moulante, je ne porte rien en dessous. Je me mords la lèvre lorsque ses doigts s'aventurent en haut de mes cuisses et découvrent mon entrejambe détrempé.

— Ça te plaît, murmure-t-il.

— Oui.

Je l'avoue. Il m'attire contre lui et je sens son sexe en érection sur mes fesses.

— Moi aussi, dit-il en exerçant un mouvement de va-et-vient, dans un rythme sensuel qui m'électrise.

Ses doigts sont toujours en moi et son autre main me palpe la poitrine lorsqu'un autre couple s'approche. La femme passe la langue sur ses lèvres en regardant Damien.

— J'aime ce que vous lui faites, dit-elle.

Au même moment, l'homme demande :

— Voulez-vous échanger ?

Je me crispe et un tremblement me parcourt. En même

temps, mon corps se contracte autour des doigts de Damien. Je retiens mon souffle, certaine qu'il va refuser, mais nerveuse malgré tout.

— Je ne partage pas, dit Damien.

Les yeux de l'homme s'attardent sur mon corps.

— Dommage, dit-il avant de se tourner en emmenant sa partenaire.

— Cette idée t'a excitée, dit Damien.

Je secoue la tête.

— Non. Je n'en ai pas envie. Jamais.

— Ah bon ?

Il me taquine, mais je suis consciente des réactions de mon corps et je crains qu'il ne me croie pas.

— Ce qui m'a excitée, c'est de savoir que tu n'accepterais jamais. Que je t'appartiens.

Je sens son torse se soulever et retomber lorsqu'il inspire. Puis il recule et ses mains quittent mes vêtements.

Je me tourne vers lui. J'ai peur qu'il ait changé d'avis, mais le feu qui embrase son regard dissipe aussitôt mes appréhensions.

— Viens avec moi, dit-il en m'entraînant de l'autre côté de la salle.

Nous gravissons l'escalier jusqu'au premier étage.

— Que... ?

Il m'interrompt avec un baiser, long et si intense qu'un frisson me traverse, délicieux avant-goût de ce qui m'attend.

— Regarde-les, dit-il en me retournant.

À présent, nous sommes au-dessus de la salle principale. Les gens s'embrassent, se touchent et se caressent. Mon sang bouillonne et mon souffle s'accélère lorsque les mains de Damien commencent à me caresser lentement le dos avant de descendre sur mes fesses.

Il se penche en avant et je sens son souffle dans mon

cou. Je tressaille en prenant conscience qu'il détache le nœud de mon haut avec ses dents. Mon débardeur tombe, uniquement attaché à ma taille, dévoilant ma poitrine entièrement nue.

— Tu m'appartiens, dit-il avant de remonter l'arrière de ma jupe.

— Damien...

— Fais-moi confiance, dit-il.

Progressivement, il révèle ma peau au grand jour. À cause de la fente de ma jupe, l'avant reste caché. Bientôt, je suis non seulement seins nus, mais mes fesses aussi sont à l'air libre, sous les paumes de Damien.

Je me mets à trembler de tous mes membres et je ferme les yeux. Il en a besoin. Il a besoin de ma confiance. Ce soir. Et moi aussi, c'est ce que je veux. En cet instant, je ressens autant d'excitation que de gêne.

— Touche-toi la poitrine, dit-il. Et écarte les jambes.

J'hésite, mais je fais ce qu'il me demande avant de gémir lorsqu'il glisse une main entre mes cuisses. Je suis ridiculement mouillée.

— Penche-toi en avant, m'ordonne-t-il. Et ne ferme pas les yeux.

Une fois de plus, je m'exécute, sans hésitation cette fois. Alors que je regarde la foule en contrebas, j'entends la braguette de Damien, puis je sens la pression de son sexe en érection, dur comme la pierre entre mes jambes. J'étouffe un cri lorsqu'il me pénètre et je recule les hanches pour le supplier sans un mot d'aller plus loin, plus profond.

Il conserve un rythme lent et régulier. Quand il me penche en me baisant sur ces escaliers, à la vue de tous, il prend mon sein dans sa main et il me dit que je suis belle. Que je lui appartiens. Et qu'il veut me sentir jouir.

— Maintenant, bébé, dit-il.

Ses doigts se resserrent sur mon téton et sa queue m'empale avec force. Son autre main glisse devant moi et il excite mon clitoris gonflé. Je suis incroyablement humide. Mon corps est intensément conscient, sur le point d'exploser.

— Jouis avec moi, demande-t-il.

La tension monte en lui. Ensemble, nous grimpons de plus en plus haut jusqu'à ce que – *oh, mon Dieu* – un cri m'échappe quand l'orgasme déferle sur moi en même temps que sur lui. Une dizaine de visages se tournent lorsque je m'effondre dans les bras de Damien. Mes genoux faiblissent et je me laisse tomber au sol avec lui.

Nous restons l'un contre l'autre, le temps de retrouver nos esprits, puis il trouve le nœud de mon débardeur et l'attache derrière mon cou.

Nous haletons encore, mais il m'attire à lui et dépose un baiser sur ma tempe.

— Ça va ? murmure-t-il, effleurant mon oreille du bout des lèvres.

Je hoche la tête, le cœur battant.

— Oui. Je crois.

— Tu crois ? demande-t-il avec inquiétude.

— Je veux dire que ça m'a plu. Ça m'a plu, bien plus que je le pensais.

Sous son masque, son regard brille d'intensité.

— Je ne te partagerai jamais, dit-il.

Je secoue la tête pour lui donner raison et il poursuit :

— Mais ça m'a plu, à moi aussi. Beaucoup plus que je le pensais, ajoute-t-il, ses mots reflétant les miens.

— Ramène-moi à la maison.

Je glisse la main derrière sa tête.

— Ramène-moi à la maison pour que tu puisses me déshabiller et me faire l'amour en me parlant de ce soir. De ce qui t'a plu. De ce qui t'a excité. De ce que tu veux faire si nous revenons.

Après l'avoir dévisagé, j'ajoute en souriant :

— *Quand* nous reviendrons. Dis-moi tout, Damien, quand tu seras en moi. Fais-moi ce que tu ne peux pas me faire ici. Et regarde mon visage quand je jouis.

CHAPITRE DIX-SEPT

je me réveille en sentant la chaleur du soleil sur mon visage et le bruit de la douche qui coule dans la salle de bain attenante, dans l'appartement de la tour. Je m'étire, le corps raide et délicieusement endolori. Je suis tentée de rejoindre Damien dans la douche, mais le gargouillis de la cafetière et l'arôme du café chaud sont trop attirants. Je sors du lit, j'enfile mon peignoir et je me dirige vers la cuisine. Je vais nous servir une tasse à chacun avant d'aller prendre ma douche.

Le personnel de la tour fait en sorte que le réfrigérateur de l'appartement soit toujours bien garni et il y a du lait frais pour mon café. Je m'en sers une dose généreuse et je bois ma première gorgée avec un soupir de plaisir avant d'emporter les deux tasses. Je me dirige vers la salle de bain quand j'entends le téléphone sonner. Je fais un bref détour de mon côté du lit, au cas où ce serait un appel de Bree ou de Moira au sujet des enfants.

Ce n'est ni l'une ni l'autre. Comme l'indique le nom sur l'écran, il s'agit de Jenny Neeley, notre voisine. Je fronce les sourcils, troublée, en décrochant.

— Jenny ? Tout va bien ?

Nous sommes de vagues connaissances, pas vraiment amies, et la première chose qui me vient à l'esprit, c'est qu'il pourrait y avoir un problème avec nos propriétés adjacentes.

— Quoi ? Oh, tout va bien. Enfin, je crois. Je suis toujours à Martha's Vineyard.

— Vous êtes au Massachusetts ?

Quelque chose cloche, mais je suis incapable de mettre le doigt dessus.

— C'est pour ça que je vous appelle. Notre séjour a duré plus longtemps que prévu et je suis censée donner un déjeuner pour un petit groupe de bénévoles, quelques jours à peine après mon retour. Je pensais avoir tout le temps du monde pour l'organiser, mais vous savez ce qu'il en est.

— Je... bien sûr. Que puis-je faire pour vous ?

— Pourriez-vous m'envoyer les coordonnées du traiteur à qui vous avez fait appel lorsque Damien et vous avez organisé cette fête adorable au pavillon de plage, l'été dernier ?

— Oh. Bien sûr. Attendez.

Je bascule l'appel sur haut-parleur pour poursuivre la conversation tout en cherchant le renseignement, puis j'appuie sur un bouton afin de lui envoyer la fiche du contact par texto.

— Vous êtes un amour. Vous m'ôtez une épine du pied. Nous rentrons après-demain. Je passe chercher Dover à dix heures. Heureusement que ce chien adore aller à la pension. Il y est resté quatre jours de plus que prévu.

Je sens presque mes pensées s'agencer dans ma tête.

— Alors Dover ne courait pas en liberté sur la plage, la dernière fois ?

— Seigneur, j'espère bien que non. Sinon, ils auront de mes nouvelles chez Joyeux Toutou.

Après un silence, elle demande :

— Pourquoi ?

J'opte pour un mensonge :

— J'ai vu un chien sur la plage. Comme Dover est un artiste de l'évasion, j'ai pensé que c'était lui. Mais de toute évidence, ce n'est pas le cas s'il est à la pension canine.

— Un de nos voisins a peut-être un nouveau chien. Dover aurait bien besoin d'un compagnon. Bon, je dois y aller. Et encore merci pour ce renseignement.

Je lui assure qu'il n'y a pas de quoi et je raccroche. Assise au bord du lit, je récupère mon café. La mine sombre, je bois une gorgée tout en réfléchissant.

Il n'y avait pas de chien en liberté. Jenny n'est pas à Malibu.

Je lève les yeux lorsque Damien entre dans la chambre, ses cheveux mouillés et une serviette nouée sur les hanches. Il est magnifique, mais je reste de marbre. Je ne peux m'empêcher de penser à hier soir. À quel point je fais – je faisais – confiance à cet homme.

— C'était qui ? demandé-je, fière de mon timbre assuré.

Il penche la tête sans comprendre.

— Qui donc ?

— La femme sur la plage, qui n'était pas Jenny Neeley.

Je regarde son visage, guettant une réaction, mais il n'y a rien. Ce foutu contrôle qui fait sa réputation. Manifestement, je n'en ai pas autant, car je me lève d'un bond. Du café gicle sur les draps et j'abats ma tasse sur la table de chevet avant de serrer les poings le long de mon corps.

— Bon sang, Damien, réponds-moi. C'était qui, putain ?

— Sofia.

Mes genoux se dérobent et je m'assieds. Au fond, je le savais depuis le début. Qui d'autre me cacherait-il ? Je sais qu'il ne me tromperait pas, et ce n'est pas mon anniversaire ni celui de notre rencontre, alors il n'a aucune raison de me préparer une surprise. Et encore moins sur la plage au milieu de la nuit.

Il s'agit donc de Sofia Richter, son amie d'enfance. Le père de la jeune femme, coach de tennis de Damien, leur faisait subir des mauvais traitements à tous les deux. Mais Sofia m'a persécutée et m'a fait vivre un enfer afin que je recommence à m'automutiler. Ou pire.

— Je croyais qu'elle allait mieux, dis-je d'une voix blanche.

Pendant des années, Damien a payé son traitement psychiatrique. Les meilleurs médecins dans les meilleurs établissements que l'argent peut offrir. Il y a deux ans, ses docteurs ont dit à Damien qu'elle allait mieux. Elle entreprenait un programme en douze étapes et elle m'a même présenté ses excuses dans le cadre de sa progression. Elle est venue à la fête de bienvenue donnée pour Lara quand nous l'avons ramenée de Chine. Elle s'est montrée très gentille et franchement désolée pour ce qui s'était passé entre nous. Ou du moins, c'est ce que j'ai cru.

— Elle va mieux, me dit-il.

Une colère sourde commence à monter en moi.

— Alors pourquoi me fais-tu des cachotteries ? Sérieusement, Damien, on est déjà passés par là.

— Parce qu'elle me l'a demandé. Elle m'a appelé en disant qu'elle était dehors, sur la plage. Qu'elle avait besoin de me parler. Et elle m'a demandé de ne rien dire. Elle voulait mon opinion avant que je t'en parle – avant qu'*elle* t'en parle.

— À moi ?

Je me lève.

— Sofia veut me parler ?

Je presse mes doigts sur mes tempes.

— Tu n'as pas fait le lien ? Le mot sur ma voiture ? Le vandalisme dans mon bureau ? Et oh, quelle coïncidence, voilà Sofia qui débarque !

— Elle n'a rien à voir là-dedans.

Sa voix est sèche et je sais qu'il est en colère, lui aussi. Mais ça m'est bien égal.

— Ah, vraiment ? rétorqué-je. Et comment tu le sais, bon sang ? Que voulait-elle ? Pourquoi est-elle venue à Malibu, comme une voleuse sur la plage, en pleine nuit ?

Tout son corps semble s'effondrer et il vient s'asseoir sur le lit. Je place mes mains dans la poche de mon peignoir pour me retenir de le rejoindre. J'attends, dans l'expectative.

— Elle a fait une fausse couche, dit-il.

Je recule d'un pas, atterrée et chagrinée par ses paroles.

— Je... je suis désolée.

— Moi aussi, fait-il en hochant la tête. Ça l'a minée. Elle m'a dit qu'elle avait passé des journées à pleurer, puis elle s'est sentie soulagée, convaincue qu'elle n'était pas faite pour être mère. Elle ne faisait que dormir pour ne pas penser à la culpabilité que lui causait ce soulagement, la perte de l'enfant.

— Ça fait longtemps ?

— Deux mois, dit-il.

Je hoche la tête. Je me souviens très bien de ces journées atroces après ma fausse couche. Et puis l'euphorie quand j'ai réussi à passer sans encombre le premier trimestre. Les projets que j'ai faits. La joie. Mais je ne suis pas Sofia. Loin de là.

— Elle ne voulait pas que tu le saches.

— Mais pourquoi ? demandé-je.

— Tu ne comprends pas ? Pour elle, tu es un modèle.

Sur le coup, je suis abasourdie, mais cela ne devrait pas m'étonner. Pendant longtemps, elle a été amoureuse de

Damien. Elle l'est peut-être encore. Et je suis la femme qui a gagné son cœur. Cela suffit peut-être à faire de moi un modèle.

— Elle ne devrait pas, dis-je à mi-voix. Elle sait mieux que personne combien je suis faible. À l'époque. Et aujourd'hui.

Je pense au brunch et je regarde Damien dans les yeux.

— Rien n'a changé.

— Tu dis n'importe quoi, Nikki. Tout a changé et tu le sais. Tu as changé. Et Sofia aussi a changé.

Il a raison, bien sûr. Je suis vraiment ravie pour la guérison de Sofia et désolée pour son malheur. Mais cela n'y change rien. Chaque fois que j'entends le nom de Sofia, je perds toute contenance. J'ai envie de lui faire confiance – je sais qu'elle compte beaucoup pour Damien –, mais j'ai de très mauvais souvenirs associés à cette femme et c'est plus fort que moi.

— Nikki ?

Je lève une main, prenant le temps de me ressaisir. Puis j'inspire et je regarde mon mari.

— Alors, tu me dis qu'elle est venue à la plage en pleine nuit pour te dire qu'elle a fait une fausse couche ? Elle est allée à l'hôpital ?

Il secoue la tête. Un mouvement bref.

— La fausse couche a eu lieu il y a quelques mois. Elle m'a appelé parce qu'elle avait besoin de mon aide. Je ne sais pas pourquoi elle a voulu me rencontrer de nuit, pourquoi elle n'est pas venue au bureau ou me demander de la retrouver quelque part dans la journée. Tout ce que je sais, c'est ce qu'elle m'a demandé.

J'attends sans dire un mot.

— Elle voulait un boulot, Nikki. Elle savait que Bree

déménageait à New York et elle voulait me proposer de devenir notre nounou.

— Putain, tu te fous de moi ?

Les mots ont fusé malgré moi et je me rends compte que je me suis déplacée. À présent, je fais les cent pas dans la chambre, les yeux dardés sur Damien.

— Mais comment ses médecins peuvent-ils dire qu'elle est en bonne santé ? C'est la chose la plus folle que j'aie jamais entendue. Si tu crois que je laisserais cette femme approcher nos enfants comme ça, alors...

— Je lui ai dit non.

Il s'est levé et a posé les mains sur mes épaules. Les yeux dans mes yeux, il répète :

— Je lui ai dit non, évidemment.

Le soulagement m'envahit et je recule en rompant le contact, puis je regarde autour de moi, l'esprit en ébullition. Au bout d'un moment, je rejoins la commode et je sors une culotte propre et un tee-shirt sans prendre la peine de chercher un soutien-gorge. Je trouve un jean dans le placard et j'enfile une paire de ballerines. La robe que je portais au Masque est toujours en tas par terre, là où Damien l'a jetée. Je la regarde et je déglutis en pensant à hier soir. À ses caresses. À mon corps blotti contre le sien, chaud, comblé et en parfaite sécurité, avant de sombrer dans le sommeil.

Damien me regarde. Quand je m'empare des clés de la Lincoln sur la commode, il se lève.

— Donne-moi cinq minutes pour m'habiller.

— Non. Je rentre à la maison. Nous surmonterons ça, nous le savons tous les deux. Mais pour le moment, j'ai besoin de réfléchir.

— Nikki. Bébé, je...

Je lève la main.

— Je ne suis pas fâchée. Je ne sais pas trop ce que

j'éprouve. Tout ce que je sais, c'est que tu aurais dû me le dire. Nous parlons de confiance et de secrets, mais en ce qui concerne Sofia, on dirait que ça ne compte pas. Je comprends que vous ayez un passé, tous les deux. Je peux même comprendre que tu essaies de me protéger. Mais Damien, ça ne suffit pas.

Je tourne les talons et je me dirige vers la porte. J'ai presque peur qu'il essaie de me suivre et je suis un peu déçue de constater qu'il ne le fait pas.

Ce n'est qu'une fois dans la voiture, en sortant du garage, que j'admets enfin qu'il ne me rejoindra pas. Je me dis que tout va bien, que c'est ce que je voulais. J'ai besoin de passer du temps toute seule. De réfléchir.

J'évite l'autoroute et je prends le chemin le plus long, m'engageant sur Mulholland, dans les hauteurs. Je n'ai aucune raison précise d'être là, mais c'est l'un de mes endroits favoris en ville. Cette route sinueuse m'apaise toujours. Ce matin, j'ai envie de me vider la tête.

Il y a peu de voitures sur la route et je négocie les virages plus vite que je le devrais quand mon téléphone sonne. C'est Damien, bien sûr, et j'aurais toutes les raisons de l'ignorer, mais j'appuie pourtant sur le bouton pour répondre.

— Je t'ai dit que je te verrais à la maison.

— Bébé, gare-toi.

Sa voix est étrange et je fronce les sourcils, troublée. Soudain, je perçois le vrombissement régulier d'un hélicoptère. Autour de moi, les plantes s'agitent dans le vent qui se lève brusquement et une ombre s'avance au-dessus de la voiture. Je freine et je m'arrête en voyant un hélicoptère gris familier, au logo Stark International imprimé sur le côté, se poser sur le rond-point devant moi.

La porte s'ouvre et la peur me saisit quand je vois

Damien descendre et courir jusqu'à ma voiture, le corps penché en avant et le bas de sa chemise soulevé par le déplacement d'air de l'hélicoptère.

J'ouvre ma portière et je sors d'un bond, la main devant mes yeux pour me protéger de la poussière.

— Damien ? Mais que se passe-t-il ?

— C'est Anne, dit-il.

Aussitôt, le sang se glace dans mes veines.

— Elle a été enlevée avec Bree.

CHAPITRE DIX-HUIT

Moins d'une minute après que l'hélicoptère a touché terre à notre maison de Malibu, Damien et moi gravissons quatre à quatre l'escalier intérieur jusqu'au deuxième étage.

— Dis-moi tout, ordonne Damien à Ryan, debout près d'une immense table qui occupe désormais notre salon.

Des ordinateurs longent les murs de la pièce, et devant chacun d'entre eux travaillent des gens que je n'ai encore jamais vus.

— Lara ! m'écrié-je en jetant un regard circulaire. Où est Lara ?

— Avec Jamie, dit Ryan, refermant délicatement la main sur mon bras. Lara va bien.

Son regard alterne entre Damien et moi.

— Allons dans la cuisine et je vous expliquerai ce que je sais.

Il parle sur un ton posé, d'une voix calme et apaisante, comme s'il s'adressait à un enfant. En temps normal, je lui en voudrais, mais aujourd'hui j'en ai besoin. S'il montrait la moindre émotion, je perdrais mon sang-froid. J'en suis certaine. J'ai besoin qu'il reste parfaitement professionnel.

J'ai besoin de croire qu'il va nous sortir de là. J'ai besoin de croire que je retrouverai mon bébé.

Je ne sais pas grand-chose, car Damien non plus. Dans l'hélicoptère, il m'a dit que Ryan avait appelé en lui demandant de rentrer à la maison. Que Bree et Anne avaient été enlevées et qu'ils y travaillaient. Nous devions rentrer le plus vite possible. J'ai passé le reste du vol le visage enfoui contre le torse de Damien, le corps ébranlé de sanglots.

Le pilote nous a ramenés à la maison en un temps record, et maintenant je mobilise toutes mes forces pour ne pas hurler à tue-tête. Au lieu de ça, je serre la main de Damien et mes propres os craquent sous la force de sa poigne.

— Maintenant, Ryan.

Sa voix est dangereusement grave lorsque nous nous asseyons à la table de la cuisine.

— Putain, où est ma fille ?

J'ai déjà vu Ryan à l'œuvre, mais jamais sur un cas aussi personnel. Aussi crucial. Et malgré mon épouvante, je reconnais et j'apprécie son calme et son professionnalisme. Sa présence me tranquillise. Je sais qu'il retrouvera mon bébé.

— Voilà ce que nous savons, dit-il, toujours debout. Anne et Bree sont parties ce matin à l'école d'art. Après le cours d'Anne, alors qu'elles rejoignaient la voiture, quelqu'un les a approchées dans un autre véhicule et leur a ordonné de monter, arme au poing.

Je retiens un cri et la main de Damien se resserre sur la mienne.

— Comment sais-tu tout ça ? demande Damien.

— Moira était ici, avec Lara. Comme vous le savez, ajoute-t-il en me voyant hocher la tête. Bree lui a dit qu'elles rentreraient vers dix heures et quart. Comme elles n'étaient toujours pas là à dix heures et demie, Moira s'est dit qu'elles s'étaient arrêtées en chemin pour faire des courses. Elle a envoyé un texto à Bree en lui demandant de rapporter des Cheetos pour le déjeuner des filles. Sans réponse, elle a commencé à s'inquiéter. Cinq minutes plus tard, elle a appelé Bree, mais toujours rien. Et cette fois, elle m'a appelé.

Moira est la petite sœur de Ryan et elle sait très bien ce qu'il fait dans la vie, ce qui explique sa première réaction.

— Mais comment Moira était au courant pour la voiture ? demandé-je. Ou le... l'arme ?

— Tu as piraté une caméra de vidéosurveillance, dit Damien d'une voix grave et tendue, presque chevrotante.

Il a du mal à garder le contrôle.

— Pas moi. Mais j'ai embauché les meilleurs.

Il croise le regard de Damien avec un extrême sérieux.

— Enfin, *tu* as engagé les meilleurs. Voilà pourquoi. *Denise.*

Il lève le poignet et parle dans une sorte de montre.

— Envoie la vidéo sur ma tablette.

Un moment plus tard, une tablette électronique vibre sur la petite table de la cuisine. Ryan l'effleure et Damien et moi découvrons une image qui tressaute, en noir et blanc.

— Il y a une agence bancaire dans le petit centre commercial où Anne suit ses cours, explique-t-il. Ce que vous voyez, c'est la vidéo du distributeur de billets, à l'extérieur.

Pendant un moment, il ne se passe rien. Quelques voitures quittent le parking. Des mamans que je reconnais. Puis Anne et Bree apparaissent. Bree tient Anne de la main gauche et j'aperçois des clés de voiture dans sa main droite. Anne serre un sac en papier dans sa main libre, ce qui explique pourquoi elles sortent plus tard que les autres enfants de la classe. Elles sont passées à la supérette, plus loin dans la rue.

Elles s'arrêtent, Bree regarde des deux côtés de la route, puis je les vois descendre du trottoir et s'engager dans le parking. Elles se dirigent vers la Volvo que nous avons achetée à Bree pour ses déplacements avec les enfants. Je ne vois pas bien à quelle distance elles sont lorsque la voiture à hayon se gare devant elles, mais Bree tire Anne contre elle pour l'empêcher de s'approcher du véhicule. La vitre du chauffeur descend et je vois un visage dans l'ombre, caché sous la visière d'une casquette.

— Nous avons essayé d'éclaircir l'image, mais le type porte un bas sur le visage. Il a les traits méconnaissables. Nous sommes quasiment certains qu'il est de type caucasien, mais on ne peut même pas en être sûrs à cent pour cent. Pas avec une image en noir et blanc et une résolution aussi mauvaise. Quant à savoir si c'est un homme ou une femme... eh bien, je penche pour un homme, mais étant donné les circonstances, je privilégie les preuves aux probabilités.

Je commence à acquiescer lentement, mais soudain je lâche un cri en apercevant le canon d'une arme. Le ravisseur l'agite et Bree se raidit. Je vois qu'elle jette un œil autour d'elle, comme pour évaluer la situation. Puis elle pousse Anne sur la banquette arrière. La dernière chose que je vois avant que la voiture sorte du cadre, c'est Bree qui attire la fillette dans ses bras.

Ma vision se brouille et je me rends compte que je suis en train de pleurer. Damien me serre contre lui et je m'agrippe à sa chemise, terrifiée et désespérée.

— Et le téléphone de Bree ? demande Damien. On peut le retracer.

— Nous l'avons retrouvé dans la rue, près de la sortie du

parking, dit Ryan. Son sac à main tout entier a été retourné.

Je frissonne et je serre un peu plus la main de Damien.

— Je suis désolée.

La voix qui vient de parler est douce et éraillée – la voix rauque de quelqu'un qui a pleuré longtemps. Je lève les yeux pour découvrir Moira dans l'encadrement de la porte. Elle a les mêmes cheveux châtains que Ryan, mais ses yeux sont d'un brun doré. Comme lui, elle est mince et athlétique et, en temps normal, elle a le sourire facile et un comportement qui suggère un sens de l'humour affûté.

En ce moment, elle a l'air dévastée.

— Je suis tellement, tellement désolée, répète-t-elle.

J'ai envie de lui dire que ce n'est pas sa faute, mais ces mots restent bloqués derrière les larmes dans ma gorge. Au lieu de ça, je me lève et elle accourt. Nous tombons dans les bras l'une de l'autre. Alors que nous pleurons, nos jambes se dérobent et nous nous effondrons au sol, toutes les deux.

— Qui ? demande-t-elle. Qui a pu faire une chose pareille ?

— Sofia, murmuré-je.

Je m'écarte alors de Moira pour me tourner vers Damien.

— Sofia, répété-je.

— Non.

Il se lève. Dans sa voix, l'horreur est palpable.

— Elle n'aurait pas fait ça.

— À d'autres !

Je me lève d'un bond. Tout mon corps est perclus de douleurs, et mon cœur plus que le reste.

— Elle a perdu l'esprit après la fausse couche. Ce message sur ma voiture. Le graffiti dans mon bureau. Elle a craqué. Bon sang, elle a craqué après avoir perdu son bébé, et maintenant elle veut le mien.

Je m'attends à ce que Damien proteste à nouveau, mais il se contente de se laisser tomber sur son fauteuil, les coudes sur les genoux et le visage dans ses paumes. *Il y croit.* Il croit vraiment que c'est possible.

Je m'approche de lui – j'ai envie de le prendre dans mes bras et de l'étreindre, le rassurer comme il me rassure –, mais je suis interrompue par des bruits de pas et une voix grave et compatissante :

— Nous devons appeler la police.

Je lève les yeux vers Charles Maynard, l'avocat de Damien. Il se tient sur le seuil, entre la salle de séjour et la cuisine. Evelyn est à côté de lui et je ravale un sanglot. Quand elle ouvre les bras, je cours jusqu'à elle et je me laisse câliner comme un enfant. Je regarde Damien s'avancer vers Charles.

— Pas de police, déclare-t-il.

— Damien... non.

Je fais un pas vers lui, mais il se contente de secouer la tête.

— Pas encore, ajoute-t-il.

Ce n'est pas Charles qu'il regarde, mais moi.

— Fais-moi confiance. Mon Dieu, Nikki, tu dois me faire confiance.

Je prends une inspiration et je sens les mains d'Evelyn exercer une pression sur mes épaules. Puis je hoche la tête, de manière presque imperceptible. Il le voit et je sens le soulagement l'envahir.

— J'ai fait venir une équipe. Des experts.

À présent, c'est mon tour d'éprouver du soulagement. Il parle de Dallas Sykes, et par conséquent, de Délivrance. Cette milice a pour mission de secourir les victimes d'enlèvement. Et même si le besoin de faire appel à eux ne fait que souligner la réalité de cette horreur, leur arrivée me remplit d'espoir.

Mais ils ne sont toujours pas là et je me tourne vers Ryan.

— Et en attendant ? Il faut retrouver la voiture. Et…

— Ils s'en chargent, dit Damien, aussitôt conforté par Ryan.

— Je te promets que j'ai déployé mes hommes dans tous les environs, m'assure Ryan. Et nous avons des arrangements en sous-main avec plusieurs agences gouvernementales. En ce moment même, quelqu'un passe en revue les vidéos du réseau routier. S'il y a quelque chose que nous ne pouvons pas obtenir par la coopération, je te garantis que nous l'obtiendrons quand même. J'ai déjà donné le feu vert à Noah, ajoute-t-il.

Il s'agit d'un ami, ancien gourou de la technologie chez Délivrance. Je sais qu'il est capable de pirater à peu près tout.

— Nous les retrouverons, me promet Ryan.

Son regard alterne entre Damien et moi. Je regarde mon mari droit dans les yeux, et je décèle dans ses iris bicolores une détresse semblable à celle de mon cœur.

— Je vais voir Lara, dis-je.

En ce moment, j'ai besoin de la serrer contre moi. J'ai besoin de savoir qu'elle est toujours là. Qu'elle est encore pleine de vie, bien réelle dans ce monde complètement fou.

— Tu veux que je vienne ? demande Evelyn.

Mais je secoue la tête.

— Ça va. Jamie est avec elle. Je ne serai pas seule.

Je marque une pause avant d'entrer dans la chambre des filles. Je prends une inspiration, puis une autre. Enfin, je me frotte le visage afin d'effacer les traces de larmes. Je ne veux pas inquiéter Lara. Elle doit déjà savoir que quelque chose ne va pas. Je ne veux pas qu'elle fasse des cauchemars sur la disparition de sa sœur.

Avec un grand sourire, j'ouvre la porte.

— Voilà ma fillette ! dis-je en la voyant assise en tailleur sur le lit, en train de jouer au jeu des sept familles avec Jamie. Comment va mon bébé ?

Je croise le regard de Jamie tandis que Lara se tourne vers moi en levant au plafond ses grands yeux marron.

— Ma-maaaan. Je ne suis pas un bébé. C'est Anne.

— Bien sûr, dis-je d'une voix chevrotante. Tu es ma grande fille, et c'est elle mon bébé.

Je suis incapable de maîtriser les trémolos dans ma voix, mais Lara ne s'en rend pas compte. En arrivant près du lit, je m'assieds et je l'attire dans une étreinte un peu trop vigoureuse.

— Maman ! J'essaie de jouer.

— Oh. Excuse-moi.

Mais je ne la relâche toujours pas.

Dans le regard de Jamie, je trouve de la compassion et de la peur. Elle se penche et me prend la main. Je cligne furieusement des paupières pour me retenir de pleurer.

Nous sommes toujours ainsi, toutes les trois sur le lit, quand Damien entre une heure plus tard. Je me retourne et, en le voyant, je sens l'espoir revenir, même si ma tête est consciente que c'est absolument ridicule. Il tend les bras et Lara court s'y blottir. Je le regarde l'enlacer, un masque d'angoisse sur son visage aux traits bien dessinés.

Enfin, il la repose par terre et lui demande de rejoindre Jamie.

— Il faut qu'on parle, me dit-il.

Aussitôt, en voyant la peur me saisir, il lève une main.

— Non, ne t'inquiète pas. Nous n'avons aucune nouvelle, ni bonne ni mauvaise.

Je hoche la tête et je le suis hors de la chambre, après un dernier regard en arrière vers Jamie. Et Lara.

— Sofia est ici, dit-il.

Je me crispe.

— Elle est en bas avec les hommes de Ryan, dans une chambre du rez-de-chaussée.

— Pourquoi ?

— Elle passe au détecteur de mensonges.

— Elle a donné son accord ?

— Elle comprend tout à fait que nous ayons des raisons de penser que c'est elle.

Mon esprit se raccroche au mot *nous* et je me renfrogne.

Il s'en rend compte et secoue la tête.

— Je ne veux pas l'envisager, mais je ne peux pas nier que tu as de bons arguments. Elle le comprend aussi. Je crois que c'est tout à son honneur.

Je passe la langue sur mes lèvres.

— Les détecteurs de mensonges ne sont pas infaillibles.

— Je suppose. Mais dans les films, pas dans la vie réelle.

Une fois de plus, il me regarde dans les yeux.

— Je veux que tu sois forte.

Je hoche la tête et tends les bras vers lui, mais il recule. Ce n'est qu'un pas désinvolte, mais il me glace le sang.

— Damien ?

En le dévisageant, je découvre des émotions terrifiantes, sombres et éperdues. Une peur telle que je n'en avais encore jamais vue.

— Nous la retrouverons, dit-il. Je ferai tout pour ça. Quoi qu'il en coûte.

J'acquiesce lentement. J'ai tellement envie de le croire. Je n'ai jamais douté de Damien. Mais pour l'heure, je n'arrive même pas à croire à la réalité qui m'entoure. Alors comment pourrais-je croire à un heureux dénouement ?

CHAPITRE DIX-NEUF

— Maman, qu'est-ce qui se passe ?

J'ouvre les yeux pour découvrir Lara sur mes genoux, le visage plein de questions.

— Pourquoi ces gens sont ici ? On fait une fête ?

— Non, bébé. C'est... euh, le travail de Papa. N'embête pas ces gens, d'accord ? Joue sagement dans ta chambre.

— D'accord, Maman, dit-elle avant de reporter son attention sur la tablette électronique et le dessin animé *Les Indestructibles*.

Je jette un œil vers Jamie, qui hausse les épaules.

— Comme il n'y a pas de télé dans la chambre des filles, je me suis dit...

Mais je suis contente que Lara ait ce genre d'occupations aujourd'hui.

— Je me suis endormie ?

Elle m'adresse un sourire en coin.

— Tu en avais besoin. Ne t'inquiète pas. Ils font tout ce qu'ils peuvent.

— Dallas est arrivé ?

— Je l'ai vu avec Quincy quand je suis sortie, il y a environ vingt minutes. Riley aussi, ajoute-t-elle.

Riley Blade est un indépendant, l'un des meilleurs hommes de Ryan, qui travaille comme consultant pour les films d'action de Lyle.

— Tu veux sortir ? Aller prendre des nouvelles ?

Je déglutis. Je n'ai pas envie de quitter cette pièce. Ici, avec Lara et Jamie, je peux faire semblant que tout va bien. Dès l'instant où je franchirai cette porte pour retourner dans ce qui est devenu le centre névralgique de l'enquête, je devrai affronter la dure réalité : ma fille et mon amie ont disparu. Et j'ignore ce qui va leur arriver.

Je ne peux absolument rien y faire. Même Damien ne peut rien arranger.

Je n'ai pas envie de franchir cette porte, mais je sais qu'il le faut. Alors je me ressaisis, j'embrasse Lara sur le front et je m'éloigne. Jamie s'avance avec moi et nos regards se croisent.

— Tu viens aussi ?

Elle hoche la tête.

— Nous demanderons à Moira de venir s'occuper de Lara.

Je lui prends la main et la serre. Puis j'ouvre la porte et je sors dans le chaos.

Immédiatement, j'aperçois Dallas Sykes. C'est un play-boy milliardaire, autrefois connu sous le surnom de « roi de la baise ». Il se tient avec Damien, sa femme Jane à ses côtés. En le voyant, je suis soulagée. Je sais qu'avec Dallas, il ne faut surtout pas se fier aux apparences. C'est le fondateur de Délivrance et il a aidé à retrouver un nombre incalculable d'enfants. Je sais aussi qu'il comprend l'autre côté, ce qu'Anne traverse, car Jane et lui ont été kidnappés ensemble quand ils étaient enfants.

Ce mot, *kidnapper*, fait cogner mon cœur de plus belle. Bien sûr, c'est ce qui s'est passé, mais nous sommes toujours sans nouvelles du ravisseur.

Je vois Riley, un vrai dur à cuire, debout à côté de Lyle. Je me demande ce que Lyle fait ici, étant donné qu'il n'a pas réellement les talents en arts martiaux des personnages qu'il incarne à l'écran. Pour le soutien moral, sans doute. Il m'envoie un sourire rassurant et je m'en réjouis.

Ryan est au téléphone. D'après ce que j'entends de la conversation, il discute avec Noah, qui est toujours à Austin et fait ce qu'il peut depuis son bureau du Texas.

Désœuvrée, je fais les cent pas dans la pièce, derrière les hommes et les femmes assis à leurs ordinateurs et pendus à leurs téléphones autour de la table de conférence improvisée. Chacun tape sur son clavier ou parle dans son casque audio, concentré et déterminé à retrouver ma fille et sa nounou.

Et pourtant, à chaque pas, je perds un peu plus espoir. Toutes ces paroles vaines. Toute cette activité. Et toujours rien. Pas un mot. Pas un indice. Rien.

Et si on ne trouvait jamais rien ? S'il n'y avait aucune piste ? Aucune demande de rançon ?

Et si on ne revoyait plus jamais Anne ?

Fébrile, je tourne en rond à la recherche de Damien, mais c'est Ryan que je découvre devant moi. Il tend les bras vers Jamie, qui m'a suivie comme mon ombre, et passe la main dans ses cheveux. Puis il penche la tête, très légèrement, et l'instant d'après elle m'adresse un petit sourire.

— Je serai dans la cuisine, me dit-elle.

Elle serre la main de Ryan avant de s'éloigner.

— Tu tiens le coup ? demande-t-il en me conduisant de

l'autre côté de la pièce, vers les immenses portes vitrées donnant sur le balcon avec vue sur l'océan.

Une porte est ouverte pour laisser entrer l'air frais et nous franchissons le seuil. À présent, c'est lundi et le Pacifique scintille dans la lumière du matin. Un moment plus tard, Quincy Radcliffe nous rejoint. Je suis étonnée lorsqu'il se retourne pour fermer la porte derrière nous.

Mon regard alterne entre les deux hommes.

— Quoi ? demandé-je, en proie à la panique.

— Tout va bien, dit Ryan. Nous n'avons aucune mauvaise nouvelle. Nous voulons simplement te parler.

— Pourquoi ?

Je suis méfiante. J'ai le pressentiment que je me méfierai de tout et tout le monde pendant le restant de mes jours.

— C'est simplement que... Nikki, vous devez rester soudés, Damien et toi. Sinon ça vous détruira.

Ryan s'interrompt pour me laisser réfléchir, puis il ajoute :

— C'est ce que vous êtes. L'oxygène l'un de l'autre.

Je lève brusquement la tête.

— Tu n'as pas l'impression que nous sommes soudés ? En ce qui concerne Anne ?

— Ce n'est pas ce qu'il veut dire, répond Quincy.

L'urgence dans sa voix fait ressortir son accent.

— Ça le mine, dit Ryan. Tu connais Damien. C'est un homme qui obtient toujours ce qu'il veut. Il veut retrouver sa fille. Et il ne peut pas l'obtenir en un claquement de doigts. Il est à la merci de quelqu'un d'autre. Et il a horreur de ça.

— Et vous le lui reprochez ? Moi aussi, j'ai horreur de ça.

— Tu sais bien que ce n'est pas ce que je dis.

— Vraiment ?

La raison m'échappe et je laisse ma peur se changer en

colère.

Je m'efforce de prendre de longues inspirations apaisantes tout en serrant les poings. Je me concentre sur la sensation de mes ongles dans mes paumes et je ne dis rien avant d'avoir formulé les mots dans ma tête. Des mots qui me font prendre conscience de la fureur qui m'habite. De la fureur qui ne m'a pas quittée de la journée. Et il ne s'agit pas uniquement d'Anne.

— Il a laissé cette femme revenir dans nos vies. Pas ouvertement, ce que j'aurais pu supporter. Mais en douce. Après m'avoir juré pendant des années qu'elle allait mieux, voilà que soudain il s'éclipse en pleine nuit.

— Je sais. Il nous l'a raconté.

Je l'entends à peine.

— Nous sommes de l'oxygène, tu as dit ? Dans ce cas, c'est lui qui a rendu notre air toxique !

Il enfonce les mains dans les poches de son pantalon, la tête basse. Quand il la relève, ses yeux sont pleins de détermination.

— Je ne pense pas que Sofia soit coupable.

Je croise les bras dans une posture rigide.

— Elle a réussi le détecteur de mensonges ?

— Oui, me dit Quincy. Je l'ai exécuté moi-même, et crois-moi quand je dis que j'ai de l'expérience dans ce domaine. Nous allons le refaire, bien sûr. Deux fois au moins.

— Mais là n'est pas la question, dit Ryan. Je ne crois pas qu'elle soit capable d'infliger une telle chose à Damien. Ni à l'enfant de Damien. Et je pense que tu le sais. Il y a deux ans, tu as dit à Jamie qu'elle allait mieux.

— Il y a deux ans, c'était le cas.

Je me rappelle cette femme qui m'a demandé la permission de porter mon aînée dans ses bras. Qui s'est montrée attentionnée, respectueuse, et qui s'est excusée auprès de moi à maintes reprises.

— Il y a eu de nombreux changements en deux ans. Damien vous a dit qu'elle avait perdu un bébé ?

Ryan hoche la tête.

— Oui. Et c'est un facteur à prendre en compte. Malgré tout, je ne pense pas que ce soit la coupable. Et tu sais qu'elle n'est pas la seule suspecte. Dis-moi qui cela pourrait être. As-tu des idées de pistes à suivre ?

Je fais la grimace.

— N'importe qui intéressé par notre argent.

— Tu penses à une rançon, dit Quincy. Au vu des circonstances, c'est bien normal. Mais les enlèvements pour rançon sont souvent liés à des gens qui connaissaient la famille.

Ses mots trouvent un écho en moi. Il travaille avec Dallas depuis des années. En plus d'être un agent du MI-6 chevronné, il a assisté à l'enlèvement de Dallas, il y a des années. Mieux que quiconque, Quincy Radcliffe comprend ce que je traverse. Une victime laissée pour compte.

— À qui devrait-on s'intéresser de près ? insiste-t-il. N'aie pas peur de faire des accusations outrancières. Nous avons la force de frappe nécessaire pour mener l'enquête. Qui est nouveau dans ta vie ? Qui a dit quelque chose qui t'aurait mis la puce à l'oreille ? Qui pourrait avoir une dent contre toi ?

Je regarde l'un, puis l'autre.

— Avez-vous posé ces questions à Damien ?

— Oui, répond Quincy. Il pense à Marianna Kingsley, naturellement, et à Richard Breckenridge.

Je hoche la tête.

— Ça me paraît cohérent.

— Et... ?

Je ferme les yeux. Je répugne à y réfléchir, mais ils ont raison. Je dois leur faire part de tous mes soupçons.

— Éric, peut-être, dis-je. Il travaillait pour moi et il a perdu le boulot pour lequel il m'avait quittée. Il est de retour et...

Je laisse ma phrase en suspens. Je m'en veux d'avoir pu penser cela.

— Quelqu'un d'autre ? me demande Quincy.

S'il est affable, ses mots claquent sèchement.

— Même si c'est tiré par les cheveux, précise-t-il.

— Je ne sais pas.

Je passe les doigts sur ma tête.

— Je ne sais pas. Carl Rosenfeld, peut-être ? Il m'en veut depuis longtemps, et soudain, l'un de ses anciens employés postule chez moi.

— Qui ? demande Ryan.

— Brian Crane. C'est un programmeur. Sincèrement, je ne pense pas que l'un d'eux...

— Mieux vaut creuser trop loin que pas du tout, rétorque Quincy.

J'approuve. Avec ces gars-là, il ne faut pas protester. Si cela peut aider à retrouver Anne et Bree, alors ça me va.

— Nous ne savons pas qui se cache derrière tout ça, Nikki, dit Ryan. Ou plutôt, nous ne le savons pas *encore*. Mais je suis certain d'une chose.

— Quoi donc ?

Ma voix trahit mon impatience. Mon intensité. Le désespoir avec lequel je me raccroche aux branches.

— D'une manière ou d'une autre, c'est en lien avec Damien.

Ces paroles me percutent comme un coup de poing. Bien sûr, il parle de son argent. Mais cela ne change rien. Mes enfants sont en danger à cause de ce qu'est leur père.

— Il a raison, renchérit Quincy. Nikki, j'aime autant te dire que tu vas devoir trouver un moyen de l'accepter.

Je hoche mollement la tête, abasourdie.

Je vais devoir l'accepter.

Oui, évidemment. Tout comme Damien.

Enfin, je me dirige vers la porte en leur annonçant que j'ai besoin d'être seule. Si ce n'est que je suis déjà seule. Je traverse la pièce à vivre. Elle est bondée. La majeure partie des gens qui y travaillent m'étaient inconnus avant cette affaire. Je traîne ma douleur, en état de choc. Ma fille a disparu. Quelqu'un l'a enlevée. On la punit pour ce que sont ses parents. Parce que sa mère est tombée amoureuse de Damien. Parce que Damien m'a choisie.

Je l'aperçois dans la cuisine. Il tient une tasse entre ses mains, la tête basse. J'ai envie d'aller le voir et, pendant un instant, je me tourne dans sa direction. Mais je n'y vais pas. Je reste sur mon chemin et je me dirige vers notre chambre. Et notre immense dressing.

Il y a une échelle, du genre que l'on trouve dans les bibliothèques, et j'y grimpe pour m'emparer de la vieille valise rangée sur l'étagère. Je la tire et je l'ouvre, révélant l'étui en cuir bien caché à l'intérieur. Je n'aurais pas dû garder la valise, j'en suis consciente. J'aurais dû m'en débarrasser. J'en ai eu l'intention bien souvent, mais chaque fois que j'y ai pensé, je me suis ravisée. Parce que si cette valise se trouve dans ma maison et que je n'y touche pas, ça veut dire que je suis forte.

Aujourd'hui, je ne suis pas forte. Aujourd'hui, je suis faible.

Aujourd'hui, je vais prendre ce dont j'ai besoin.

La valise est vieille, mais le cuir est lustré. Je l'ouvre tout en songeant à mon épouvante quand Sofia me l'a offerte. Je me remémore ses moqueries. Et pourtant, les instruments étaient magnifiques. De précieux scalpels brillants, amoureusement aiguisés, leurs lames aussi tranchantes que possible.

J'en ai envie.

C'est pour ça que je les ai conservés. Parce que je savais – au fond de moi – qu'un jour viendrait où j'en aurais besoin. Où je devrais me taillader pour survivre. Où cette douleur serait la seule corde qui me maintiendrait à flot, parce que Damien… Oh, mon Dieu… parce que Damien serait perdu, lui aussi.

Lentement, je choisis l'un des scalpels. Je l'extrais de l'encoche où il se trouve. Je le soupèse dans ma main. Son poids me réconforte. Je tends le bras.

Mais je reviens aussitôt à la raison. *Pas le bras. Ça se verrait.*

Je me lève et je pose l'étui sur l'îlot au centre du dressing. Mes doigts cherchent le bouton de mon jean et je commence à me déshabiller. Le pantalon est étroit autour de mes cuisses et je tire sur le tissu. Soudain, j'aperçois mon reflet dans le miroir en pied.

Je lève les yeux et je rencontre mon regard. Pendant un instant, je me dévisage sans bouger.

Puis j'étouffe un cri en plaquant ma main sur ma bouche. Bientôt, je ne suis plus capable de le retenir.

Non.

Non, non, non.

Je ne suis pas obligée de faire ça.

J'ai la force de me battre. Damien est peut-être perdu en ce moment, mais il m'a insufflé suffisamment de force au fil des ans. Je ne capitulerai *pas*. Je ne le ferai *pas*.

Brutalement, je remonte mon jean et je le referme. Je range le scalpel dans son étui et je m'apprête à le glisser dans la petite valise lorsque mon téléphone sonne.

Abandonnant l'étui dans mon tiroir à sous-vêtements, je sors le téléphone de la poche de mon jean où il a passé toute la journée, seul lien vital me reliant encore à Anne.

Je sors en trombe du dressing et je traverse la chambre, me ruant dans le couloir. À bout de souffle, je fais irruption dans la pièce à vivre. Au même moment, le téléphone émet sa deuxième sonnerie. Je cherche Damien du regard, mais je ne le vois nulle part.

— Le téléphone, dis-je bêtement tandis que Ryan lève la main pour m'indiquer de ne pas répondre immédiatement.

Il fait signe à son équipe – aux hommes et aux femmes qui retraceront cet appel. S'ils le peuvent. Mon téléphone. Le téléphone de Damien. Le téléphone fixe. Chaque téléphone que possèdent les employés – Gregory, le personnel de ménage, les gardiens, les types du jardinage. Chacun de leurs appels est transféré au centre de contrôle.

— Ryan...

Mon doigt s'attarde sur le bouton, impatient de décrocher. Je ne reconnais pas le numéro, mais aujourd'hui, cela n'a aucune importance. Je dois répondre. Je dois savoir.

— *Ryan*. S'il te plaît.

Denise, blonde et efficace, donne le signal en levant une main.

— *Maintenant*, me dit Ryan.

Aussitôt, je réponds :

— Allô ? Allô ?

— Nikki ?

C'est Bree. Sa voix est fébrile. Hystérique.

— Bree ? murmuré-je.

Mes genoux se dérobent. Le monde s'assombrit et je commence à tomber. Et pour la première fois depuis longtemps, ce n'est pas Damien qui est là pour me rattraper.

CHAPITRE VINGT

— J'aurais dû les accompagner. Bon sang, pourquoi n'ai-je pas insisté pour les accompagner ?

J'arpente le rez-de-chaussée de la maison, mon téléphone en évidence pour observer le point qui représente le déplacement de Damien sur la carte. Ils se dirigent vers Mulholland, plutôt ironique étant donné que c'est là que Damien m'a retrouvée quand tout a commencé.

« Il y a peu de chances que le conducteur apparaisse sur une vidéosurveillance maintenant », a expliqué Dallas avant de partir, en compagnie de Quincy, Damien et Ryan, sur les traces du téléphone jetable que le ravisseur de Bree, dans sa grande bonté, a bien voulu lui laisser.

— Tu as insisté, me rappelle Jamie. Mais il était hors de question qu'ils acceptent et nous le savons toutes les deux.

— Non, sans doute, dis-je à regret. Je suis une adulte. Je suis l'employeuse de Bree et son amie, et je suis la mère d'un enfant disparu.

L'hystérie fait monter ma voix dans les aigus et j'ai toutes les peines du monde à retrouver un timbre convenable. Je suis folle de rage. Samedi soir, Damien et moi n'avons pas beaucoup dormi. Je ne me rappelle même pas où a filé la journée de dimanche, et mon sommeil n'a été ni très long ni réparateur.

— Ils ont peur que ce soit un piège, dit Lyle. Damien te protège. Et les autres aussi.

J'ai envie de lui dire que ce ne sont que des conneries. Mais Lyle est l'un des hommes les plus gentils que je connaisse, alors je tiens ma langue et je me contente de hocher la tête. Je passe les doigts sur mes lèvres en me remémorant le baiser que m'a donné Damien avant de partir.

C'est dangereux, me dis-je en réprimant un nouvel accès de terreur. Non, ils ne courent aucun danger en allant récupérer Bree. Et aucune tragédie n'en fera un baiser d'adieu.

Riley aussi est en bas, mais il reste en silence devant la porte ouverte, tourné vers les collines de Malibu qui entourent notre propriété. Soudain, son téléphone sonne. Combiné à ma propre peur, le bruit strident me fait sursauter.

— Allez-y, dit-il en décrochant.

Je regarde mon propre téléphone et je me rends compte que le point de Damien s'est arrêté, quelque part sur Mulholland, aux abords de Sepulveda. Je retiens mon souffle sans quitter Riley des yeux. Il s'exprime par grognements et monosyllabes. Puis il raccroche, me regarde et déclare :

— Ils ont retrouvé Bree. Elle est indemne.

Jamie m'empoigne le bras. Je me sens faible. Le soulagement se mêle à la crainte que j'éprouve toujours pour ma fille.

— C'est bien, dit Riley en venant se camper devant moi. Nikki, regarde-moi.

J'obéis.

— Ça veut dire que nous avons affaire à quelqu'un qui n'a pas peur de nous renvoyer un otage susceptible de nous conduire jusqu'à lui.

Je hoche la tête. C'est logique.

— Ce qui signifie aussi qu'il y a peu de risques qu'on les ait enlevées dans le cadre de la traite d'êtres humains.

— À moins qu'ils ne fassent que du trafic d'enfants, dis-je à voix basse, comme si je craignais que ça se réalise en le prononçant tout haut.

— Possible, mais j'en doute.

Je lève les yeux vers lui en essayant de savoir s'il le pense vraiment ou s'il essaie simplement de me remonter le moral.

— Si c'était le cas, ils auraient tué Bree. Ils ne l'auraient pas libérée avec un téléphone.

J'acquiesce en silence, parce que je sais déjà qu'il y a peu de risques qu'il s'agisse d'un réseau de traite d'êtres humains. Une certitude qui me procure un certain réconfort.

Dès l'instant où nous avons appris l'enlèvement, l'équipe de Ryan – puis plus tard, celle de Dallas – a surveillé les aéroports, les gares routières et les ports. Même la frontière avec le Mexique. Mais comme la cible était très spécifique, et la victime étant la fille de Damien Stark, ils ont immédiatement pensé qu'il s'agissait d'un kidnapping pour rançon. Maintenant, avec la libération de Bree, c'est encore plus vraisemblable.

Le téléphone fixe se met à sonner, sur le guéridon à côté du canapé, dans le salon du rez-de-chaussée. Je jette un œil dans cette direction avant de me précipiter. C'est la réplique d'un téléphone à l'ancienne, avec un faux cadran rotatif et le genre de combiné suspendu à un crochet dépassant de la base.

— Attends, me dit Riley.

Je m'arrête, le cœur battant. Nous y voilà. La demande de rançon.

Riley tapote son oreillette.

— J'ai besoin d'une connexion, bon sang !

Enfin, il m'adresse un signe de tête et je m'empresse de répondre.

— Allô ?

— Euh, bonjour. C'est Rory Claymore. Je pourrais parler à Bree, s'il vous plaît ?

Je fronce les sourcils en croisant le regard de Riley. Il me fait signe de continuer.

— Rory, c'est Nikki Stark.

— Oh, Madame Stark. Désolé. Je ne pensais pas que ce serait vous. Bree m'a donné ce numéro il y a quelque temps. Elle m'a dit que le réseau de son téléphone n'était pas terrible dans la salle de jeux des enfants.

Je hoche la tête, un peu assommée. Il a raison sur ce point.

— Comment... Pourquoi appelles-tu ?

Un silence s'ensuit. Quand il reprend la parole, sa confusion est évidente.

— Comme je l'ai dit. J'essaie de joindre Bree.

Je regarde Riley, qui chuchote ses instructions, d'une voix si basse que je dois presque lire sur ses lèvres. À côté de moi, Jamie m'agrippe violemment le bras, m'arrachant une grimace.

— Je suis désolée, Rory. Elle n'est pas là.

— Oh.

Il a l'air perplexe.

— Écoutez, je me fais du souci pour elle. Nous étions

censés voir *Casablanca* aujourd'hui, et sortir ensuite. J'ai acheté les tickets il y a une semaine. Mais elle n'est pas là. Je n'arrête pas d'appeler sur son portable et elle ne répond pas.

Je ferme les yeux. Aussitôt, l'adrénaline retombe. Cela n'a aucun rapport avec l'enlèvement. Je n'ai qu'une envie, raccrocher au plus vite.

Au lieu de ça, je fais ce que me conseille Riley.

— Elle n'est pas ici, lui dis-je. Je ne sais pas où elle est. Elle a pris sa journée.

— Oh, merde.

— Elle s'est peut-être perdue. Si elle appelle, à quel cinéma es-tu ?

— Au Moviehouse, répond-il. Ce nouveau cinéma indépendant, sur Fairfax. Ils passent des films rétro cette semaine. Madame Stark, je suis un peu inquiet. Ça ne lui ressemble pas.

— Je suis sûre qu'elle va bien, dis-je sur un ton léger. Je lui demanderai de t'appeler dès que je la verrai.

— Oui. D'accord, merci.

Je raccroche et me tourne vers Riley, qui lève un doigt avant de hocher la tête en réponse à ce qu'il entend dans son oreillette.

— Il est là-bas. On le voit. Il fait les cent pas devant un cinéma. Il regarde sa montre. Il semble à la fois préoccupé et contrarié.

— Quoi ? Comment ?

— Votre mari emploie des gens talentueux. Et il y a beaucoup de caméras de surveillance dans cette ville. Certaines appartiennent au gouvernement, d'autres à des sociétés privées. Et presque toutes envoient un signal sans fil.

Je déglutis en hochant la tête, certaine que ces hommes ont enfreint une dizaine de lois pour obtenir les images de

Rory. Et cela m'est franchement égal.

— Ça va ? demande Jamie à côté de moi.

J'acquiesce. Je pensais que cet appel m'apporterait des nouvelles, mais ce n'était rien et je me sens complètement creuse.

— Qu'y a-t-il ?

Riley a posé la question à Jamie et quand je la regarde, je comprends pourquoi. Elle a les sourcils froncés. Manifestement, elle réfléchit à quelque chose.

— Il a appelé sur son portable, dit Jamie. Ça m'a fait réfléchir. Le ravisseur a détruit son portable, non ?

Je réponds par l'affirmative.

— Alors, pourquoi lui en donner un autre ?

Son regard alterne entre Riley et moi avant de se concentrer sur Lyle qui s'est rapproché.

— C'est bizarre, pas vrai ? Prendre son téléphone, mais lui en donner un autre. Pourquoi ?

Riley ouvre la bouche pour répondre, mais je le devance :

— Moins de risques d'impliquer la presse, dis-je. Ou la police.

Jamie fronce les sourcils et elle secoue la tête. Manifestement, elle ne comprend pas.

— S'ils la libèrent dans la nature, elle frappera à la première porte, dis-je. Et elle devra donner des explications. Elle appellera peut-être la police. Même si elle ne le fait pas, quelqu'un pourrait reconnaître que c'est la nounou de Damien Stark. Ça risquerait d'entraîner des rumeurs. Ils n'ont pas plus envie que nous que les médias s'emparent de l'affaire.

— D'accord, dit Jamie. Je comprends.

J'aurais presque préféré le contraire, car maintenant, il n'y a plus que le silence. Le silence, et l'attente interminable du moment où les hommes reviendront enfin avec Bree.

J'arpente encore le hall d'entrée à quelques reprises. Quand je n'y tiens plus, je sors et je tourne en rond devant la maison. Mes pas me conduisent dans le jardin d'agrément, du côté nord. C'est une petite parcelle, mais elle est bien entretenue, pleine de fleurs bariolées autour d'un cœur de marguerites jaunes.

Je me laisse tomber à genoux et je tends la main pour effleurer les pétales jaunes. *Ashley.* Les fleurs étaient un cadeau de condoléances de Jamie et Ryan après ma fausse couche, quand j'ai perdu le bébé que Damien et moi avions prénommé Ashley, en l'honneur de ma sœur. C'est Damien qui a eu l'idée de planter les fleurs à l'extérieur, dans un coin où elles pourraient s'épanouir au soleil. Nous pourrions venir nous asseoir sur le petit banc de pierre en sachant que notre bébé est en paix.

— Veille sur ta sœur, dis-je à mi-voix, des larmes au bout des cils. Je t'en prie, s'il te plaît, protège-la.

J'ignore combien de temps je reste là, à genoux, mais je ne me lève qu'en entendant Jamie m'appeler.

— Ils sont ici, me dit-elle lorsque j'accours pour voir la Range Rover noire franchir le poste des gardiens avant de se garer devant la maison.

Damien est au volant. Il coupe le moteur, puis il sort en même temps que Ryan.

Les vitres sont teintées et je ne vois pas à l'arrière, mais un instant plus tard, les portières s'ouvrent et Ryan aide Bree à descendre de la banquette. Quincy et Dallas sortent de l'autre côté et je m'élance, refermant mes bras autour de Bree dans une étreinte qu'elle me rend avec ferveur.

— Je suis tellement désolée, dit-elle. Tellement désolée.

— Ce n'est pas ta faute. Pas du tout.

— Je ne voulais pas la laisser.

À son visage rougi, je vois bien qu'elle a pleuré.

— Il m'a forcée à partir.

— Je sais. Je sais, dis-je en regardant Damien avant de serrer Bree contre moi.

Il. Cela veut-il dire qu'elle en est certaine ? Cela veut-il dire qu'elle a vu distinctement son ravisseur ?

Comme s'il lisait dans mes pensées, Damien secoue la tête en s'approchant. Je sens la pression réconfortante de sa main dans mon dos lorsqu'il me guide à l'intérieur. Ryan passe devant nous et franchit le seuil avec Bree.

— Que t'a-t-elle dit sur Anne ? demandé-je à Damien à voix basse. Elle est saine et sauve ? Ils lui donnent à manger ? Sait-elle où elle est ? Peut-elle décrire le ravisseur ? Sait-elle quand il va demander une rançon ?

— D'après elle, Anne va bien. Nous discuterons du reste à l'étage.

Il parle à voix basse, posée. Mais son regard sur le dos de Bree est glacial et sévère. Et soudain, j'ai peur de ce que je vais apprendre.

Nous prenons place dans le séjour. L'équipe de Ryan est déjà rassemblée autour de la table de conférence tandis que le groupe qui a récupéré Bree s'installe sur les fauteuils, ainsi que Jamie, Lyle et Riley. Je reste debout, m'asseyant de temps à autre sur l'accoudoir du fauteuil de Damien, où il se tient bien droit comme un empereur sur le trône.

— S'il vous plaît, dit Bree depuis le centre du canapé où elle s'est pelotonnée, les genoux contre sa poitrine et les bras croisés. Je peux voir Lara avant de revivre tout ça ?

— Bien sûr, dis-je.

Mais en même temps, Damien répond :

— Plus tard.

— Quelques questions d'abord, dit Quincy. On ne veut

pas risquer de perdre le moindre détail susceptible d'aider Anne.

— Mais nous avons déjà parlé dans la voiture.

— Nous devons tout reprendre, déclare Quincy sur un ton sans appel.

Bree hoche la tête et me jette un coup d'œil. Je lui souris pour l'encourager, la pousser à se remémorer des informations utiles.

— Répète-nous ce qui s'est passé, dit Dallas.

Bree acquiesce, puis elle raconte l'histoire que je connais déjà, ajoutant peu de détails à ce que Ryan a déduit des caméras de surveillance.

— Mais as-tu la moindre idée de qui vous a enlevées ? insiste Ryan.

Elle secoue la tête.

— Il portait un bas devant le visage. Et du maquillage. Du rouge à lèvres, très rouge, et ce genre de noir autour des yeux comme les joueurs de football américain en utilisent. Et il avait des traces rouges partout sur le visage. Je crois que c'était censé le rendre encore plus méconnaissable. Oh, ajoute-t-elle. Il portait une casquette des Studios Universal, mais dans le coin, c'est plutôt facile de s'en procurer.

Les hommes continuent leurs questions. Ryan et Dallas parlent sur un ton calme et serein, mais les questions de Damien sont plus sèches. Plus froides. À tel point que je tends la main pour la poser sur son poignet. Je comprends qu'il soit tendu, mais cela n'aide pas du tout la pauvre Bree, qui a déjà subi une épreuve difficile.

Au fur et à mesure de l'interrogatoire, nous apprenons que le ravisseur est vraisemblablement un homme. Qu'il ne lui parlait jamais directement. Tout ce qu'il lui disait était préenregistré et diffusé à travers un filtre qui modifiait sa voix.

Anne et elle étaient détenues dans une pièce. Elle pense qu'il s'agit d'une maison sur un vaste terrain. Elle n'entendait ni voisins ni circulation. Et elle croit que c'était un sous-sol, car il n'y avait pas de fenêtre. Si c'est fiable, voilà qui pourrait limiter les options, car les sous-sols ne sont pas courants en Californie du Sud. Elle estime que le trajet a duré moins d'une heure après leur enlèvement, mais elle ne le jurerait pas.

— C'est peut-être une cave à vin, suggère Riley.

— Ou un leurre, dit Damien, même si je ne comprends pas vraiment ce qu'il veut dire.

Dans la pièce, il y avait des jouets pour Anne et un matelas par terre. Il y avait une salle de bain attenante, mais pas de miroir ni de porte. Elle pense qu'une caméra était fixée au plafonnier, mais elle n'en est pas certaine.

On les nourrissait à intervalles réguliers et elles avaient toujours de l'eau en bouteille. Il faisait boire à Anne quelque chose qui l'endormait un peu.

— Je ne crois pas que ce soit très nocif, cela dit. Et elle semblait avoir moins peur.

Après d'autres questions, elle ajoute que l'homme avait des hanches étroites et les fesses plates, mais un large torse et une bedaine. Et il avait tendance à s'appuyer sur une jambe plus que l'autre.

— C'est peut-être un déguisement, dit Quincy. Mais tout peut être utile.

Dès qu'elles ont été enlevées, il a demandé à Bree de se couvrir le visage avec une cagoule aux yeux cousus, puis il lui a attaché les mains avec du chatterton. Il a bandé les yeux d'Anne et lui a dit que c'était un jeu, mais à sa connaissance, il ne lui a pas lié les mains.

— Merci, Bree, dit Dallas pour conclure. Je sais que ça n'a pas été facile.

— Je comprends. Si vous avez besoin de quoi que ce soit, je ferai tout mon possible pour aider Anne.

— Voudrais-tu voir Lara maintenant ? demande Jamie avant de la conduire vers la chambre où Moira et Lara sont toujours isolées.

Je suis assise sur l'accoudoir du fauteuil de Damien, ma main dans la sienne. Mais dès que nous entendons la porte se refermer, Damien me lâche en se levant. Puis il se tourne vers moi, la mine sombre.

— Ça passe pour cette fois, histoire de donner le change, dit-il. Mais ça ne se reproduira plus.

Je le dévisage, hébétée, puis j'interroge Ryan et Dallas du regard pour savoir s'ils ont compris. À leurs têtes, il est évident qu'ils n'en savent pas plus que moi.

Je secoue la tête en regardant le reste du groupe. Quincy et Riley aussi. Tout le monde garde le silence, sauf moi.

— Bon sang, Damien ? Mais de quoi parles-tu ?

— *Elle*. Je ne veux plus qu'elle s'approche de notre fille.

Je le regarde, bouche bée, tellement ébahie que je glisse du fauteuil. Je dois me rattraper avant de tomber par terre.

— Tu es fou ? Elle a été enlevée !

Il me foudroie du regard.

— Vraiment ? À moins qu'elle y ait participé.

J'ouvre la bouche pour protester, mais je la referme. Je ne veux pas y croire. Je ne veux pas que cette tragédie me pousse à penser du mal des gens que j'en suis venue à aimer.

Mais je fais confiance à Damien. Je me fie à son instinct. Même si j'espère de tout cœur qu'il se trompe.

— Elle reste, déclare Damien. Mais elle reste dans la maison des invités, avec un garde qui la surveille non-stop.

— Et si elle refuse ?

— Alors vous devrez la laisser partir, dit alors Charles,

qui jusqu'à présent s'est contenté d'observer la scène en silence. Sinon, c'est de la séquestration.

Il balaie le groupe du regard.

— On ne peut pas kidnapper quelqu'un parce qu'on le soupçonne d'être un ravisseur. Si elle refuse, vous devez la laisser partir... ou bien avertir la police. Et aucune option n'est souhaitable.

CHAPITRE VINGT-ET-UN

— Tu ne le penses pas vraiment ?

Nous nous trouvons dans la pièce à vivre et la voix de Bree prend des accents fébriles. Elle me serre les mains en me regardant dans les yeux.

— J'adore ces filles. Je n'ai pas... Je ne...

Je pince les lèvres. Je n'ai pas envie d'y croire. Absolument pas. Mais Damien a raison. Il y a un risque. Et il y avait peut-être même des signes avant-coureurs.

— Je suis désolée, dis-je avec fermeté. Mais tu as un comportement bizarre, Bree. Je l'ai remarqué depuis quelques semaines.

Elle secoue la tête, les yeux hagards, mais elle garde le silence.

— Je... je ne veux pas le croire, mais je ne prendrai aucun risque avec notre fille.

J'inspire profondément.

— Damien et moi, nous prenons cette décision ensemble.

— Un comportement bizarre, dit-elle en reniflant. Bien sûr. Ça tombe à pic !

— Quoi ?

— Peu importe. Je vais dans ma cellule.

Elle penche la tête en indiquant l'équipe de Ryan.

— Lequel d'entre eux est mon baby-sitter ?

Michael, un jeune homme noir dégingandé à la mine grave et aux bras tatoués, se lève. Sans un mot, il attend que Bree se dirige vers la maison des invités.

Elle fait quelques pas vers les marches, puis elle s'arrête et se retourne.

— L'ironie, c'est que j'étais bizarre parce que j'adore être avec vous. Je ne voulais pas partir. Mais je ne savais pas comment vous dire que je voulais rester au lieu d'aller à New York pour mes études.

Les larmes coulent sur ses joues.

— Mais il faut croire que j'avais tort, quand on voit votre soutien.

Je déglutis.

— Bree...

— Oui, eh bien. Tant pis.

Son regard se tourne vers Michael, puis Ryan.

— La prisonnière a le droit d'utiliser son téléphone ? Je peux recevoir des invités ? Rory, par exemple ? Et merci de me prévenir s'il y a des caméras dans ma chambre.

— Il n'y a pas de caméras, dis-je en espérant ne pas me tromper. Et tu peux recevoir des invités. Tu peux même quitter la maison pour aller te promener, ajouté-je. Mais tu ne dois rien dire au sujet de l'enlèvement. Ça risquerait de mettre Anne en danger.

Le feu s'éteint dans son regard et elle hoche la tête.

— Oui, bien sûr.

Pendant tout ce temps, Damien ne pipe pas mot. Il se contente de la regarder, depuis le canapé où il a pris place. Elle croise son regard et je la vois pincer les lèvres. Je le connais assez bien pour remarquer le doute sur le visage de mon mari. Mais le doute ne suffit pas pour qu'il revienne sur ses propos. Pas quand la sécurité d'Anne est en jeu.

Je doute aussi. Mais comme je l'ai dit à Bree, je me range à l'avis de Damien.

— Réunion, lance Ryan en se tournant vers son équipe. Pour tous ceux qui n'ont pas de compte rendu à faire, dix minutes de pause.

L'équipe se disperse. Certains partent dans la cuisine ou aux toilettes, tandis que d'autres nous rejoignent dans le séjour.

Damien se lève et m'attire dans ses bras. Il ne dit rien, mais il me serre contre lui, les bras autour de moi, et je me fonds contre son corps. J'ai besoin de sa force. Pourtant, en ce moment, il me semble brisé et il s'accroche à moi, autant que je m'accroche à lui. Chacun de nous puise sa force dans l'autre. Et j'ai peur, atrocement peur, que nous n'en ayons pas suffisamment à deux.

———

J'ESSAIE DE ME concentrer sur les voix tandis que Quincy fait les cent pas dans la pièce. Nous revenons sur tout ce que nous savons, les personnes interrogées et les avis et opinions de chacun. Mais tout reste flou. Anne occupe mes pensées et la terreur me tient dans un étau. Les minutes s'égrènent. Nous n'avons toujours aucune demande de rançon. Ma nounou est peut-être impliquée et je suis aux abois. Complètement abattue.

Et Damien est tout aussi impuissant que moi.

Je suis assise par terre, les genoux contre ma poitrine. Il se tient devant la fenêtre, tourné vers l'océan. Il paraît grand. Autoritaire. Mais ce n'est qu'une apparence. Je le connais trop bien. Il y a une forme de capitulation dans sa posture. Et c'est ce qui me terrifie plus que tout.

— ... avec Jeremiah, dit Charles, ramenant mon attention vers la réunion.

Jeremiah Stark est le père de Damien et de Jackson. Et s'il pouvait en tirer un quelconque avantage, il serait bien capable d'enlever sa petite-fille.

Damien se tourne, lui aussi.

— Qu'as-tu dit ?

— J'ai dit que Jeremiah avait eu plusieurs entrevues en douce avec Richard Breckenridge. Mon équipe a mené l'enquête et il se trouve qu'il est très complice avec Breckenridge.

Le visage de Damien se durcit.

— Avant, tu veux dire. Avant l'enlèvement d'Anne ?

— Bien avant, répond Charles d'une voix lourde de sous-entendus. Et ce n'était pas un investissement mineur.

Je ne suis pas sûre de comprendre, mais je vois que cette nouvelle dérange Damien. Je le rejoins, réconfortée lorsqu'il m'attire à lui.

— Alors, Jeremiah aussi a perdu beaucoup d'argent quand le Domino a décidé de se passer de Breckenridge, dit Ryan en hochant la tête. Ils sont peut-être impliqués tous les deux, ou chacun de son côté.

— Tu penses vraiment que Breckenridge pourrait être derrière l'enlèvement ? demandé-je. Pour un investissement tombé à l'eau ?

Charles se tourne vers Damien.

— Tu ne lui en as pas parlé ?

Mon regard alterne entre les deux hommes et la panique m'envahit.

— Me parler de quoi ?

Pendant un moment, un profond silence retombe dans

la pièce. Puis Damien fourre les mains dans ses poches. D'abord, il regarde le sol, puis moi.

— Breckenridge m'a dit qu'il me détruirait quand je l'ai exclu du Domino. Il a dit qu'il me ferait tomber de mon piédestal. Qu'il me frapperait là où ça fait mal.

J'ouvre la bouche pour parler, mais elle est complètement sèche. Je passe la langue sur mes lèvres et j'essaie de nouveau :

— Et tu n'as pas pensé à m'en parler ?

Ma voix semble distante. Caverneuse.

— Nikki.

Il me supplie en s'approchant. *Brisé*, me dis-je une fois de plus. *Comment Damien peut-il être brisé ?*

— Nikki, s'il te plaît.

Je prends conscience que j'ai fait un pas en arrière en secouant la tête.

— Tous tes discours sur la confiance, dis-je. Toutes tes demandes.

Je referme les bras autour de mon corps en songeant au Masque. Je lui faisais une confiance aveugle. Pleine et entière. Et il en avait besoin.

— Pourquoi tu ne m'as rien dit ? Peut-être pas au début, mais quand nous avons découvert le mot sur ma voiture et les graffitis sur les murs ? Et Anne ? Tu n'y as même pas pensé après que notre fille a été enlevée ? Bon sang, mais pourquoi tu ne m'as rien dit ?

Je tourne en rond. Je suis perdue. Je porte les mains à mes cheveux et je les tire, comme pour arracher ma douleur. Mon chagrin.

— Nikki, je t'en prie. Je ne pensais pas...

— C'est ça le problème, dis-je sèchement avant de lever la main. Arrête. *Arrête* tout de suite.

De l'autre côté de la pièce, le téléphone de Jamie se met

à sonner et toutes les têtes se tournent vers elle. Elle jette un œil sur l'écran et regarde Ryan.

— C'est Ollie, dit-elle. Je peux répondre ?

Ryan acquiesce. Le téléphone de Jamie n'est pas relié au réseau et c'est la seule à entendre la conversation. Je regrette qu'elle n'ait pas mis le haut-parleur. J'ai envie de l'entendre. J'ai besoin de lui. En plus de Damien, Jamie et Ollie sont mes deux rocs, et même si nous nous sommes éloignés, maintenant que son coup de téléphone l'a rappelé à ma mémoire, je me rends compte que je me sens vide sans son épaule sur laquelle m'appuyer.

— Impossible, dit Jamie.

Sa voix est vibrante de larmes.

— Non... C'est grave. Je suis... oui. Je suis chez Nikki. Tu peux venir ?

Elle hoche la tête et ajoute :

— Je te le dirai quand tu seras là. À bientôt.

Elle raccroche et me regarde.

— Ollie vient d'arriver en ville. Il est à Upper Crust. Il voulait qu'on le rejoigne.

Évidemment, il n'est pas au courant. Comment le pourrait-il étant donné que nous avons tenu les médias à distance ? Même si je n'ai pas envie de revivre tout ce qui s'est passé, j'ai besoin de la présence de mon ami.

— Vous le faites travailler trop dur, lance Jamie à Charles.

Ce dernier fronce les sourcils.

— Ollie ne travaille plus pour la société depuis près de deux mois, lui répond l'avocat.

— Oh.

Jamie cherche mon regard, tout aussi perplexe que moi.

— Eh bien, je pensais...

— Il a peut-être eu honte de nous dire qu'il a perdu son poste ?

J'adresse ma question à Charles, qui secoue la tête.

— Il n'a pas été licencié. Ollie était un très bon élément.

Je suis sidérée et, par habitude, je jette un œil vers Damien. Je suis étonnée par l'expression que je découvre sur son visage. Comme s'il était dubitatif. Comme si les pièces du puzzle retrouvaient leur place.

— Damien ?

Il lève la tête et me fixe du regard.

— Je n'en suis pas sûr. Pour le bon élément, je veux dire.

Je pense à sa maison. À ce qu'a dit Jamie à propos de ses dettes. Je déglutis. C'est de l'un de mes meilleurs amis que nous parlons.

Damien regarde Ryan. Ce dernier a l'air malheureux. Il avale sa salive, puis son regard oscille entre Jamie et moi. Ensuite, il se tourne vers Quincy qui se frotte le menton. Ça fait un moment qu'il ne s'est pas rasé et j'entends le bruit de papier de verre produit par sa main sur sa barbe d'un jour.

— Et merde, lâche Quincy. Ollie est en ville depuis hier.

— Et alors ? demande Jamie.

Enfin, elle écarquille les yeux.

— Attendez, vous envisagez Ollie comme ravisseur ? Vous avez sérieusement le nom d'Orlando McKee sur la liste de suspects ? Comme s'il pouvait faire du mal à Nikki. Jamais ! C'est n'importe quoi. Une putain de connerie.

Je suis contente qu'elle le dise, parce que je me sens trop perdue pour rassembler mes pensées. Comme si le cauchemar était en train de m'entraîner dans un vortex abyssal et qu'il n'y avait personne pour me lancer une corde. Pas même Damien.

— Ce n'est pas parce qu'il est arrivé en ville que ça

signifie quelque chose, poursuit Jamie. Ça ne veut pas dire qu'il enlève les enfants à la sortie des centres commerciaux. Il n'est pas obligé de nous appeler dès qu'il descend de l'avion.

— Il m'a demandé de l'argent, dit Damien.

Je me tourne vers lui, atterrée.

— Cinquante mille. Il y a un mois.

Je cligne des paupières en essayant de me concentrer. De comprendre.

— Tu le lui as donné ?

Un moment s'écoule, puis un autre. Enfin, Damien secoue la tête.

— Non.

Je m'assieds.

— Je vois.

Je prends une inspiration.

— L'un de mes meilleurs amis. L'ami qui m'a aidée à traverser cette épreuve avec Kurt.

Damien tressaille, et Jamie aussi. Ce sont les deux seules personnes dans cette salle qui savent ce dont je parle. Combien Kurt m'a anéantie à cause de ma tendance à l'automutilation, il y a des années. Et Ollie m'a tenue dans ses bras, il m'a apaisée et il m'a aidée à recoller les morceaux de moi-même. Il était là pour moi avant Damien. Bon sang, sans Ollie ni Jamie, je ne suis même pas certaine que j'aurais Damien maintenant. Je ne suis pas certaine que j'aurais quoi que ce soit.

— Mon ami t'a demandé de l'aide, un montant qui ne signifie *rien* pour toi. Et non seulement tu refuses, mais tu ne m'en parles même pas.

— Ce n'est pas ce que tu crois, dit-il.

— Non, j'acquiesce. C'est encore pire.

Tout s'accumule. Brique après brique, tout me pèse

jusqu'à me donner l'impression que je vais être démolie. Jusqu'à ce que je sois engloutie et disparaisse à jamais.

— *Nikki*.

Damien est devant moi, ses mains sur mes bras.

— Ce n'est pas ce que tu crois, répète-t-il. Nous la ramènerons.

J'ai envie de le croire, mais je suis trop perdue. Trop effrayée. Au lieu de parler, je produis un bruit étranglé avant de me dégager de sa poigne. Une main sur ma bouche, je me rue vers la chambre des filles, mais Evelyn m'intercepte.

— Holà, Texas ! Tout va bien se passer.

J'aimerais pouvoir la croire, mais je me contente de secouer la tête. Des secrets, des mensonges et des semi-vérités. Ça n'en finit jamais. Jamais, merde !

— Je me croyais plus forte que ça.

— Tu l'es, répond-elle. Ce que vous traversez tous les deux, ça détruirait tout le monde. Mais tu n'es pas détruite, Texas, dit-elle. Tu as juste reçu quelques coups.

Je souris et ça me fait du bien. Une pensée soudaine me vient à l'esprit et je penche la tête en regardant Evelyn.

— C'est toi qui maintiens la presse à l'écart de tout ça, ou nous avons simplement de la chance que ça ne se soit pas encore ébruité ?

Evelyn Dodge est une véritable institution dans cette ville. Elle a occupé tous les postes possibles et imaginables, y compris dans la publicité. À présent, elle est imprésario. Lyle et Jamie font partie de ses illustres clients.

— Tu vois ? Tu as de la chance. S'ils le savaient, je serais au courant, dit-elle. Jusqu'à présent, nickel. Et je ferai de mon mieux pour que ça ne change pas.

— Tant mieux. Je m'en doutais. Si la rumeur s'était répandue, les patrons de Jamie l'auraient déjà envoyée m'interviewer.

— Quoi ? Oh, oui. C'est évident.

Je regarde Evelyn et je sens mon visage se disloquer.

— Alors, toi aussi ? demandé-je.

Elle fronce les sourcils, manifestement hébétée par ma question.

— Tout le monde essaie de me protéger, lui dis-je. J'espérais que tu serais franche. D'ailleurs, étant donné que tu es un imprésario de renom, j'aurais cru que tu serais une meilleure menteuse. Mais il se passe quelque chose avec Jamie, et tu ne me le dis pas.

Elle renifle.

— C'est pour ça que je t'adore, Texas.

— Alors ?

Elle fait grise mine en m'entraînant à l'écart, dans l'intimité toute relative de la cuisine.

— Elle ne voulait pas que tu te fasses du souci, alors promets-moi de ne rien dire.

Je hoche la tête, quasiment certaine de ce que je vais entendre.

— Lacey Dunlop ? Ils ont viré Jamie pour la remplacer par Lacey Dunlop ?

Evelyn secoue la tête, non pas pour le nier, mais pour exprimer sa lassitude.

— Jamie est bien meilleure, mais ces abrutis ne sauraient pas reconnaître le talent même s'il leur suçait la queue.

Je me mords la lèvre pour me retenir de rire. Honnêtement, ce n'est absolument pas drôle.

— Que va-t-elle faire ?

Evelyn agite la main.

— Pour l'instant, elle est ici avec toi. Figure-toi que ce sont exactement ses mots. Une fois qu'Anne sera de retour, saine et sauve, je l'enverrai passer des entretiens d'embauche. Elle trouvera un meilleur poste, mieux payé, et ils iront se faire foutre.

— J'aime ce projet.

Malheureusement, j'ai peur que ce soit trop optimiste. Je sais à quel point ce marché est compétitif. Et si sa chaîne l'estime moins attirante que Lacey Dunlop...

Je laisse cette pensée en suspens. Pour l'heure, j'admets que la carrière de ma meilleure amie est le cadet de mes soucis. Mais elle fait passer ma famille en premier, et je lui en suis éperdument reconnaissante.

CHAPITRE VINGT-DEUX

Nous attendons tous au bas des marches quand les gardiens accompagnent Ollie dans la maison. Naturellement maigre, il s'est remplumé depuis la dernière fois que je l'ai vu. Ses cheveux ondulés sont de nouveau longs, presque au niveau de ses épaules, et il les a coiffés en un chignon d'homme qui lui va étonnamment bien.

À côté de moi, je sens Damien se crisper et je referme mes doigts autour de son poignet. Ollie a les sourcils froncés – c'est bien normal, il n'avait encore jamais eu besoin d'escorte pour entrer chez moi. Quand son regard croise enfin le mien, les vannes cèdent et j'éclate en sanglots, laissant couler sans retenue les larmes que je réprime depuis des heures.

— Nikki ?

Ses yeux se braquent sur Damien, ardents et accusateurs.

— Qu'est-ce que tu lui as fait ?

On dirait que ses paroles allument un feu et Damien se rue vers Ollie. Une main sur son torse, il le plaque contre le mur et son autre main se pose sur sa gorge pour le maintenir en place.

— Damien ! Arrête !

J'ignore comment j'ai traversé la pièce, mais je les rejoins avant Quincy et Ryan, et je lui empoigne le bras pour le tirer en arrière. Ou du moins, j'essaie. Il reste de marbre.

Quelques secondes plus tard, Ryan l'agrippe à bras le corps et Damien recule. Son visage n'est qu'un masque de colère, tandis que celui d'Ollie est rouge pivoine.

— Bon sang, tu me fais quoi, là ?

Il nous regarde, les yeux hagards.

— Mais qu'est-ce qui se passe ici ?

— Anne a été enlevée, lui dis-je.

Cette phrase semble bien fade, les syllabes trop banales pour désigner toute la peur que contiennent ces quatre petits mots.

— Oh, mon Dieu.

Il recule et ses mains glissent le long du mur tandis qu'il se laisse tomber à terre. Il atterrit sur le sol, les jambes tendues devant lui.

— Enlevée ? *Enlevée* ? Et vous n'appelez pas la police ? Vous n'impliquez pas le FBI ?

Il ferme les yeux, atterré. Le visage blême, il prend de grandes inspirations.

— Comment ? demande-t-il enfin. Qui ?

Personne ne répond et Ollie balaie la salle des yeux. Soudain, il semble comprendre.

— Oh, *putain*. Sérieusement ?

Son regard rencontre le mien, puis il cherche Jamie, qui se tient derrière moi, au pied de l'escalier.

— Pas possible. Vous me connaissez, toutes les deux. Je n'aurais jamais pu lui faire du mal. C'est ma nièce. Peut-être pas par le sang, mais c'est ma nièce. Et tu le sais, ajoute-t-il en tendant le doigt vers Damien. Nous avons eu des différends, mais tu *sais* que je ne ferais pas une chose pareille.

— Damien, dis-je d'une voix douce. S'il te plaît. Fais-moi confiance. Ce n'est pas Ollie.

— Tu sais quoi ? répond Damien sans détourner les yeux. Je croirai Ollie. S'il se soumet à un détecteur de mensonges.

— Damien…

Il se tourne enfin vers moi.

— Pourquoi pas ? Sofia l'a passé. Elle a réussi, et maintenant tu as une meilleure opinion d'elle.

Meilleure est un terme relatif, mais au moins, je suis certaine qu'elle n'a pas pris mon bébé. Malgré tout, elle est encore ici, terrée dans une chambre du rez-de-chaussée, isolée jusqu'à ce que l'affaire soit résolue. Je sais que Damien est descendu la voir une fois ou deux. Quant à moi, je préfère essayer d'oublier qu'elle est dans ma maison.

Et pourtant, j'admets que Damien soulève un argument.

— C'est juste, dis-je à Ollie. Tu sais que je te crois, mais accepte le polygraphe.

J'attends. Sans doute va-t-il soupirer, lever les yeux au ciel, mais accepter en ronchonnant.

Contre toute attente, il répond simplement :

— Non.

— Ollie. S'il te plaît.

— Allez vous faire foutre, lance-t-il à la cantonade. Et va te faire foutre, ajoute-t-il en regardant Damien.

— Orlando, dit Charles. Tu n'es pas raisonnable.

— Peut-être. Mais tu n'es plus mon patron.

Il prend une inspiration tout en regardant les hommes dans la salle. Un grand nombre porte une arme à l'épaule.

— Je suppose que je ne peux pas retourner à l'hôtel.

— Ne t'inquiète pas, dit Damien avec un calme trompeur. Nous ne manquons pas de place.

———

La maison est pleine à craquer. Des amis. La famille. *Damien.*

Tout le monde est là. Tant de personnes auxquelles je tiens. Tant de personnes qui tiennent à moi.

Et je me sens totalement seule.

Il est près de quatorze heures et j'ai passé une heure dans la chambre des filles, à jouer avec Lara pendant que Moira faisait une pause.

Maintenant, je suis seule sur le balcon donnant sur le Pacifique. Je me sens engourdie. À vif. Et la seule chose qui change lorsque Damien s'approche derrière moi et m'attire à lui, c'est que je ne me sens plus seule.

Je m'adosse contre lui et je laisse sa force déferler en moi. J'aimerais qu'il en ait suffisamment pour deux. J'aimerais qu'il en ait suffisamment pour la faire revenir par sa simple volonté.

Combien de fois ai-je pensé cela ? Qu'il commandait l'univers. Que le monde se pliait à sa volonté ?

Mais ce n'est pas vrai. Mon mari est tout aussi mortel que moi, et je me demande si c'est un réconfort ou une tragédie.

— Nous la ramènerons.

Ses lèvres effleurent mes cheveux lorsqu'il parle. Sa voix vibre à travers moi.

— Je te le promets, je la ramènerai.

J'ai envie de le croire, mais je n'y arrive plus.

— Pourquoi sommes-nous toujours sans nouvelles ? On devrait avoir reçu une demande de rançon, depuis le temps.

— Je sais. Moi aussi, je suis inquiet.

Je me retourne dans ses bras, étonnée par son aveu. En voyant le chagrin sur son visage, mon cœur se brise encore un peu plus.

— Ça fait plus de vingt-quatre heures maintenant.

C'est la première fois que j'exprime cette peur.

— J'ai toujours entendu dire que...

Il pose un doigt sur mes lèvres.

— Nous la ramènerons.

Nos regards se croisent et une éternité s'écoule. Puis j'acquiesce. *Nous la ramènerons.*

— Que dit Dallas ?

— Il pense que la demande arrivera aujourd'hui. Ils ont libéré Bree pour nous montrer leur bonne foi. Ensuite, ils exigeront l'argent.

— Elle doit avoir tellement peur.

Ma voix chevrote, reflétant ma terreur.

Damien ferme les yeux, puis il hoche la tête en silence.

Soudain, son téléphone sonne. C'est la tonalité du poste de garde et Damien fronce les sourcils en répondant. Il se frotte les tempes.

— Blaine est ici pour installer le tableau, me dit-il avant de demander au garde de le laisser entrer.

— Oh.

Je cligne des yeux. C'est un rappel désagréable que la vie continue au-delà de ces murs.

— Nous n'avons jamais dit où nous voulions l'installer, dis-je. Demande-lui de l'apporter au pavillon.

Damien accepte et nous rentrons. Je suis prête à descendre accueillir Blaine, mais je n'en ai pas envie. Apparemment, Damien non plus. Il fait signe à Evelyn qui s'empresse de nous rejoindre. Elle est toujours pimpante même si elle a passé la nuit sur un fauteuil. Ce n'est pas faute de lui avoir proposé une chambre d'amis.

— Tu veux bien accompagner Blaine au pavillon ? Il est au poste de garde en ce moment. Il doit installer un tableau.

— Oh.

Elle jette un œil vers moi. Je suis certaine qu'elle pense à mon père. Une vague de culpabilité me traverse. Je n'ai même pas parlé d'Anne à Frank. Mais je sais qu'il reviendrait exprès pour cela, et ensuite ? Il ne peut rien faire de plus.

Et puis, je me dis qu'on la retrouvera avant même qu'il puisse monter dans un avion.

Je ne sais pas vraiment où en est la relation entre Evelyn et mon père. Je ne suis même pas sûre qu'il existe une relation. Ils sont peut-être de simples amis. Evelyn espère, à moins que ce soit le fruit de mon imagination.

Et à vrai dire, j'ignore ce qui s'est passé entre Blaine et Evelyn. Ni où en sont restées les choses. Mais à son regard, je vois bien qu'il lui manque.

Ce regard – subtil et innocent – me noue le ventre et me donne les larmes aux yeux. C'est un rappel douloureux du monde extérieur à ma bulle. Un monde au-delà d'Anne. Un monde de relations et d'amitiés mêlées, d'amour et de souffrance. Et même si j'en veux à Evelyn de penser à autre chose qu'à ma fille, en cet instant, j'ai envie qu'elle vive l'amour qu'elle mérite, que ce soit avec mon père, avec Blaine ou quelqu'un d'autre.

— Oh, Texas, ma chérie. Viens ici.

Elle me prend dans ses bras, estimant sans doute que je pleure pour ma fille. Elle ne se rend pas compte que c'est un trop-plein général. C'est toute la souffrance. Et l'espoir, aussi.

— Bientôt, ce sera fini. Tu retrouveras ton bébé.

Je soupire en la lâchant avec un sourire vacillant.

— Viens avec moi, dit Damien.

Il me conduit de l'autre côté de la table de réunion. De l'autre côté du groupe d'amis fatigués et du personnel de sécurité. De l'autre côté de la cuisine, où flotte une odeur tenace de café et de donuts sucrés, et où Gregory essaie vaillamment de nourrir tout le monde et de garder les lieux propres.

Il m'emmène dans notre chambre et m'attire sur le lit avec lui. Puis il me serre contre son corps, mon dos contre lui, ses lèvres sur mes cheveux, sa main sur ma hanche.

Je sens que je devrais protester. Lui dire que nous devons nous lever. Il le faut. Mais je ne dis rien. Je me détends contre lui. Parce qu'en cet instant, c'est ce dont nous avons besoin. Essayer d'être forts ensemble.

Nous demeurons ainsi pendant un moment. Je commence à somnoler quand son murmure grave me réveille.

— Tu es toujours fâchée pour le tableau ?

Je fronce les sourcils et me retourne dans ses bras.

— Tu le savais ?

Un sourire, quoique discret, effleure ses lèvres.

— Je voulais ce tableau. Je l'ai acheté. Et tu avais peur que les filles grandissent dans un monde où il leur suffirait de signer un chèque pour obtenir ce qu'elles désirent.

— Ce n'est pas le vrai monde, dis-je sans trop savoir si je suis contente ou frustrée d'être aussi transparente. Mais j'y ai réfléchi, et ce n'est pas vraiment ce que tu fais.

Il hausse un sourcil.

— Ah bon ?

Je m'autorise un petit sourire.

— Enfin, peut-être un peu. Mais disons que ce que tu achètes signifie quelque chose pour toi.

Je songe aux premières éditions des livres de Ray Bradbury qu'il possède dans la bibliothèque de la mezzanine. Je pense à mon portrait suspendu à cet étage, et à celui que Blaine est en train d'installer en ce moment même. Un tableau que Damien a acheté pour conserver le souvenir de notre première nuit. C'est extravagant, peut-être, mais pas fou. Et d'abord, qu'est-ce que l'extravagance ? Dieu sait que Damien peut se permettre ce genre de choses. Ce n'est pas comme s'il nous affamait. Après tout, l'extravagance est peut-être une notion relative.

Je soupire en essayant de rassembler mes pensées.

— Je... je veux juste que nous soyons de meilleurs parents que les nôtres.

Il hoche la tête.

— Je sais.

Le silence s'attarde et je sais que nous pensons tous les deux à la même chose. Nous pensons à Anne.

— Damien, je...

Il m'interrompt en secouant la tête :

— Tu te trompes.

Je penche la tête, troublée.

— À quel sujet ?

— Au sujet de ce que mon argent peut acheter. Des milliards, dit-il d'une voix chargée de dégoût. Et je suis incapable de la récupérer.

Il bouge, se hissant sur un coude, le visage hagard.

— Crois-tu que ça ne me tue pas d'avoir un problème que je ne peux résoudre ni avec mon esprit ni avec mon argent ? Que je n'ai rien à quoi me raccrocher. Rien que je puisse faire. Rien que je puisse arranger. Comment veux-tu que je vive avec ça, Nikki ?

Sa gorge frémit quand il ravale les larmes qui l'étouffent.

— Nikki, dit-il.

Mon cœur se brise.

— Je ne crois pas que je puisse...

— *Si.*

Je tends les mains pour prendre la sienne. Je songe au scalpel. À ce que j'ai surmonté. Nous avons survécu à tellement d'épreuves.

— Nous allons réussir.

Je le regarde dans les yeux et sa bouche rencontre la mienne. Je glisse mes doigts dans ses cheveux et je tire pour le rapprocher. Nos langues tournoient dans un baiser enflammé, éperdu. Nous en avons besoin. Tous les deux. De chaleur. De passion. De fougue.

Nous devons consumer notre peur. Repousser les ténèbres. Nous n'y survivrons pas l'un sans l'autre, et tous deux, nous avons besoin de prendre et de donner.

— Je ne peux plus attendre, dit-il en s'écartant pour déchirer mes vêtements. Nikki, je ne peux plus attendre.

— Je sais.

Je repousse ses mains avec vigueur et je me déshabille tandis qu'il retire ses propres vêtements, se débarrassant de son jean par un dernier coup de jambe.

Je l'empoigne aux épaules et je l'attire sur moi en m'allongeant sur le lit, puis je ramène mes genoux contre ma poitrine.

— Dépêche-toi.

Il ne s'agit pas de faire l'amour. Ce n'est que du sexe. Une connexion.

Le besoin, la peur, le sentiment de perte et l'évasion.

L'évasion. Oui, en ce moment, c'est exactement ce que j'attends de Damien et je gémis de frustration quand il prend son temps au-dessus de mon corps, son sexe entre mes jambes, mais pas encore à l'intérieur. Je le supplie :

— S'il te plaît. Prends-moi. Prends-moi de toutes tes forces.

Pendant une seconde, il me regarde. Puis il m'agrippe les hanches et me tire sur le lit. Je tressaille lorsqu'il me retourne et m'ordonne de me mettre à quatre pattes, la tête basse, le front contre le matelas.

Il est derrière moi, ses mains sur mes seins. Sa poigne est si forte que c'est presque douloureux, et je ferme les yeux pour m'abandonner au contact de sa peau. C'est exactement ce que je veux. Qu'il se serve de moi. Que je lui appartienne.

Il effleure mon sexe du bout des doigts pour me préparer avant d'enfoncer sa queue au plus profond. L'instant d'après, il est penché sur mon corps, le torse contre mon dos, et il me pénètre avec violence, ébranlant tout le lit qui heurte le mur et résonne sans doute dans toute la maison. Mais je m'en fiche.

C'est ce dont j'ai besoin. Une envie irrépressible.

Ça. Cette connexion. C'est ce qui me donnera la force de survivre. Je le sais. Et Damien aussi le sait.

Ses doigts caressent mon clitoris à chaque coup de reins. Nous sommes tellement connectés que je sens chaque spasme de son corps. Chaque soupçon de tension lorsqu'il se rapproche de l'extase. De l'explosion.

— Nikki.

Il gémit mon nom et sa main libre se referme autour de mon cou tandis qu'il me laboure, de plus en plus fort, jusqu'à ce que je ne puisse plus savoir où je finis et où il commence. Jusqu'à ce que je ne sois plus qu'un mélange volatile de plaisir et de douleur, au bord de la combustion.

Enfin – oh, mon Dieu, enfin – l'explosion survient, avec violence et intensité, absolument parfaite. Mon corps tremble, mes muscles se contractent autour de lui, l'attirant encore plus profondément jusqu'à ce que je sente une contraction parcourir son corps. En criant mon prénom, il explose en moi, puis il s'effondre sur le côté. Il m'attire contre lui et m'étreint avec force.

Je me retourne pour le regarder. Mon souffle s'accélère, mon cœur bat plus vite.

Mon corps commence à refroidir et je retrouve ma santé mentale.

En même temps, la réalité s'installe. Ces quelques minutes d'oubli sont balayées quand Anne retrouve sa place dans mon esprit.

À présent, je suis plus forte, mais mes pensées dérivent sur tout ce que nous avons. Et sur tout ce que je ne pourrais jamais supporter de perdre.

— Damien, murmuré-je.

— Je sais, répond-il. Nous allons...

Il roule sur le côté et plonge sur le sol. Je me redresse d'un bond, ramenée à la réalité par la sonnerie du téléphone.

Damien arrache le téléphone de la poche arrière de son jean froissé. Au même moment, quelqu'un frappe contre la porte fermée.

— Répondez ! crie Ryan pendant que je me rhabille à la hâte. Nous sommes prêts !

Après un bref coup d'œil dans ma direction, Damien appuie sur le bouton et met son interlocuteur sur haut-parleur.

D'abord, il n'y a rien. Puis les mots se font entendre, prononcés d'une voix grésillante, modifiée :

— *Vous voulez revoir votre fille ?*

CHAPITRE VINGT-TROIS

— Que voulez-vous ?

La voix de Damien est glaciale. C'est une exigence plus qu'une question.

Il est dans son élément maintenant, en contrôle. Autoritaire. Si le ravisseur était debout dans la pièce, je ne doute pas qu'il se plierait à la force de sa volonté.

Mais nous ne sommes pas dans la même pièce. Et tout ce que nous avons, c'est une voix trafiquée. Et les informations que l'équipe pourra tirer de son appel téléphonique.

— Deux millions de dollars, répond la voix mécanique. En petites coupures. Livrés ce soir. Dix-neuf heures.

— Il est presque dix-sept heures, objecte Damien. Je ne peux pas retirer une telle somme en si peu de temps.

— Foutaises. C'est de la petite monnaie pour vous. Je parierais sur la tête de ma mère que vous avez déjà cette somme au chaud depuis le début de l'histoire pour ce cas précis. Ne jouez pas avec moi, Monsieur Stark. Le perdant, ce ne sera ni vous ni moi. Ce sera votre petite fille.

Je tiens le bras de Damien et ma main se resserre. Le

ravisseur a raison à propos de l'argent. Damien s'est organisé pour qu'on lui livre cinq millions de dollars en petites coupures une heure après avoir appris l'enlèvement. La somme est stockée dans la buanderie depuis le début.

Damien regarde Dallas, qui hoche la tête.

— Je vais le faire, dit-il. Mais je veux parler à Anne. Je veux savoir qu'elle n'a rien.

— Je vous rappellerai.

Et *clic*, la ligne est coupée.

— Il a peur que nous retracions l'appel, dit Quincy.

— C'est possible ? demandé-je.

— En théorie, répond-il en haussant les épaules. Mais ce n'est pas de la théorie. Alors, non.

Je regarde Ryan comme pour exiger une explication.

— Il appelle forcément depuis un téléphone à carte, précise Ryan. Et il rappellera avec un autre. Si nous avions le temps, nous pourrions trianguler l'emplacement du téléphone, mais il ne restera pas assez longtemps en ligne pour nous permettre de le faire. Donc...

— C'est techniquement possible, mais pas jouable, dis-je. Je comprends.

— Gardez notre objectif à l'esprit, conseille Dallas. Il s'agit de retrouver votre fille. De l'argent en échange de l'enfant. Il y a une différence entre l'information que nous voulons et l'information dont nous avons réellement besoin. Pour le moment, nous devons parler à Anne. Nous devons savoir à quoi nous attendre.

Je hoche la tête.

— Et vous croyez qu'il fera réellement l'échange ? S'il disparaissait après avoir pris la rançon. Et si...

Mais je ne termine pas ma pensée.

Dallas s'approche et se campe juste devant moi.

— Ce n'est pas un film d'action. Dans le monde réel, il y

a très peu de kidnappings pour rançon. Et la plupart se terminent bien.

— C'est-à-dire ?

— L'enfant est rendu à sa famille.

— Et le ravisseur ?

— Parfois on l'arrête, parfois non. Mais restons concentrés sur Anne.

Il désigne ses yeux, puis les miens.

— C'est tout ce que nous devons regarder maintenant. Cette petite fille.

— Oui, dis-je en reniflant pour réprimer les larmes qui montent à nouveau.

Je croise le regard de Damien.

— Oui, c'est tout ce que je veux.

Le téléphone sonne et je sursaute. Ryan lève un doigt, puis il fait signe à Damien une fois que l'équipe est prête à enregistrer et à surveiller l'appel. Il répond sur haut-parleur.

— Maman ?

Mes jambes se dérobent et Jamie accourt.

— Anne, bébé. Je suis là. Papa aussi.

— Plus Némo.

Elle a une voix ensommeillée.

— La prochaine fois, les chatons.

Je dévisage Damien. Il a l'air tout aussi perplexe que moi.

Enfin, ça me revient.

— *Les Aristochats* ? C'est ce que tu veux ?

— *Risto*, dit-elle d'une voix toujours pâteuse. S'il te plaît, Maman.

— Tout ce que tu voudras, mon bébé.

J'ai du mal à parler à travers mes larmes.

— Maman et Papa t'aiment.

— T'aiment...

La communication est coupée.

— Il va rappeler, dit Quincy.

Cinq secondes plus tard, la sonnerie retentit.

— Qu'avez-vous fait à ma fille ? demande Damien sans préambule.

— Je lui facilite les choses, c'est tout. Un petit sédatif pour la calmer. Et beaucoup de dessins animés. Elle va bien. Vous devriez me remercier. Elle n'aura sans doute aucun souvenir de ce moment.

L'inquiétude froisse les traits de Damien.

— Vous droguez ma fille ? Sale fils de pute.

— Eh ! Je suis gentil. La gamine est détendue et elle ne se souviendra de rien. Vous la retrouverez bientôt, saine et sauve. Tant que vous coopérez.

Je me rends bien compte du contrôle qu'il exerce pour ne pas bondir dans le téléphone et étrangler ce type. J'éprouve la même chose. Il risque de lui donner des doses trop fortes. Elle pourrait faire une réaction. Tout pourrait mal tourner et...

— Ça va aller.

Jamie interrompt ma frénésie, les mains sur mes bras. Je ne m'étais même pas rendu compte que je faisais les cent pas.

— Ça va aller, répète-t-elle.

C'est ridicule, parce qu'elle n'en sait rien. Mais elle doit le croire. Et moi aussi.

Je me concentre sur ma respiration lorsque Damien s'approche de moi. Il m'attire à lui et je reste contre son corps. Tendus, nous écoutons les instructions que nous donne le ravisseur d'Anne.

— Deux millions. Deux valises à roulettes. Noires. Pas de systèmes GPS cachés. Pas de dispositifs de localisation. Vous emportez les valises à minuit et vous les laissez dans la laverie de l'hôtel Carousel Inn sur Lankershim, à Hollywood Nord. Utilisez un antivol et attachez-les à un tuyau. Fermez les valises à clé, aussi. Code 123. Compris ?

— Compris.

— Puis vous partirez.

— Et ensuite ?

— Dans cinq minutes. Je vous rappelle. Comme c'est excitant, vous ne trouvez pas ?

Une fois de plus, il raccroche.

— Non, dit Quincy en regardant Damien, avant de se tourner vers moi. Ce n'est pas une zone sous surveillance. C'est bien trop risqué.

Pendant un moment, je pense que Damien va objecter, mais il hoche la tête avec un soupir de soulagement.

Je fais les cent pas tandis que nous attendons le prochain appel. Quand je vois Evelyn gravir les marches, je me précipite vers elle pour l'un de ses câlins maternels dont j'ai désespérément besoin.

— Tu tiens le coup, Texas ?

— Je ne sais pas. Pour le moment, j'ai l'impression d'apprendre à marcher. Nous faisons un pas, puis un autre et encore un autre.

Elle désigne le groupe d'hommes et Jamie.

— Quelles sont les dernières nouvelles ? demande-t-elle avant de m'écouter. Quincy a raison. Faites ce que vous dit cet enfoiré. C'est jour de paye pour lui. C'est l'argent qu'il veut, pas Anne.

— Je sais.

C'est ce que je ne cesse de me répéter depuis le début de ce cauchemar.

Soudain, le téléphone sonne.

Damien attend le signal de l'équipe, puis il répond sur haut-parleur.

— À l'angle sud-ouest de Ventura et Laurel Canyon. Ta femme attendra. Elle doit y aller toute seule.

Je me fige, mon attention rivée sur le téléphone.

— De vingt-trois heures quarante-cinq à une heure du matin. Elle sera dans le viseur d'un tireur d'élite. Si j'apprends qu'il y a quelqu'un près de la laverie après le dépôt – même le plus petit soupçon que vous surveillez les valises ou que vous envisagez de suivre l'argent – elle recevra une balle dans la poitrine. Si tout se passe bien à la laverie, elle s'en sortira. Vous aurez récupéré votre fille demain matin. Mais si vous cherchez à me baiser à la laverie – si vous envoyez une policière au coin de la rue ou si personne ne se pointe –, vous ne reverrez plus jamais votre petite fille.

— Non, déclare Damien d'une voix faussement calme. Je vais le faire. J'irai au rendez-vous. Bon sang, vous avez déjà ma fille. Pas ma femme aussi.

Mais l'autre a déjà raccroché.

Il se tourne vers moi, les yeux hagards.

— J'irai, dis-je. Quel autre choix avons-nous ?

CHAPITRE VINGT-QUATRE

— Alors c'est comme ça, dit Jamie, les bras croisés autour de son buste. Je comprends pour l'argent, bien sûr, mais envoyer Nikki au coin de la rue comme une cible ambulante ?

Un frisson la saisit et elle resserre autour d'elle le pull ample qu'elle porte.

— C'est n'importe quoi.

— Ça ira, dis-je, satisfaite que ma voix ne tremblote pas.

J'ai peur, c'est indéniable. Mais la perspective de ne pas retrouver Anne me terrifie encore plus. Alors, je vais le faire.

Je croise le regard de Damien. Même si je vois ma propre peur s'y refléter, j'y découvre aussi de la détermination et une certaine résignation. Il sait aussi bien que moi que je n'ai pas le choix.

— Nous garderons un œil sur toute l'opération, dit Quincy en remontant le long de la table de réunion pour me rejoindre à côté de Jamie.

Damien se trouve derrière Denise, penché sur l'écran de son ordinateur. Je ne le vois pas, mais je sais qu'elle essaie d'analyser la voix. Elle essaie de supprimer la distorsion pour obtenir la vraie voix du ravisseur. Ce n'est pas gagné et personne ne s'attend à ce que cela fonctionne. Mais nous devons essayer.

À présent, Damien nous observe attentivement, dardant sur Quincy un long regard intense.

— Garder un œil sur elle ? Hors de question. Il a bien demandé que Nikki y aille seule.

— Elle sera seule.

À l'autre bout de la table, Ryan tapote un écran.

— La surveillance vidéo de la circulation. Et jusqu'à présent, nous avons piraté trois caméras de sécurité privée du quartier. Maintenant, cette zone est couverte à environ cinquante pour cent. À l'heure du rendez-vous, nous en aurons plus de quatre-vingt-dix. Nous garderons l'œil sur toi, Nikki. Nous serons avec toi.

Ils ne seront pas là et je le sais bien. S'il m'arrive quelque chose, même l'hélicoptère et les hommes au bout de la rue ne pourront pas réagir à temps. Malgré tout, savoir qu'ils me verront en action me réconforte.

Evelyn est assise au bord du canapé. Elle nous écoute sans en perdre une bribe. À présent, elle se lève lentement. Elle a l'air encore plus fatiguée que jamais, toute retournée. En fait, je dois être exactement comme elle.

— C'est bien joli, dit-elle. Mais une fois que nous aurons récupéré Anne, comment retrouverons-nous ce fils de pute ?

Dallas se tourne vers le groupe. Il prend le temps de regarder tout le monde dans les yeux avant de répondre :

— Nous ne le retrouverons peut-être pas, dit-il d'une voix atone.

Il passe les doigts dans ses cheveux en bataille.

— Nous préférons jouer la sécurité. Cette opération a pour objectif de ramener Anne. C'est notre but premier. Notre cible. Cette fillette, saine et sauve. Et pour cela, nous devons respecter les règles. Bien sûr, il cherche à protéger son identité.

Quincy acquiesce.

— Dallas a raison. Si le but était de capturer notre homme, nous opterions pour une tactique différente. D'ailleurs, même si le but était de le débusquer. Mais ce n'est pas le cas, cela augmenterait les risques. Alors, vous devez tous accepter la possibilité que ce fils de pute s'en tire. Nous ferons notre possible, mais je ne vais pas vous mentir.

Je hoche la tête. Pour le moment, la seule chose qui compte, c'est de retrouver Anne. Et je sais qu'une fois qu'elle sera en sécurité chez nous, toute la force de détermination de Damien et ses ressources traqueront cette ordure. S'il est possible de le retrouver, ils le retrouveront.

— Et maintenant, nous attendons jusqu'à ce soir, dis-je.

Ryan approuve.

— Oui, nous attendons.

— Et les suspects ?

La question vient de Moira, qui se tient sous l'arche entre le séjour et les chambres. Elle désigne le couloir d'un mouvement de tête.

— Lara dort. Gregory est là-bas avec elle.

— C'est une bonne question, dis-je, mon regard alternant entre Damien et Ryan. Que savons-nous ?

— Nous surveillons toujours Marianna, dit Ryan. Elle ne s'éloigne pas de chez elle, mais elle a acheté un téléphone à carte hier. L'employé du magasin nous a dit qu'elle en achetait régulièrement. Ce n'est pas une preuve. Rien de compromettant. Mais c'est louche et nous la surveillons.

— Et Éric ? demandé-je, le ventre noué. Quelque chose ?

— Nous avons confirmé qu'il avait des problèmes financiers. Il est à court d'argent. Ce pourrait être une raison suffisante. Mais il a passé les derniers mois à Austin et notre coupable a eu le temps d'observer cette famille, d'apprendre ses habitudes et ses rituels. À moins qu'il travaille avec quelqu'un – et ce n'est pas à exclure –, il est sans doute ce qu'il prétend être, un type qui cherche à récupérer son ancien poste. Mais nous le surveillons quand même.

— *Abby*, dis-je, soudain frappée par la panique.

Évoquer Éric m'a fait penser à elle.

— Les nouveaux bureaux. Les entretiens d'embauche. Merde.

Je m'éclipse dans la cuisine pour discuter avec elle sans qu'elle entende le brouhaha qui m'entoure. Je la prends au dépourvu, mais elle accepte de superviser l'aménagement et les entretiens en faisant appel à Travis si nécessaire. Je réprime un sourire en me demandant si cette mission conjointe les rapprochera.

— Au fait, Brian Crane a annulé son entretien.

— Oh.

Je songe à Brian. À Carl Rosenfeld. Et je me demande si Carl peut avoir une dent contre Damien et moi au point de s'en prendre à notre fille.

— Merci de me prévenir, dis-je en me promettant de transmettre l'information à l'équipe. Et merci de tout gérer.

— C'est le rôle des associés, répond-elle. Aider dans les petites urgences de la vie.

Elle se racle la gorge pour ajouter :

— Tu peux me dire ce qui se passe, tu sais.

Non. Je ne peux absolument pas.

— Je te raconterai tout quand je te verrai.

Quand Anne sera saine et sauve.

— Appelle-moi en cas de besoin, lui dis-je.

Dieu sait que je ne m'éloigne pas du téléphone.

Nous raccrochons et je retourne au centre de commande avant de m'arrêter net. Ollie est là, adossé d'un air nonchalant contre le dossier du canapé. Les yeux plissés, il observe les ordinateurs, téléphones et autres gadgets électroniques.

Jamie est avec lui, souriante, et je traverse la pièce au pas de course pour le serrer contre moi.

— Tu as accepté le polygraphe, dis-je en l'attirant contre moi.

Puis je lui donne une tape sur l'épaule.

— Tu as fait l'idiot en refusant, même si d'après moi, ce n'était pas urgent.

— Il n'a pas passé le test.

Damien est derrière moi. Il pose les mains sur mes épaules. Il se rapproche et enroule les bras autour de ma taille. C'est une façon silencieuse de marquer sa possession. Et de montrer à Ollie que je lui appartiens.

J'esquisse un sourire désabusé. Je me demande bien pourquoi il laisse Ollie tranquille, mais je constate que la situation revient peu à peu à la normale.

Soudain, je prends pleinement conscience de ce qu'a dit Damien et je tourne la tête vers lui.

— Pas de détecteur de mensonges ? Pourquoi ?

C'est à Ollie que j'ai posé cette dernière question et il hausse les épaules.

— Ton mari ne m'a rien dit. Décidément, il ne me tient jamais au courant de rien.

— Ça ne m'a pas semblé nécessaire, dit Damien. Il n'a pas refusé le polygraphe parce qu'il était lié à la disparition d'Anne. Il l'a refusé parce qu'il ne veut pas que nous sachions qu'il travaille pour le FBI.

— Mais enfin ? se récrie Ollie. Qui vous a dit ça ?

Damien lui adresse un grand sourire.

— Toi.

— Ça m'étonnerait.

Ollie se lève d'un bond.

— Et alors, putain ? Si c'était vrai, ce serait un secret. Et tu viens de l'annoncer à toute la salle ?

— C'est toi qui l'as annoncé, dit Damien en s'éloignant dans la cuisine.

Ollie me regarde, mais je ne peux que hausser les épaules, tout aussi hébétée que lui.

— Putain ! lâche-t-il avant de suivre Damien.

Moi aussi, je les accompagne. Ainsi que Jamie, Ryan, Quincy, Dallas et Charles Maynard.

Damien est là. Il verse du café dans une tasse.

— Pour l'amour du Ciel, Damien, dis-je lorsqu'il me la tend. Mais qu'est-ce qui t'a pris ?

— Demande à ton ami.

— Je n'en sais rien, rétorque Ollie. Le FBI ? Je n'ai jamais dit ça, et je l'ai encore moins annoncé au monde entier.

Damien se sert une tasse et va s'asseoir à la table. Il baisse les yeux sur le journal, sans doute déposé là par Gregory. Puis il me regarde, boit une gorgée de café et repose sa tasse.

— Tu nous l'as dit en arrivant. Quand tu nous as sermonnés parce qu'on gérait un enlèvement sans avoir contacté la police ni le FBI. Comment le saurais-tu si tu n'étais pas directement concerné ?

Il désigne la cafetière en ajoutant :

— C'est à la noisette. Sers-toi.

Les épaules basses, Ollie se dirige vers le plan de travail et se verse un café. Jamie et moi, nous ne le quittons pas des yeux, encore sous le choc.

— Au moins, je comprends mieux pourquoi tu as quitté la boîte, observe Maynard. Comment ça se fait ?

— Je ne peux rien dire, alors s'il vous plaît, n'insistez pas.

Il me regarde tout en parlant. Je suis certaine qu'il

m'envoie un message silencieux. Il nous expliquera tout, à Jamie et à moi, le plus tôt possible.

— Très bien, dit Damien. Alors, je suppose que je ne suis plus sur le radar du FBI ? Et que tu n'es pas en manque d'argent ?

— Attendez, dis-je. Le FBI te surveillait ? Pourquoi ?

Damien hausse les épaules.

— Demande-lui. Moi, je ne fais que des spéculations.

Ollie se frotte l'arête du nez. Il a l'air tellement frustré que j'ai presque pitié de lui. Même si, de toute évidence, il était impliqué dans une enquête visant Damien.

— D'après ce que je sais, tu n'es plus surveillé, déclare Ollie à contrecœur. Tu es toujours un connard, mais un connard foutrement malin.

L'expression de Damien ne change pas, mais je vois un soupçon d'humour danser dans ses yeux.

— À moi aussi, ça me fait plaisir de te revoir, Ollie.

— Merci, dis-je à Damien un peu plus tard, une fois que Jamie et moi avons accaparé Ollie pour des retrouvailles chaleureuses.

Nous lui avons promis de ne pas l'interroger sur ses secrets. En tout cas, jusqu'à ce qu'Anne soit rentrée et que toute l'affaire retombe. Maintenant, il est avec Moira dans la chambre de Lara. Il lui lit une histoire. Moi, j'ai retrouvé Damien dans la chambre.

— Je n'allais pas le laisser enfermé dans une chambre après avoir découvert le pot aux roses.

Il est assis au pied du lit. Debout à la fenêtre, je contemple le ciel à présent obscur.

Je me retourne pour le rejoindre. Je l'enfourche sur le lit et je le repousse jusqu'à ce que son dos touche le matelas. Mes mains lui retiennent les poignets. Je sens son corps bouger, se contracter sous le mien – l'excitation, la peur et l'envie pêle-mêle.

— Je t'aime, dis-je avant de l'embrasser tendrement.

Le contact de ses lèvres m'enflamme. J'ai envie de ses caresses et de l'oubli qu'elles m'apporteront.

— Il ne nous reste que quelques heures, dit-il, les mains sur mon visage pour me maintenir en place. Je ne veux pas que tu y ailles.

— Tout va bien se passer.

Mais les trémolos de ma voix me trahissent.

— Oui, répond-il avec ferveur. Pour toi comme pour Anne.

Je lui avoue que j'ai peur.

— Je sais, répond-il.

Je ravale mes larmes.

— Fais-moi oublier, Damien. Je t'en prie. Pendant un moment, fais-moi oublier.

Et heureusement, Damien m'attire contre lui et le monde disparaît.

———

À chaque voiture qui passe, je me demande si le ravisseur est au volant.

Chaque minute qui passe, je me demande s'il a récupéré l'argent à la laverie. S'il a libéré ma fille.

Je me demande si elle est joyeuse, en train de regarder des dessins animés. Si elle pleure pour avoir sa sœur. Sa maman. Son papa.

Je me demande si elle comprend ce qui se passe et je prie pour qu'elle ne sache rien. Qu'il n'y ait pas de peur. Qu'elle n'en garde aucune cicatrice. Aucun mauvais souvenir. Aucun cauchemar.

Lara croit qu'Anne est chez Tante Sylvia. Pour le moment, c'est mieux comme ça. Nous nous inquiéterons de la vérité quand il sera temps de l'affronter.

Quand elle sera rentrée.

Pitié. Pitié, pourvu qu'elle rentre vite.

Je resserre mon imperméable autour de moi et je fais les cent pas dans mon coin. Nous sommes en pleine nuit, mais avec la lumière ambiante des immeubles voisins, je n'ai aucune difficulté pour voir les environs, malgré la pluie légère qui s'est mise à tomber. Je regarde la caméra de surveillance en me demandant si Damien me voit. Je l'espère. Il a dû déposer l'argent il y a presque une heure. À présent, il est bientôt une heure du matin.

Ma longue attente touche à sa fin.

Pendant un bref instant, nous avons pensé me laisser mon téléphone ou une oreillette pour me permettre de communiquer. Après tout, il ne l'a pas interdit.

Mais nous avons rejeté cette idée, contre le gré de Damien.

— Il veut que je sois sans défense, dis-je. C'est le but. Il ne veut pas que je puisse parler aux miens.

— Je veux que tu sois en sécurité, a rétorqué Damien.

— C'est d'Anne que nous devons nous inquiéter. Et nous allons suivre les règles. Même celles qu'il a oublié de nous imposer.

Je crois qu'il aurait pu émettre d'autres objections, mais Quincy a posé une main sur son épaule.

— Ça va aller, vieux. Elle a raison. Tu le sais bien.

Sur le moment, je me suis sentie écoutée. Maintenant, je me sens seule.

Le ravisseur a dit que je devais rester jusqu'à une heure du matin, mais j'ai insisté pour que Damien ne vienne pas me chercher avant une heure quinze. Pour plus de sûreté.

Je consulte ma montre. Minuit cinquante-sept.

Je fais quelques pas de plus en levant les yeux vers les toits environnants. Y a-t-il vraiment un tireur d'élite caché là-haut, ou est-ce seulement une ruse ?

Je pencherais pour cette dernière option – c'est plus probable. Mais ce n'est pas une théorie que j'ai envie de tester.

D'autres pas. Une autre inspection des environs. Un autre coup d'œil à ma montre.

Une heure.

Je pousse un soupir de soulagement, puis de contrariété. Maintenant que le temps imparti est écoulé, je n'ai plus envie d'être ici.

Pourtant, c'est moi qui ai établi les règles, et si Damien a protesté au début, il s'est plié à ma demande. Je passe donc quinze minutes interminables à aller et venir sur le trottoir. Enfin, j'entends le grondement d'une Ferrari. Elle ralentit à côté de moi sur la chaussée mouillée.

Je monte en voiture et il me prend la main avant de m'attirer dans ses bras. Je m'abandonne dans son étreinte, bercée par le rythme régulier des essuie-glaces.

— Du nouveau ? demandé-je.

Je sens qu'il secoue la tête.

— Rien, dit-il en me lâchant pour passer une vitesse. Dallas et Quincy disent que nous n'aurons aucune nouvelle avant demain matin.

J'acquiesce, engourdie, et je referme les bras autour de moi. Je sais que nous ne sommes pas dans un film d'action de Lyle, mais la lenteur de l'opération et son incertitude me pèsent.

Nous gardons le silence pendant le trajet, chacun perdu dans ses propres craintes. Il est près de deux heures lorsque nous arrivons, mais à l'intérieur, c'est toujours l'effervescence. Jamie est assoupie sur le canapé, et en débouchant sur le palier en haut des marches, je vois Ryan étendre une couverture sur elle.

Damien me serre la main, puis il s'éloigne vers la table de réunion pendant que je tourne à droite en direction de la cuisine. Et surtout, de la cafetière.

Quelqu'un a préparé du café. Quand je contourne l'angle du mur, je prends une grande inspiration. Incapable de retenir un petit cri de stupeur, je m'arrête net.

— *Oh*.

Sofia lève les yeux vers moi. Elle est en train de déposer plusieurs tasses pleines de café sur un plateau.

— *Oh*, dit-elle à son tour, comme par mimétisme.

Pendant un moment, nous nous regardons dans les yeux. Elle a pris du poids et ça lui va bien. Autrefois, elle était bien trop maigre, comme si ses problèmes la rongeaient. Maintenant, elle a des formes et son visage rayonne de santé. Elle porte une tresse haute, avec quelques perles colorées dans les cheveux. Elle écarquille les yeux dans un mélange de peur et d'étonnement.

— Je... je suis désolée, dit-elle.

Je sais qu'elle ne parle pas du fait qu'elle est sortie de sa chambre. Quand Damien a libéré Ollie, je lui ai dit qu'il pouvait aussi laisser sortir Sofia. Après tout, elle s'était soumise au détecteur de mensonges. Il n'y avait aucune raison de la garder prisonnière. Aucune raison, si ce n'est pour l'éloigner de moi.

— C'est bon, lui dis-je.

Je ne le pense pas vraiment, bien sûr, c'est une formule de politesse. Mais à vrai dire, je suis trop lasse et trop tendue pour faire semblant.

— Tu t'es montrée correcte avec moi, il y a deux ans, quand nous avons ramené Lara à la maison. Et puis, tu as commencé à fouiner ? Bon sang, que voulais-tu que je pense ? Et d'ailleurs, toi, à quoi pensais-tu ?

Elle secoue la tête.

— Je ne sais pas. Je pensais seulement à Damien.

Elle hausse une épaule.

— J'avais besoin d'aide. C'est vers lui que je me suis tournée.

— C'est mon mari.

J'entends presque la férocité dans ma voix.

— C'est mon ami.

Dans la sienne, il y a tout autant de force.

— Tu as essayé de me faire du mal, dis-je sèchement.

Elle cligne des paupières et une larme roule sur sa joue.

— C'était avant. Je le jure, je vais mieux maintenant. Je souffrais, c'est tout. Le bébé. Je...

Elle avale sa salive et conclut :

— Je souffrais trop.

Et merde. Je comprends sa douleur, surtout vis-à-vis de l'enfant. Mais je comprends aussi la peur et l'instinct de conservation, et avec Sofia, je serai toujours sur mes gardes.

Pourtant, elle a raison. Dans un certain sens. Et je sais qu'une partie de Damien lui appartiendra toujours, aussi douloureux que ce soit pour moi.

Je m'approche d'elle, je prends l'une des tasses et je recule d'un pas. Elle me regarde avec méfiance, mais elle ne bouge pas.

— La prochaine fois, lui dis-je, passe par la porte d'entrée.

Sur ce, le cœur battant la chamade, je lui tourne le dos et je retourne au centre de commande.

CHAPITRE VINGT-CINQ

Je suis terrassée par la fatigue. Mes paupières sont lourdes et mes muscles protestent. J'ai à peine fermé l'œil depuis le début de ce calvaire et les quelques minutes que j'ai prises n'avaient rien de reposant, troublées par des cauchemars.

J'ai à la fois chaud et froid. Une boule me noue le ventre, qui brûle comme sous l'effet de l'acide.

Je suis un mort-vivant, à peine capable de fonctionner correctement, si épuisée que ma vue se brouille.

Mais je ne peux pas dormir.

Je ne supporte plus d'aller au lit, loin de tous ces gens qui œuvrent pour me ramener ma fille, loin du téléphone qui nous dira où la retrouver. Et j'ai eu beau essayer de fermer les yeux sur le canapé du salon, le sommeil se dérobe à moi.

— Tu devrais prendre ça, me dit Damien en me tendant un petit cachet.

Je secoue la tête. Je ne peux pas prendre le risque de ne pas me réveiller le moment venu. Je ne peux pas rater une seule seconde à ce que l'on va nous dire au sujet de mon bébé.

La nuit passe sur nous comme un troll au ralenti, lourd, gris et plein de danger. Et je n'éprouve aucune joie en voyant le soleil se lever, comme je l'ai vu si souvent depuis mon balcon, ses couleurs discrètes teintant à nouveau le monde. Aujourd'hui, cela signifie simplement qu'un autre jour est passé. Encore plus de danger. Encore plus de peur.

Et un peu moins d'espoir.

— Bébé, tu dois dormir, me dit Damien lorsque j'entre en titubant dans la cuisine.

— Et pas toi ?

Des cernes noirs apparaissent sous ses yeux et son splendide visage est tiré par le souci.

Il hoche la tête, en accord avec moi, et me tend une tasse de café. Je rencontre son regard, mais je crains trop d'éclater en sanglots et je détourne les yeux. Un bras se pose sur mes épaules et je lève la tête pour découvrir Evelyn.

— Viens, Texas. Tu ne peux pas dormir, mais tu peux toujours te reposer.

Elle me ramène dans le salon et je m'installe dans le canapé tandis que Damien va et vient le long de la table de réunion, les yeux rivés sur les écrans qui clignotent sous le regard attentif de la seconde équipe de sécurité de Ryan, en alternance avec la première.

Charles est parti en promettant de revenir au plus vite. Sofia dort sur une chaise longue, sur la terrasse. Ollie est penché sur son ordinateur portable, Dallas derrière lui. Il désigne quelque chose sur l'écran.

Bien qu'ils soient tous très occupés, nous n'avons toujours aucun signe de ma fille. Et pourtant, le ravisseur a obtenu son argent.

Je tourne la tête pour parler, mais Evelyn me caresse les cheveux.

— Là, là, dit-elle. Ferme les yeux. Rien qu'un peu, Texas. Ferme les yeux.

C'est ce que je fais, pour les rouvrir aussitôt en entendant la voix de Ryan.

— Rien, dit-il en sortant de la cuisine.

Il regarde Quincy, puis Damien, puis Dallas.

— Foutue pluie, dit-il.

Je ne sais pas de quoi il parle, mais je suis trop fatiguée pour l'interroger.

Sans trop savoir comment, je vois l'après-midi succéder au matin. À quinze heures, nous sommes toujours sans nouvelles d'Anne. Et quand l'horloge sur le manteau de la cheminée tinte pour annoncer seize heures, je me précipite dans la salle de bain où je vomis du café et de la bile.

Damien arrive derrière moi et il écarte les cheveux de mes yeux tout en me berçant avec tendresse. Il prend un gant et m'essuie délicatement le visage. Agrippée à lui, éperdue et déboussolée, je suis secouée de sanglots.

— Il... il aurait dû a... appeler maintenant...

Mes mots se mêlent aux pleurs et aux hoquets.

— Il ne... ne veut pas la... la garder. C'est trop d... dangereux.

Je ferme les yeux en m'efforçant de chasser ces atroces pensées. Mais elles ne cessent d'affluer. Elles tournent dans ma tête, un film d'horreur en avance rapide.

— Il lui... lui a fait du mal. Je le sais. Mon bébé. Damien, il a fait du mal à notre bébé.

— Non, dit Damien en m'inclinant le menton pour me regarder dans les yeux. Non, ma chérie. Non.

Mais en dépit de son assurance, je vois bien la peur dans son regard et mon sang se glace.

— Viens, dit-il en m'aidant à me lever.

Puis il me soulève et je m'accroche à lui tandis qu'il me

conduit jusqu'à notre lit. Il me borde sous la couverture. J'ai apporté un jouet d'Anne dans la chambre hier, un lapin violet tout mou, et je me pelotonne en le serrant contre moi. J'imagine que c'est son odeur de bébé que je sens en enfouissant mon visage dans la fourrure douce et pelucheuse.

Le matelas s'enfonce à côté de moi quand Damien s'y installe. Sans rien dire, il me caresse les cheveux. Ses attentions silencieuses m'accompagnent et je finis par lâcher prise. L'épuisement prend le dessus et je sombre dans les ténèbres accueillantes.

Je suis presque endormie quand j'entends de petits coups légers contre la porte. J'ai envie de rouler sur le côté pour voir de quoi il s'agit, mais je n'y arrive pas. On dirait que je sors d'une anesthésie. Je suis intensément consciente de ce qui m'entoure, mais je suis incapable d'ouvrir les yeux.

— Du nouveau ? chuchote Damien.

— Toujours rien du côté d'Anne.

Je reconnais la voix de Ryan, à peine perceptible.

— Et la laverie ?

— Non. Comme on le craignait, la pluie a tout fait foirer. Comme le dispositif est étanche, on se disait que ça fonctionnerait, mais au bout d'un kilomètre, tout était noyé. Impossible de le localiser.

Impossible de le localiser.

Ces mots tourbillonnent dans ma tête, de plus en plus forts.

Impossible de le localiser.

Le localiser.

Localiser...

Enfin, le déclic s'opère et je me redresse. Ryan est parti, mais Damien est toujours dans la chambre, debout devant la fenêtre. Il contemple l'océan en contrebas.

— Bon sang, qu'avez-vous fait ?

Ma voix est rauque et il se retourne, les sourcils froncés, comme s'il avait du mal à comprendre mes paroles.

— Vous lui avez mis une puce GPS ? Il vous avait interdit de le faire. Il avait dit qu'il lui ferait du mal.

Ma peur s'emballe et la colère se change en fureur. La peur se change en terreur.

— Ce n'est pas une puce GPS. C'est un autre dispositif.

— Un dispositif, dis-je froidement.

Il parle avec calme, mais ses paroles n'ont aucun sens. J'ai entendu ce que j'ai entendu, et Ryan a bien parlé de localisation.

— Bon sang, qu'est-ce que ça signifie ?

— Que nous avions un moyen – un moyen sans risque – de le retrouver. Un moyen de localiser le fils de pute s'il ne la libérait pas.

Je bondis hors du lit, poussée à l'action par la force de l'horreur qui déferle à travers moi.

— C'est de la folie. Damien, bon sang, qu'avez-vous fait ? Sans risque ?

Ces mots me paraissent ridicules.

— *Sans risque* ? Si c'était sans risque, elle serait avec nous. Nous l'aurions récupérée.

Mes jambes m'abandonnent quand la signification de mes propres paroles me percute de plein fouet.

— Oh, mon Dieu. Damien. Notre bébé. Ma petite Anne. Qu'as-tu fait ?

Je rejette la tête en arrière et je regarde l'homme que j'aime. L'homme en qui j'avais confiance.

— Putain, qu'est-ce que tu as fait ?

Il ferme les yeux et je comprends que, lui aussi, il a peur.

— Va-t'en, dis-je.

— Nikki, je t'en prie.

— Bon sang, Damien. J'ai envie d'être seule. S'il te plaît.

Je lui lance le lapin en peluche.

— S'il te plaît, laisse-moi tranquille.

Il me dévisage, hésitant à me laisser toute seule. Mais il finit par hocher la tête et il ouvre la porte.

— Je suis là si tu as besoin de moi.

— Je n'aurai pas besoin de toi, dis-je d'une voix inaudible, caverneuse.

Il s'en va et je me précipite vers la porte pour la fermer à clé derrière lui. Puis je me laisse tomber par terre, adossée contre la porte, les yeux clos. J'attends les larmes. Une cascade de larmes. Mais rien ne vient. Je suis essorée. Vidée. Mon ventre brûle de terreur, de colère et de trahison.

Mais j'ai besoin de me soulager. J'en ai besoin autant que de respirer. Je m'étouffe dans ma douleur. Je suis perdue dans un cauchemar. Et j'ignore comment en sortir. Je ne trouve aucune échappatoire.

Sauf une.

Les yeux fermés, j'essaie de me couper de cette vérité qui m'accable, mais c'est impossible. Tout est si simple. Si limpide. Si facile.

Une dérobade toute tracée. Un moyen de revenir à moi. De retrouver le contrôle dans un monde qui m'échappe. Parce que si je ne m'en saisis pas tout de suite, je risque de dériver si loin que je ne retrouverai jamais le chemin du retour.

Fébrile, je m'approche à tâtons du dressing et je tire vivement la porte. J'ouvre mon tiroir à sous-vêtements avec une telle brutalité qu'il se détache, répandant mes culottes sur la moquette. Et là, dans une mare de coton et de satin, je retrouve l'étui en cuir. La dernière fois, je l'ai évité. Mais maintenant, c'est ma planche de salut.

Au désespoir, j'ouvre l'étui, sans écouter cette petite voix dans ma tête qui cherche à m'en dissuader. Qui me dit que je le regretterai. Je la fais taire et je fonce tête baissée. Je sais ce dont j'ai besoin. Ce que je veux.

Je sais ce qui me ramènera à moi.

Avec une grande inspiration, je dégage le scalpel. J'ai enfilé un pantalon de yoga après mon aventure dans la rue, et maintenant, je le baisse avant de le jeter dans un coin. Comme je ne portais pas de culotte, je me retrouve nue à l'exception de mon débardeur. Je plie le genou, étirant la peau de ma cuisse. Le relief de mes cicatrices apparaît, boursouflé et blanc, moucheté de rose.

Bientôt, il y aura aussi du rouge.

Je prends la lame et j'appuie la pointe sur ma peau. Je n'hésite qu'un bref instant. J'en ai besoin. Bon sang, j'en ai besoin si je veux survivre à ce qui m'attend. Si je veux survivre aux mauvaises nouvelles.

Maintenant.

La pression est familière. Je dois appuyer plus fort qu'on pourrait le croire pour entamer la chair, et cette première incision me procure une intense satisfaction, le plaisir sensuel qui accompagne la douleur, qui déferle à travers moi quand j'enfonce la lame pour obtenir cette douce délivrance. J'ai quelque chose à quoi me raccrocher, à quoi ancrer mon contrôle.

Cinq millimètres. Dix.

Je m'arrête, la main tremblante. Je me persuade que je veux continuer, et pourtant je suis incapable de détacher les yeux de cette ligne de sang. À présent, ma peau palpite, comme chauffée à blanc. Je me dis que j'ai envie de continuer. Que j'en ai *besoin*.

Je me dis que la douleur est une ancre. Qu'elle me ramènera à la réalité. Que c'est la clé secrète qui m'aidera à tout surmonter.

C'est ce que je me dis, mais ça ne fonctionne pas.

Ça ne m'aide pas.

J'inspire péniblement. Ce n'est pas ce que je veux. Ce n'est pas ce qu'il me faut.

C'est de Damien que j'ai besoin.

Mais il n'est pas là.

Pire encore, c'est à cause de lui que je suis dans mon dressing, une lame à la main et une blessure sur la cuisse.

J'inspire et change de position. À présent, je suis à genoux. Je me penche en avant et pose les deux mains à plat sur le tapis en sanglotant. Mes larmes coulent le long de ma jambe, se mêlant au sang qui ruisselle sur ma cuisse.

— Nikki.

La voix de Damien est si basse que je crois l'avoir imaginée.

— Nikki.

Elle est un peu plus forte et je tourne la tête pour le découvrir devant la porte du dressing.

— Je suis désolé, dit-il. Je suis vraiment désolé. Tu sais que je ne ferais jamais rien qui puisse la mettre en danger, qui lui fasse courir un risque.

Je tourne la tête vers lui et mon corps pivote en même temps. Dès l'instant où il voit le sang, je le sais. Cet instant précis où il comprend.

Son visage devient livide. Son regard dur.

— Nikki... Oh, mon Dieu, Nikki. Qu'est-ce que tu as fait ?

J'ouvre la bouche pour parler, pour lui dire que tout va bien, que je vais bien. Mais les mots ne viennent pas. L'instant d'après, il est à côté de moi et m'aide à me lever.

— Non, bébé, *non*.

Ses mains se referment sur mes bras et je sens la peur dans son haleine.

— Pas de lame, dit-il. Jamais de lame. Tu le sais. Nikki, tu le sais.

Je hoche la tête, mollement. Je ne me suis jamais tailladée depuis que je suis avec Damien, même si je m'en suis parfois dangereusement approchée. Maintenant, je vois l'épouvante sur son visage.

— Viens me voir, bon sang.

Sa voix est sèche, vibrante de peur. De détresse.

— Putain, Nikki, quand ça va mal, tu dois venir me voir.

Il se rend compte qu'il me secoue et il recule en prenant une inspiration.

— Nous devons mettre un bandage sur ta jambe.

— J'ai besoin de toi, dis-je à mi-voix quand il s'avance. Je suis folle de rage contre toi, mais merde, Damien, j'ai besoin de toi.

Avec un sanglot, je l'attire à moi et nous tombons ensemble contre l'îlot. Je referme ma bouche sur la sienne dans un baiser brutal qui fait perler le sang. J'ai tellement envie d'autre chose.

Je cherche le bouton de son jean et il me retourne brutalement. Je murmure un merci silencieux lorsqu'il fait passer mon débardeur par-dessus ma tête et l'abandonne par terre.

— Elle va bien, fait-il d'une voix grondante. Tout ira bien.

Je hoche la tête et les larmes dévalent mes joues.

— S'il te plaît ! supplié-je en écartant les jambes, laissant ses doigts s'aventurer en moi. Baise-moi. Baise-moi fort.

Il me penche et le bord de l'îlot s'enfonce dans mes côtes. Quand il me pénètre, avec force et brutalité, je m'abandonne à la douleur qui accompagne chaque coup. C'est ce dont j'ai besoin. C'est ce que mon corps désire ardemment. Cette possession. Cette chaleur.

Damien.

Ses doigts jouent avec mon clitoris tandis que mes seins frottent la surface en granite. Je sens son corps se crisper et le mien l'accompagne. Quand il pousse un gémissement de plaisir, je jouis en même temps que lui. Nos corps explosent à l'unisson. Lorsque nos spasmes s'estompent, il m'attire sur la moquette et me serre dans ses bras. En m'accrochant à lui, je prends conscience qu'il tremble.

Il pleure en silence. Je me blottis contre son corps et je partage sa douleur, je l'absorbe. Maintenant, je me sens plus forte, à peine un peu plus forte. Je ne sais pas s'il pleure à cause de moi, d'Anne, ou s'il a simplement besoin de lâcher prise. Tout ce que je sais, c'est que nous sommes ensemble à présent, alors qu'avant, nous étions séparés. Je suis toujours furieuse. Blessée. Perdue. Mais je vais mieux. Et je crois que lui aussi.

Ses bras se resserrent autour de moi lorsqu'il se ressaisit enfin. Il plante son regard dans le mien et passe la main sous mon menton afin de me forcer à le soutenir.

— Plus jamais, dit-il avant de se lever pour récupérer la trousse de premiers secours.

Il en sort une petite bouteille d'eau oxygénée et il nettoie la plaie, puis il y applique un bandage.

— Plus jamais.

— Jamais, répété-je. Jamais avec une lame.

Il me dévisage comme pour essayer d'interpréter mes paroles. Mais il sait très bien ce que je veux dire. J'aurai toujours besoin de la douleur. Ce besoin fait partie de moi. Et si je ne me tourne pas vers une lame, je me tournerai vers Damien.

Il acquiesce et, une fois de plus, m'enlace avec ferveur.

Nous sommes calmes maintenant, loin de la frénésie qui

s'est emparée de nous il y a quelques instants. Loin de l'âpreté, loin du besoin bestial.

Cela ne signifie pas que tout va bien. Nous vivons toujours un enfer, tous les deux, mais au moins, nous sommes ensemble.

— Nikki !

La voix de Jamie retentit dans le couloir. Elle cogne contre la porte que Damien a dû refermer à clé derrière lui.

— Nikki ! Damien ! Elle va bien ! Venez vite ! Anne est saine et sauve !

CHAPITRE VINGT-SIX

Je me réveille en sentant le soleil par la vitre, ma fille cadette blottie entre mon dos et le torse de Damien, l'aînée roulée en boule à nos pieds, où elle atterrit souvent quand elle passe la nuit dans notre lit.

Pour la première fois depuis ce qui me semble être une éternité, je me sens fraîche et dispose. Je souris en roulant sur le côté et je surprends le sourire de Damien.

— Elle va bien, me dit-il, en réponse à une question que je n'ai pas posée.

Je passe la main dans ses boucles blondes et je hoche la tête.

— Oui. Elle va bien.

En fait, le ravisseur l'avait libérée depuis le matin. Peu après huit heures, il l'avait déposée dans l'une des nombreuses crèches publiques de la ville en prétendant qu'elle s'appelait Nicholas Starkey et qu'il la laissait pour la journée parce qu'il avait de nombreuses réunions d'affaires.

Il y a des caméras de surveillance dans ces crèches, mais comme ils sont arrivés à pied, aucun véhicule n'a stationné dans le parking. Il portait une casquette de baseball qui dissimulait la majeure partie de son visage. Les vidéos ont révélé une moustache et une barbe – un déguisement, selon toute probabilité. À cause de l'angle des caméras, rien d'intéressant n'a pu être relevé.

D'après le personnel de la crèche, Anne semblait un peu groggy au début – plus tard, on nous a confirmé que c'étaient les effets du sédatif. Quand elle a fini par se réveiller pour de bon, elle a réclamé sa mère, son père et sa sœur.

Enfin, à l'heure de la fermeture, l'homme barbu n'était toujours pas revenu la chercher. C'est à ce moment-là qu'ils ont vérifié les documents et appelé le numéro de référence. Notre numéro. Ryan a répondu et nous nous sommes empressés d'aller la chercher.

La crèche recevra un don généreux aujourd'hui.

Notre pédiatre est passé et il nous a confirmé qu'elle était en parfaite santé. Le sédatif ne faisait plus effet. Apparemment, Anne ne se souvient de rien. Enfin, à l'exception de Némo.

Maintenant, elle s'agite dans son sommeil et je tends la main vers Damien par-dessus son petit corps. Il baisse la tête. Son soulagement est tellement évident qu'il semble presque rayonner. Mais quand il me regarde à nouveau, un voile s'attarde dans ses yeux.

— Excuse-moi, murmure-t-il.

— Non, c'est moi qui me suis entaillée.

— Et j'en suis la cause.

Je me hisse sur un coude.

— Tu aurais dû m'en parler, lui dis-je. Ce dispositif que vous avez mis... tu aurais dû me dire la vérité.

Je secoue la tête et pousse un soupir de frustration.

— Mais peut-être... Oh, et puis zut. Je ne sais pas. Il l'a

libérée. Quoi que tu aies fait, il ne l'a pas gardée et il ne lui a fait aucun mal. Alors, je n'en sais rien.

— Je voulais – et je veux toujours – tuer ce fils de pute. Je voulais le retrouver pour toi. Le détruire pour nous. Pour Anne. Et pour mettre la main sur lui, j'étais prêt à tout. C'était un risque que je n'aurais pas dû prendre.

Il baisse les yeux vers ma jambe, cachée sous la couverture.

— Anne est peut-être saine et sauve, mais pas toi. Tu t'es mutilée à cause de moi. Et cette fois, je suis la raison pour laquelle tu as retourné une lame contre ta peau.

— Non, dis-je. Ce n'est pas toi. Ne te reproche pas mes faiblesses. Il n'y a vraiment aucune raison de t'en vouloir.

— Si, au contraire.

— Damien. Arrête.

Je crains qu'il ne proteste, mais il se contente de hocher la tête.

— Tu es merveilleuse.

Amusée, j'éclate de rire.

— Une merveilleuse loque.

Enfin, je lève les yeux au plafond et j'ajoute :

— En tout cas, ce que je suis t'appartient. À jamais. Quoi qu'il arrive.

— J'en remercie le ciel.

Il se penche pour m'embrasser, mais il reçoit un petit poing dans la figure quand Anne s'étire. Notre rire la réveille et nous redoublons d'hilarité.

— C'est l'heure du petit-déjeuner, lance-t-il.

J'approuve avec plaisir.

Je m'attendais à retrouver la maison vide, mais Ryan et Quincy sont toujours là. Dallas a dû rentrer à New York, et Ryan a renvoyé son équipe pour un repos bien mérité. Evelyn et Ollie nous ont fait savoir qu'ils passeraient plus tard dans la journée. Jamie est toujours endormie dans une chambre d'amis et Sofia est retournée à l'hôtel. J'admets que je m'en réjouis.

— Nous devons dire à Bree que tout est terminé.

Devant le visage fermé de Damien, je demande :

— Quoi ? Tu ne crois tout de même pas qu'elle est impliquée ?

— Elle a été relâchée. Le ravisseur connaissait son emploi du temps. Disons que le jury délibère toujours.

— Moi, je n'y crois pas. Je lui fais confiance.

Mais est-ce vraiment le cas ? Si je lui faisais confiance, n'aurais-je pas insisté pour que Damien la libère ?

Je me rends compte qu'il fronce les sourcils.

— Qu'y a-t-il ?

Il secoue la tête, puis il me demande d'habiller les filles pendant qu'il prépare le petit-déjeuner.

J'obéis et les conduis dans leur chambre, où je les aide à enfiler leurs vêtements. Je couvre Anne de câlins et de chatouilles. C'est un miracle qu'elle ne m'ait pas encore repoussée.

Quand je reviens, je découvre que mon mari m'a dupée. Les mains sur les hanches, je le fusille du regard.

Ryan et lui se tiennent derrière Quincy, devant l'un des ordinateurs. En me voyant, il lève les mains en signe de capitulation.

— J'ai chargé Gregory de préparer le petit-déjeuner. Figure-toi que j'ai eu un éclair de génie.

Je penche la tête.

— Rien qu'un éclair, Monsieur Stark ? Tu t'égares.

J'envoie les filles dans la cuisine, où Monsieur G. leur servira le petit-déjeuner. Étant donné que Gregory ne manque jamais une occasion de les gâter, elles détalent sans demander leur reste.

— Bon, dis-moi tout.

— Ton mari n'exagère pas, dit Quincy, concentré sur l'écran de son ordinateur tout en me parlant. Ce type est un vrai génie. Même s'il est un peu lent au démarrage.

— Comme vous, réplique Damien. Et on se trompe peut-être.

— Non, affirme Ryan avant de lui sourire. Grâce à toi, nous allons le prouver.

— Prouver quoi ? demande Jamie en entrant.

Elle porte un pyjama qu'elle a dû emprunter à Ryan. Elle se frotte les yeux en me regardant.

— J'ai raté quelque chose ?

— Aucune idée. Et pourtant, je suis ici depuis plus longtemps que toi.

— J'ai réfléchi à Bree, m'explique Damien. Le ravisseur connaissait son emploi du temps.

Il désigne l'ordinateur.

— Jette un coup d'œil.

Quincy nous fait signe, et je m'approche de son écran, Jamie sur les talons.

— Vous voyez ce que c'est ?

Jamie et moi échangeons un regard.

— Un type debout sur un trottoir.

— Regardez mieux.

Il manipule la souris et zoome. C'est Rory, à n'en pas douter. Quand il recule, le Moviehouse devient net derrière lui.

— C'est le cinéma sur Fairfax, dis-je. Celui où il devait retrouver Bree pour voir *Casablanca*.

— Exactement, dit Quincy. Je suis fasciné par le nombre ahurissant de caméras de sécurité sans fil dans cette zone en particulier. Je crois que je l'ai enregistré sous dix-huit angles différents.

— Et c'est une mauvaise chose ? demandé-je.

— Au contraire, c'est excellent. Voilà qui est particulièrement intéressant.

Il enfonce quelques touches et la vidéo avance. On découvre Rory qui quitte enfin le cinéma.

— Et alors ? demande Jamie, aussi perplexe que moi.

— Regardez l'heure. C'est deux minutes avant le début de la séance. Il attend quelqu'un. Il est inquiet. Et il ne lui accorde même pas deux minutes supplémentaires ?

Je ne suis pas convaincue par la démonstration, mais je hoche la tête pour l'inviter à poursuivre.

— J'ai eu ce plan sur une caméra de rue, à trois pâtés de maisons du cours d'art de votre fille. Tu vois ? On distingue la plaque d'immatriculation. Jerrol et Elsbeth Colgate.

— Ça ne me dit rien.

— Pas étonnant. Ils habitent à Hawaï, dit Ryan. Mais ils rendent visite à leurs enfants à Big Bear, à Santa Barbara, et à Long Beach trois ou quatre fois par an. Alors, ils laissent une voiture dans un garage.

— J'ai mené ma petite enquête selon la théorie de Damien, dit Quincy. Et j'ai découvert qu'ils étaient en affaires avec Franklin & Youngman.

Je commence à secouer la tête, puis ce nom me revient.

— Des conseillers financiers.

— Pas possible, s'exclame Jamie. C'est là où Rory travaille ?

— Oui, répond Damien.

— Oh, mon Dieu.

Je me laisse tomber sur la chaise à côté de Quincy, puis je lève les yeux vers Damien.

— Et Bree ?

— Je crois qu'il l'a prise pour cible parce que c'était notre nounou.

Je me rappelle ce qu'a dit Ryan au brunch de la fondation. Que Rory était un homme qui ne semblait pas avoir grandi. Un homme qui attendait sans doute que la bourse Stark soit son ticket gagnant. Et étant donné que sa carrière n'a pas décollé comme il l'escomptait, il a décidé de prendre un raccourci.

— C'est la théorie, dit Damien quand je la formule à haute voix. Mais ce n'est pas une preuve. Si nous voulons pincer ce type, il nous faut une preuve.

Les trois hommes se regardent et Ryan prend enfin la parole.

— Bon, c'est à ce moment-là que le gadget magique de Stark entre en jeu.

— Le dispositif ? Mais je croyais que la pluie avait tout gâché.

— Uniquement celui qui était placé à l'extérieur, dit Damien. Avec un peu de chance, Rory aura ouvert les valises.

— Et avec encore plus de chance, il n'aura pas encore quitté la ville, renchérit Quincy.

— Il est ici, déclare Damien, le visage fermé, dur comme la pierre. En ce moment, je me sens très en veine.

CHAPITRE VINGT-SEPT

Dès que Damien achève de lui exposer sa théorie au sujet de Rory, Bree croise les bras sur sa poitrine. Son regard alterne entre nous deux, sans s'intéresser aux autres personnes présentes autour de la table de réunion.

— Alors maintenant, vous allez officiellement me virer, ou m'arrêter ?

— Ni l'un ni l'autre, dit-il. Maintenant, je vais te présenter mes excuses. Et je vais te demander ton aide.

— Des excuses ?

Elle me regarde, les sourcils froncés.

— Il est sérieux ?

Je hoche la tête sans dire un mot.

— Tu as réussi le détecteur de mensonges.

Quincy le lui a fait passer il y a moins d'une heure.

— Il s'est servi de moi, dit Bree d'une voix blanche. Il a fait ça pour que je passe pour sa partenaire et non pour sa victime.

Damien hoche la tête.

Je vois la gorge de Bree remuer et des larmes lui montent aux yeux.

— Je ne savais pas que c'était Rory. Il m'a forcée à porter ce masque chaque fois qu'il entrait dans la pièce. La seule fois où je l'ai vu, c'est quand il nous a enlevées, et il avait un bas sur le visage.

Un hoquet lui échappe et sa poitrine est secouée de sanglots.

— Je ne voulais pas la laisser. Je n'ai jamais voulu abandonner Anne toute seule. Je n'ai pas eu le choix. Je le jure.

— Je sais, lui dis-je. Damien et moi, nous sommes désolés. Nous aurions dû te faire confiance.

— Non.

Elle prend une grande inspiration.

— Je comprends. Ces deux adorables bébés. Vous ne pouviez prendre aucun risque.

Elle se frotte les yeux et demande :

— Alors que se passe-t-il maintenant ? Vous me rendez mon poste ?

— Si tu le souhaites, dit Damien. Mais avant, il y a une autre mission dont nous aimerions te parler.

— Euh, d'accord.

— Bien, dit Damien avant de s'asseoir à côté d'elle. Es-tu familière avec les nanotechnologies ?

À sa tête, je comprends qu'elle s'y connaît encore moins que moi il y a une heure. J'en avais à peine entendu parler. Mais il est évident qu'elle s'imagine que Damien lui parle de science-fiction quand il lui décrit les points quantiques cristallins – quasiment de la poussière – que l'on ne peut observer qu'avec un certain type de lunettes.

— Tu es sérieux ? Waouh, ajoute-t-elle lorsque Damien hoche la tête.

— C'est une technologie que nous développons pour

l'armée et les renseignements. Les tests sur le terrain sont limités, mais couronnés de succès.

— Et quel rapport avec Rory ?

— Les particules sont en suspension dans un liquide – afin qu'on puisse en asperger un terroriste suspect, par exemple. Ensuite, des lunettes de terrain permettent de suivre le suspect à la trace jusqu'à sa base.

De toute évidence, elle imagine un film d'action.

— Et vous en avez mis sur Rory ?

— Nous ne l'avons pas approché. C'est l'argent qui en comporte. Et nous avons également arrosé l'extérieur de la valise.

— Oh. *Oh.* Je comprends. Quand il déplace la valise, des grains de poussière se déposent autour.

— C'était l'idée de départ, dit Ryan. Si la météo avait été au beau fixe, nous aurions pu suivre la trace des particules. Jusqu'à Anne, comme nous l'espérions. Mais il a plu et les particules ont été diluées, emportées par l'eau.

— En d'autres termes, nous étions foutus, dit Damien.

— Et maintenant ?

— Maintenant, nous voudrions que tu prennes contact avec lui. Que tu lui dises que nous t'avons enfin libérée de ta cellule. Qu'il te manque et que tu n'en reviens pas que nous t'ayons emprisonnée alors que toi aussi, tu avais été enlevée. Que tu nous en veux de ne pas t'avoir fait confiance. Dis-lui que tu as envie de sortir pour te changer les idées. Que tu as envie de le voir.

Pendant tout ce temps, je ne la quitte pas des yeux.

— Vous voulez que j'aille chez lui. Et une fois là-bas, que je cherche les machins quantiques.

— Tout juste, dit Damien. S'il a ouvert une valise et touché à l'argent, alors il doit y avoir de la poussière sur place. Même s'il ne les a pas ouvertes, nous aurons peut-être de la chance. Il est probable qu'il en reste encore à l'extérieur des valises. Quelques minutes sous la pluie n'ont pas pu tout rincer.

Elle hoche lentement la tête, en pleine réflexion.

— Je porte parfois des lunettes.

Damien sourit.

— Oui. Nous le savons.

JE N'AVAIS PAS VOULU CROIRE qu'il serait encore en ville, mais lorsque Bree a appelé Rory pour lui raconter l'histoire que nous avons mise au point, il lui a dit qu'il était désolé que son patron se soit montré aussi désagréable avec elle et il l'a invitée chez lui.

— L'argent n'y sera pas, dit Damien dans le fourgon où nous sommes installés, non loin de là, avec l'équipe qui surveille les opérations sur tout un déploiement de gadgets technologiques. Il est assez malin pour ne pas éveiller les soupçons en quittant la ville tout de suite. Ce qui signifie aussi qu'il est assez malin pour ne pas garder une telle somme avec lui. Mais je parie qu'il n'a pas pu résister à empocher quelques billets. Ça veut dire que nous devrions retrouver des résidus quantiques.

— Si Bree ne décèle aucun point, c'est foutu.

— Pas vraiment, dit Riley. Nous passerons au plan B.

Riley était rentré chez lui hier soir, mais Ryan l'a rappelé pour cette opération, en raison de ses aptitudes au combat rapproché. Nous espérons tous que Riley s'ennuiera ferme et n'aura pas à intervenir, mais mieux vaut être paré à toutes les éventualités.

Charles Maynard est avec nous dans le fourgon, ainsi

qu'un agent de la police de Los Angeles qui a déjà travaillé avec lui.

— C'est encore long ? demandé-je, les nerfs en pelote. Pourquoi ne pas l'avoir équipée d'un micro ? Nous devons savoir ce qui se passe là-dedans.

À côté de moi, Damien me prend la main tout doucement.

— On ne devait pas prendre de risques. N'oublie pas qu'ils sortent ensemble. Qu'il soit sincère ou qu'il bluffe, il maintiendra les apparences. Il ne faut pas qu'il découvre son manège.

— Je sais. Je sais. Mais j'ai horreur d'attendre. Je suis terrorisée pour Bree.

Il me serre la main.

— Ça va aller, dit-il.

Je sais qu'il cherche uniquement à me rassurer. Lui aussi, il est inquiet.

Les minutes s'écoulent. Le ventre noué, je tourne et retourne mon téléphone dans ma main.

— C'est l'heure, non ?

— Encore une minute, dit Quincy. Inutile d'appeler trop tôt. Elle doit avoir le temps de regarder autour d'elle.

Évidemment, je le sais bien. Mais je voudrais qu'on en finisse. Je ronge mon frein tandis que les secondes passent jusqu'à ce qu'enfin – *enfin* – Ryan me fasse signe d'appeler.

Je prends une inspiration, je compose le numéro de son nouveau téléphone et je ferme les yeux en attendant qu'elle décroche.

— Qu'est-ce que tu veux, Nikki ? dit-elle sur le ton distant que nous avons répété.

Pour Rory, elle est encore en froid avec Damien et moi.

— J'essaie de trouver la robe de soirée rose de Lara. Tu sais où elle est ?

C'est la question que nous avons prévue, au cas où il écouterait.

— Elle est suspendue sur la porte de son placard, ça se voit comme le nez au milieu de la figure.

Je manque de m'effondrer de soulagement. Dans le fourgon, tout le monde tend l'oreille.

— Oh, misère ! dis-je. Je la vois maintenant. Désolée de t'avoir dérangée.

— Aucun problème.

Avant qu'elle raccroche, j'ai le temps de l'entendre dire à Rory sur un ton exaspéré :

— Non mais, sérieusement ?

Décidément, Bree mérite une prime rien que pour ses talents de comédienne.

— Ça y est, déclare l'agent de police en s'emparant de sa radio pour contacter les renforts qui attendent son signal. On y va.

CHAPITRE VINGT-HUIT

— Alors comme ça, Damien a frappé le type ?

Le regard de Sylvia alterne entre Jamie, Bree et moi. C'est samedi, et quelques jours ont passé depuis l'arrestation. Maintenant, nous sommes sur le toit-terrasse du pavillon de plage. Nous sirotons du vin autour de la table, profitant de passer du temps entre filles avant que la maison soit envahie d'enfants pour l'anniversaire.

Jamie se contente de hausser les épaules.

— Ne me regarde pas. Je n'y étais pas.

— C'était magnifique, dit Bree. J'ai dit que je devais aller chercher quelque chose dans ma voiture, et quand j'ai ouvert la porte, les policiers ont débarqué avec Damien. Et il a donné à ce connard un coup de poing en pleines gencives.

— Tu as été formidable, lui dis-je. Merci.

Son sourire est un peu larmoyant, mais il est sincère. Elle me prend la main.

— Tout va bien, dit-elle pour la millième fois depuis ce jour-là.

— Tu as assisté à ça ? me demande Syl.

Je secoue la tête, mais je précise :

— J'ai tout entendu dans le micro de Damien. Rory a roulé au sol comme un bébé. Et je suis tellement jalouse de ne pas avoir pu le frapper moi-même, si tu savais !

— Je ne partirai plus jamais en vacances, ronchonne Sylvia. Je n'en reviens pas que vous ne nous ayez pas prévenus. Nous serions rentrés immédiatement.

Je souris tristement.

— C'est exactement pour ça que nous n'avons rien dit. Vous n'auriez rien fait de plus, à part vous inquiéter aussi.

— Oui, mais je me serais inquiétée avec toi, dit-elle avec douceur. Alors tout est fini ? Rory est en prison ? Ils ont retrouvé l'argent ?

— Ils ont tout retrouvé. Y compris cinq cents dollars dans son portefeuille. L'équipe de Damien avait noté les numéros de série.

— Quand aura lieu le procès ?

— Il a tout avoué, dit Jamie.

— Il a agi de sa propre initiative. Comme nous l'avions soupçonné, il a fait exprès de mettre le grappin sur Bree.

— Quel connard, s'exclame cette dernière.

— Quant au mobile, Ryan avait vu juste, ajoute Jamie. C'est un abruti imbu de lui-même qui croyait avoir le droit de recevoir des mille et des cents sur un plateau d'argent. Comme tout ne s'est pas déroulé comme il l'avait prévu, il en a accusé Damien.

— L'audience est dans une semaine, dis-je. En attendant, il est en garde à vue. Et il restera sous les verrous pendant longtemps.

— Et les filles ?

— Elles sont en pleine forme.

Une fois de plus, je sens le soulagement m'envahir

chaque fois que je pense à tout ce qui aurait pu mal tourner. Nous aurions pu perdre Anne, ou elle aurait pu revenir traumatisée. Il se trouve qu'elle ne se souvient de rien, à l'exception d'un enchaînement de dessins animés. Le sédatif qu'il a employé est utilisé pour tranquilliser les enfants avant une opération chirurgicale. Lorsqu'on en avait administré à Lara, à l'époque, elle n'avait pas gardé plus de souvenirs de la préparation que de l'opération elle-même. À savoir, rien du tout.

J'aurais pu tuer Rory Claymore pour ce qu'il a fait à ma fillette, mais sur ce point précis, je lui en suis reconnaissante.

Bree se lève.

— Je dois retourner voir les filles. Elles sont surexcitées à la perspective de la fête et je ferais mieux d'aider Moira à les occuper en attendant l'arrivée des invités.

— Merci, lui dis-je.

Je ne parle pas uniquement de la fête d'anniversaire, qui a pris des proportions gigantesques.

— J'ai quelque chose à dire à Jamie, puis je te rejoins.

Je consulte ma montre.

— Sally sera là dans une heure pour l'installation du gâteau. On se retrouve dans la cuisine du rez-de-chaussée dès qu'elle arrive.

Comme l'anniversaire aura lieu autour de la piscine, la cuisine du rez-de-chaussée, que nous utilisons rarement, sera parfaite pour les festivités du jour.

Bree lève les pouces et Sylvia la rejoint.

— Je remonte à la maison avec toi. Je dois comparer mes notes avec celles de Jackson.

Elle me fait un clin d'œil. Je sais qu'elle plaisante, parce que Damien est sans doute en train de raconter toute l'histoire à Jackson, de son côté.

— Vous avez fini par découvrir qui a fait vandaliser ton bureau ? demande Jamie après leur départ.

— J'aimerais bien. Je soupçonne Marianna Kingsley, mais je ne le saurai peut-être jamais.

Elle fait la grimace.

— Désolée.

— Tout bien considéré, dis-je en haussant les épaules, des insultes sur mon mur, ce n'est pas bien méchant.

— Non, mais c'est une accumulation de choses. Ce n'est pas grave, mais c'est lourd.

Je hoche la tête sans croiser son regard. Je lui ai dit que je m'étais tailladée. À part Damien, c'est la seule au courant. Pas même Ollie. Il y a quelques années, je lui en aurais pourtant parlé avant Jamie. Mais je ne peux nier que les choses ont changé entre nous. Il a ses secrets. Et j'ai les miens.

— Nik, dit-elle d'une voix douce. Tu devrais en parler.

— Je sais. Et je le ferai.

J'ai déjà appelé la psychologue que je voyais avant l'adoption de Lara. Je ne voulais qu'aucun secret ne s'ébruite et ne dissuade l'agence ou le gouvernement chinois d'approuver notre demande.

— Damien aussi me l'a suggéré. Mais ça ne se reproduira plus.

Mon regard plein d'assurance rencontre le sien.

— Une telle situation ne se présentera plus jamais.

Elle comprend que je parle de l'enlèvement tout autant que de l'automutilation.

— Tu es sûre que tu vas bien ?

— Oui, dis-je. Encore un peu à vif, mais je crois que c'est normal, tu ne penses pas ?

— Le contraire m'aurait étonnée.

Nous gardons le silence pendant un moment, puis elle passe le doigt au bord de son verre.

— Comment va Damien ? demande-t-elle.

Je me carre dans mon siège. C'est une question chargée de sous-entendus.

— Il... il souffre. Mais il essaie de ne pas le montrer. Ce qui est arrivé à Anne l'a beaucoup affecté, mais nous l'avons récupérée. Et c'est en grande partie grâce à lui, à ce qu'il est et à ce qu'il fait.

— De la poussière magique, dit Jamie. Ce gars-là aime les joujoux.

Je sais qu'elle essaie de me faire rire, mais je suis à peine capable de sourire.

— C'est toi, dit-elle. Parce que tu t'es scarifiée.

— Je crois qu'il s'en veut pour l'enlèvement. Comme s'il devait saupoudrer cette poussière magique sur nos vies et nous garder dans un coffre-fort. C'est ridicule. Il ne peut pas nous protéger comme ça. Personne ne le peut. Mais c'est Damien.

Je parviens à sourire et Jamie approuve. *C'est Damien.* Voilà qui résume tout.

La presse a fini par le savoir et les conséquences ont été rudes. À chaque coin de rue, on nous rappelle ce qui s'est passé. Jusqu'à présent, nous avons évité les interviews. Mais d'après Evelyn, ils appellent jour et nuit. Damien ne cesse de refuser, pas même deux ou trois minutes en direct, et pourtant les médias les traitent, lui et toute son équipe, comme les véritables héros qu'ils sont.

— Même si le mérite lui revient en grande part, il sait que tu t'es entaillée à cause de l'enlèvement.

Elle hoche la tête en réfléchissant.

— Oui, je me rends bien compte que ça le perturbe. Bon

sang, même moi, ça me perturbe. Mais je n'ai aucun conseil à te donner. Je le regrette. Si j'avais une idée brillante, je t'en ferais part.

— Je sais. Moi, j'ai une idée. Peut-être pas brillante. Mais je crois que c'est un début. Et pour ça, j'ai besoin de ton aide.

————

DEUX HEURES PLUS TARD, je retrouve Damien dans la bibliothèque du premier étage, sa pièce préférée de la maison, mais également là où il se retire quand il est d'humeur mélancolique. Il se tient devant sa vitrine qui renferme les premières éditions des romans de Ray Bradbury et autres auteurs qu'il affectionne. Récemment, nous avons ajouté des photos des filles dans la vitrine et j'ai le pressentiment que, dans quelques années, leurs livres d'enfants favoris seront là aussi.

— Salut, toi, dis-je en m'approchant pour passer les bras autour de lui.

Il se retourne et m'étreint. Je penche la tête en arrière et il pose sur mes lèvres un long baiser, plein de chaleur et de fougue, pour marquer sa possession. C'est le genre de baiser qui me fait rêver à toutes sortes de positions sur son bureau. Dommage que les invités arrivent dans moins d'une heure.

— Salut à toi, répond-il enfin en détachant sa bouche de la mienne.

— C'est un avant-goût ? Une promesse pour plus tard ?

— Les deux, dit-il en me prenant le menton.

Il passe son pouce sur mes lèvres en me souriant. Ce baiser vient de me faire fondre. En nous voyant, on pourrait croire que tout est parfait. Mais je sais qu'il n'en est rien. Je sais que quelque chose a changé. À présent, il a une certaine hésitation en ma présence. Bien sûr, il est tendre et attentionné, aucune autre femme ne s'en plaindrait. Mais je connais Damien comme moi-même, et je sais que quelque chose ne va pas.

Je me suis entaillée et il s'en veut. Ce n'est sans doute pas volontaire, mais il se retient. Sa culpabilité dresse un mur entre nous.

Et je n'ai qu'une envie, passer par-dessus.

— Je sais que c'est l'anniversaire des filles, lui dis-je. Mais j'ai un cadeau pour toi.

Je lui prends la main et je le conduis vers le fond de la mezzanine, où sont disposés un canapé et un écran plat.

— Un cadeau ? dit-il lorsque j'allume la télévision avant d'appuyer sur des boutons pour afficher une vidéo transmise par mon téléphone.

— Pas vraiment un cadeau, disons une possibilité. J'ai envie de donner ça à Evelyn, dis-je. J'ai envie qu'elle l'envoie aux médias.

Son expression est à la fois confuse et méfiante, mais il acquiesce quand je lui demande s'il est prêt. L'écran s'allume, puis se fixe sur une image de Jamie et moi, assises côte à côte sur une causeuse du pavillon. C'est un plan serré que nous avons tourné nous-mêmes, le téléphone sur un trépied.

Il s'agit d'une interview de Jamie. Damien sera peut-être le seul à la voir, mais s'il accepte de l'envoyer aux médias, alors ce sera une corde de plus à l'arc de Jamie et un coup de pied aux fesses de Lacey Dunlap. Parce que ce sera la seule et unique interview sur l'enlèvement de notre fille que j'accepte de donner.

Main dans la main, Damien et moi regardons la vidéo. Jamie me présente et je raconte – lentement, avec de nombreuses pauses – l'histoire de ce qui est arrivé à Anne. Notre terreur et notre enquête. Je n'en révèle pas trop et je ne parle pas de l'équipe, mais le but de l'interview n'était pas d'entrer dans les détails. Il était question d'émotion, de peur.

Et puis, cette interview me dévoile. Quand nous arrivons au passage sur la demande de rançon, avant que notre fille nous soit rendue, je prends la main de Jamie et je regarde la caméra. Devant le monde entier, j'avoue mes tendances à l'automutilation. Non seulement cela, mais je raconte également que je me suis enfermée dans ma chambre cet après-midi-là et que j'ai retourné une lame contre moi.

— C'est un combat que je mène depuis l'adolescence, expliqué-je. Mon mari est au courant. Il le savait déjà avant notre mariage. Et tout au long de notre vie de couple, j'ai puisé dans la force de Damien pour m'aider à surmonter cette horrible pulsion. L'une des raisons qui m'ont permis de me battre, même en période difficile, c'est de savoir qu'il était à mes côtés. Et surtout, je savais qu'il ne me jugeait pas.

— Comme Anne ne revenait pas, cette envie a dû devenir écrasante, dit Jamie, comme convenu.

— Oui. Trop forte pour que j'y résiste. J'ai cédé à ce besoin.

À l'écran, j'attends une fraction de seconde.

À côté de moi, sur le canapé, Damien est parfaitement immobile, sa main dans la mienne.

— Je ne suis pas fière de moi. Tout le contraire. Après tant d'années sans automutilation, j'ai eu honte. Je me décevais. Et j'avais peur de baisser dans l'estime de Damien. Que la femme forte qu'il avait vue se battre contre cette pulsion destructrice disparaisse brusquement devant ses yeux.

— Est-ce ce qui s'est passé ?

Je secoue la tête.

— Non. Non, parce que Damien était là pour moi. Pas uniquement à ce moment-là, mais il était *présent*. Il me comprend et il est fort pour moi. L'intégralité de notre vie commune m'a soutenue. Tout ce qu'il m'a dit, tout ce qu'il a fait. Toutes ses façons de m'encourager tandis que je luttais, encore et encore.

Je regarde mon image cligner des yeux et je me rappelle les larmes qui montaient.

— Il m'a toujours répété que, parfois, les gens craquent. Mais que ce n'est pas une preuve de faiblesse. C'est une fêlure, rien de plus.

Sur le canapé, je prends une inspiration en songeant une fois de plus aux sentiments que ces mots ont toujours su éveiller en moi.

— Et surtout, reprend mon image à l'écran, il me promet sans cesse qu'il sera toujours – *toujours* – présent pour m'aider à guérir.

Une larme coule sur ma joue, à l'écran comme sur le canapé.

— C'est grâce à Damien que j'ai survécu à cette épreuve. C'est grâce à lui que je ne me morfonds pas, car je n'ai pas régressé. Il est fort. Et il partage cette force. Ce qui fait sa force, c'est aussi qu'il n'est pas seul. J'ai besoin de lui plus que tout, mais lui aussi a besoin de moi. Ensemble, nous avons été forts et nous avons survécu. À l'enlèvement et à mes scarifications.

— Il a joué un rôle déterminant dans la traque du ravisseur, n'est-ce pas ?

— Un rôle essentiel.

Enfin, j'en viens à la fin de l'interview, où je parle du dispositif employé par Damien pour retrouver Rory, sans entrer dans les détails.

Je lui explique qu'Anne va bien, qu'elle ne se souvient pratiquement de rien et que nous espérons que ce calvaire ne lui aura pas laissé de séquelles émotionnelles.

Jamie termine en me demandant si j'ai quelque chose à ajouter. Je hoche la tête et je me tourne franchement vers la caméra.

— Comme certains d'entre vous le savent, mon mari a créé la fondation Stark pour l'enfance, il y a plusieurs années de cela, afin d'aider les enfants maltraités et défavorisés. Récemment, la fondation a créé le rôle de porte-parole de la jeunesse. Ces porte-paroles sont des adultes – des célébrités ou personnalités reconnues – qui ont surmonté un passé difficile ou divers traumatismes personnels. Ils ont une empathie toute particulière pour les enfants.

J'hésite un bref instant en me remémorant mon indécision lors du brunch. Mais cette fois, je suis sûre de mon coup.

— Je suis fière d'annoncer que j'intègre leurs rangs, et j'espère que mon expérience avec l'automutilation ainsi que mon combat au quotidien pourront aider les enfants de la fondation.

Jamie me remercie et conclut l'interview :

— C'était Jamie Archer avec Nikki Fairchild Stark, dans une interview exclusive qui fait suite au terrible enlèvement d'Anne, la fille cadette de Nikki et Damien Stark.

Devant nous, l'écran redevient noir. Damien reste immobile.

— J'aimerais la diffuser, dis-je. Jamie et Evelyn trouveront la chaîne qui conviendra le mieux.

— Nikki, dit-il alors d'une voix chargée d'émotion. Tu en es sûre ?

Je hoche la tête. Évidemment, il ne parle pas que de la vidéo. Il parle de tout le reste.

Je descends du canapé pour m'agenouiller devant lui et je lève les yeux vers son visage.

— Tu ne le sais pas ? Tu ne comprends pas que chacun de mes mots était la pure vérité ? Ne te reproche pas ce que j'ai fait, Damien. Sache que tu es la raison pour laquelle je suis encore debout malgré tout.

Sa pomme d'Adam tressaute. Il essaie de me dire *bébé*, mais aucun son ne lui vient.

Enfin, il tend les bras et m'attire à lui. Ses lèvres se posent sur les miennes pour un baiser spontané et délicieux.

— Les invités, dis-je lorsqu'il soulève ma jupe.

— Qu'ils aillent se faire voir, rétorque-t-il.

J'éclate de rire, heureuse de ma victoire et amusée par l'image que sa réponse évoque. Parce qu'il s'agit clairement d'une partie de la fête à laquelle les invités ne sont pas conviés.

— Dépêche-toi, lui dis-je en l'enfourchant alors que retentit la sonnette de l'entrée. Et pas un bruit.

Il ne me déçoit pas. Bientôt, je le chevauche. Ses mains sont sur mes fesses et nous bougeons en rythme, avec ardeur. Je sens qu'il jouit à l'intérieur de mon corps et je commence à crier quand l'extase m'ébranle, incapable de me retenir. Il me fait taire en plaquant sa bouche sur la mienne. Je reste un moment dans ses bras, jusqu'à ce que mon corps cesse de trembler, inanimé contre lui.

Après un dernier baiser sur mes lèvres, il sourit.

— Un peu de tenue, Madame Stark. Nous avons des invités.

— Très drôle.

Je quitte ses cuisses pour m'arranger en vitesse devant le

miroir de l'ascenseur. Damien me prend la main et je lui souris.

— Prête à aller voir nos filles ?

— Toujours, dis-je en entrant dans l'ascenseur.

Ensemble, nous descendons fêter les anniversaires d'Anne et de Lara.

ÉPILOGUE

Damien Stark se tenait devant la porte de la chambre principale. Il regardait dormir sa petite famille. La femme qu'il aimait de toutes les fibres de son être. La raison pour laquelle il respirait tous les matins. L'amour de sa vie, la mère de ses enfants. La femme qui l'aimait en retour avec autant de ferveur, qui surmontait ses manquements, ses craintes et ses défauts.

À ses yeux, Nikki était le plus grand miracle de sa vie et à ce jour, il s'émerveillait encore de la chance qu'il avait, non seulement de l'avoir trouvée, mais aussi de l'avoir gardée.

Et, mon Dieu, ces adorables petites filles.

Il avait beau adorer Nikki, il ne se doutait pas à quel point son cœur pouvait être rempli d'amour avant de tenir Lara dans ses bras pour la première fois. Il ne l'aurait jamais cru possible, mais son cœur s'était gonflé encore plus lorsqu'il avait assisté à la naissance d'Anne et à son premier souffle.

Chaque jour, ses filles levaient vers lui leurs grands yeux pleins de confiance, et chaque jour, il ressentait le même coup de poing dans le ventre. La peur de ne pas être à la hauteur de la confiance qu'elles lui témoignaient. La peur de les décevoir un jour, d'une façon ou d'une autre. Non pas comme son propre père l'avait déçu, bien sûr, mais d'une autre manière tout aussi importante.

Et c'était arrivé.

Il avait baissé sa garde. Il n'était pas prêt. Tout ce qu'il avait fait pour protéger sa famille, cela n'avait pas suffi.

Il avait une mission en tant que père. Une mission en tant que mari. Protéger sa famille.

Une seule mission, et il avait échoué.

Il pensait à Rory. À Nikki, roulée en boule dans le dressing avec une lame à la main, des gouttes de sang sur sa peau claire.

À Anne, seule et effrayée.

Ils avaient ramené Anne, et il savait au fond de son cœur que Nikki était assez forte pour survivre. Mais cela ne changeait rien à ce simple fait.

Il avait échoué.

Il passa brutalement les paumes sur son visage avant de regarder à nouveau ses filles, pelotonnées les unes contre les autres, saines et sauves, profondément endormies.

Saines et sauves.

Pour l'instant, du moins...

Pour la première fois depuis bien longtemps, Damien ne regardait plus l'avenir avec courage. Au lieu de ça, il voyait les ténèbres. Les dangers.

Mais il avait des ressources. Il avait des moyens.

Et par-dessus tout, il avait la détermination et l'assurance conférées par des années d'expérience et de succès.

Il était Damien Stark, pour l'amour du ciel.

Une chose était sûre, il protégerait sa famille.

FIN

———

Envie de retrouver Damien Stark ?
Ne ratez pas Damien

La trilogie initiale :
Délivre-moi
Possède-moi
Aime-moi

La suite de la saga :
Retiens-moi
Protège-moi

Découvrez le premier chapitre de Damien ...

NE RATEZ PAS DAMIEN, À PARAÎTRE
BIENTÔT !

Je m'appelle Damien Stark.

De l'extérieur, j'ai une vie parfaite : un milliardaire avec une famille magnifique. Mais si vous pouviez voir ce qui se passe dans ma tête, vous sauriez que je suis plus tordu que n'importe qui. Et aujourd'hui, plus que jamais.

Je suis motivé, implacable et ma vie est couronnée de succès, mais sans ma femme et mes filles tout cela n'a aucune importance. Elles représentent tout mon univers, et je les ai laissé tomber. Maintenant, je suis incapable de les regarder sans me noyer dans des abysses de culpabilité.

Si je ne deviens pas fou, c'est uniquement grâce à ma femme : quand je me perds dans ses caresses soyeuses, quand je concentre toute ma douleur dans la seule chose que je suis capable de lui offrir. Le plaisir.

Mais les menaces envers ma famille sont bien réelles et je refuse qu'il leur soit fait du mal. Je ferai tout ce qu'il faudra pour les protéger : j'en paierai le prix, je céderai aux ténèbres. Elles sont tout pour moi.

Je m'appelle Damien Stark. Souhaitez-vous voir ce qui se passe dans ma tête ? Attention à ce que vous pourriez découvrir.

Découvrez le premier chapitre de Damien ...

DAMIEN

CHAPITRE PREMIER

Dallas, Texas
  Autrefois...

Elles l'entouraient. Leurs lèvres brillantes, leurs robes du soir moulantes. Corps voluptueux, coiffures élaborées, ongles manucurés, visages maquillés. Il se noyait dans un océan de femmes splendides, et aucune n'avait le pouvoir de le sauver.

Le sauver ?

Mais d'où tenait-il cela ? Il avait vingt-quatre ans et c'était déjà une légende du sport. Son nom figurait même sur des boîtes de céréales et il était en bon chemin pour devenir l'un des hommes d'affaires les plus riches du pays. *Du pays ?* Plus que cela, il visait le monde entier.

Ambitieux, peut-être. Mais pour lui, l'ambition n'était pas un vilain mot. Au contraire, c'était ce qui le maintenait en vie. Comme l'air qu'il respirait, la nourriture qu'il mangeait. La compétition, aussi. Son goût salé, presque amer. L'euphorie du succès. Le trou noir de l'échec.

Il avait appris très tôt qu'il fallait beaucoup de force pour s'extraire de ce trou noir. Plus que cela, il avait appris le sacrifice – le sang et la sueur nécessaires pour dompter la bête.

Oui, peut-être était-il abîmé. Étant donné la vie qu'il avait menée, le passé auquel il avait survécu, ce serait un miracle s'il ne l'était pas un peu. Mais il avait appris depuis longtemps que la seule chose qui pouvait le sauver, c'était lui-même. Et, merci bien, il tirait parfaitement son épingle du jeu.

Et pourtant, il y avait cette femme...

Les sourcils froncés, il balaya une fois de plus la salle du regard. Ses yeux s'attardaient sur chaque groupe en grande conversation, chaque personne au bar, chaque convive au buffet. En tant que juge au concours de beauté de Miss Tri-County Texas, il devait être présent à ce genre d'événements. Mais ce n'était pas le protocole qui l'avait conduit ici. Il était venu à la réception de milieu de concours pour une raison précise et très égoïste. Pour retrouver la jeune femme blonde dont la présence sur scène lui avait coupé le souffle et dont les mots, lors de son interview, avaient touché son âme.

Nichole Fairchild.

Elle avait parlé d'ambition et d'éducation. De science et de talent. Il n'y avait rien de convenu dans ses propos. Rien n'avait été répété pour impressionner. Rien de faux, surjoué ni manipulateur.

Quand elle était apparue sur cette scène, dans sa robe du soir bleu clair, il s'était dit que c'était la plus belle femme qu'il ait jamais vue.

Et maintenant, il l'avait perdue avant même de...

— Vous êtes Damien Stark !

En entendant son nom, il se retourna. Son corps répondait à son espoir, même s'il savait déjà que cette voix n'était pas la sienne. Non, celle qui avait parlé était une rousse élancée au sourire enjôleur. Il l'avait déjà vue sur scène lors du concours. Et il ne se rappelait absolument aucun détail à son sujet.

— C'est merveilleux de vous rencontrer en personne.

Elle se rapprocha et Damien sentit la petite touche de bergamote dans son parfum.

— Je m'appelle Delancy. Je suis une vraie fan depuis que vous avez remporté votre premier match. Je veux dire que c'est grâce à vous que je me suis mise à regarder le tennis. Et maintenant, votre carrière dans les affaires ! C'est formidable, n'est-ce pas ? J'ai lu votre portrait dans *People Magazine*. Vraiment impressionnant, mais je n'ai pas été étonnée par votre succès. Pas du tout. J'ai toujours su que vous étiez bien plus qu'un athlète.

— Je suis ravi que vous le pensiez.

Il souriait poliment en s'interrogeant sur sa définition de *bien plus*. D'après ses souvenirs, il y avait deux photos de lui en illustration de cet article : une sur le court de tennis, une autre lors d'un événement au volant d'une Jaguar Type E de 1969, avec un encart de deux cents mots expliquant qu'il avait lui-même retapé cette voiture lors de ses rares moments libres. On y faisait également référence à la croissance exceptionnelle de sa valeur financière. On le qualifiait de machine à billets sans faire la moindre allusion au travail qu'il effectuait pour faire tourner cette machine.

— C'est... eh bien...

Elle le lorgnait avec gourmandise et son regard s'attarda au niveau de sa ceinture.

— Vous êtes tellement plus... *impressionnant...* en personne.

Avec audace, elle rencontra son regard. Ses yeux exprimaient le genre d'invitations tacites auxquelles

Damien était habitué depuis longtemps – et qu'il avait pour habitude de décliner.

Ce n'était pas un moine. Loin de là. Mais il ne voyait que deux raisons pour mettre une femme dans son lit. Se divertir ou s'évader. Or cette femme ne semblait pas capable de lui apporter l'un ou l'autre.

Et puis, il était venu à Dallas avec Carmela D'Amato, son dernier joujou en date. Et il était presque certain que ce splendide top-modèle italien n'était pas du style à partager son homme avec une autre femme.

— J'apprécie le compliment, dit-il en restant immobile tandis que la rousse faisait un pas vers lui. Mais je vais devoir décliner votre invitation.

Elle ouvrit la bouche et la chaleur se changea en panique sur son visage.

— Oh, non, je ne voulais pas…

— Si, vous le vouliez. Et ça ne fait rien. Je suis flatté. Mais non.

Cette fois, quand elle se mordit la lèvre, il n'y avait plus rien de séducteur.

— Vous ne le direz pas…

— Votre secret est bien gardé avec moi.

Les règles du concours étaient strictes, et bien qu'elle ait ouvertement franchi une limite, il aurait suffi à Damien de claquer des doigts pour la pousser à toutes les enfreindre avec lui.

— Prenez soin de vous, Delancy, ajouta-t-il avec un léger sourire. Et soyez sage.

Elle le regarda s'éloigner en direction de la sortie. La réception avait lieu dans la salle verte, la plus petite salle de bal du meilleur hôtel de Dallas. Damien avait une suite à l'étage, et comme il avait fait acte de présence à la réception, il décida d'y remonter pour une baise rapide, histoire de relâcher la pression – et pour divertir Carmela, qui venait de passer des heures toute seule, à dépenser son dernier cachet de mannequin au centre commercial Northpark Mall.

Après quoi, il passerait en revue les schémas qui devaient déjà se trouver dans sa messagerie. Il avait un match amical le lendemain matin et la finale du concours de beauté l'après-midi. Avec le décalage horaire de deux heures, son équipe de Los Angeles lui en voudrait de prévoir une conférence téléphonique avant le match, mais il avait embauché des employés compétents qu'il payait grassement. Ils accepteraient. Et une fois qu'ils auraient apporté la touche ultime au prototype... eh bien, la journée de travail aurait été productive pour tout le monde !

Il consulta sa montre et pressa le pas. La soirée était bien avancée. Au moins, il savait que Carmela ne verrait aucun inconvénient à commander le dîner au service d'étage.

C'est alors qu'il la vit.

Il avait cessé de la chercher, en se disant qu'elle était sans doute restée dans sa chambre. Mais elle était là, la femme la plus merveilleuse de la réception, et pas uniquement à cause de sa beauté sans pareille. Oh, elle était jolie, c'était indéniable. Il aurait pu rester là toute la nuit, absorbé par la sensualité qu'elle projetait, à se brûler les plumes dans sa chaleur.

Mais ce n'était pas une beauté classique. C'était plutôt une reine du bal ou une mini-miss. Elle n'avait pas une démarche distante et éthérée, pas de pommettes hautes aux arêtes saillantes. Au contraire, ses joues étaient rondes, ses lèvres rebondies appelant aux baisers. Ou à la baise.

Et elle avait la longue chevelure d'un ange, d'un blond doré.

Elle était fine, mais avec de belles courbes, et il mourait d'envie d'effleurer des doigts sa silhouette. En cet instant, elle avait les yeux baissés vers la table, mais cela n'avait aucune importance, car il connaissait déjà leur couleur. Bleus, avec une nuance verte qui scintillait comme un joyau sous les projecteurs. Ses yeux étaient vifs, aussi intenses et changeants que la mer. Oh, comme il avait envie d'y plonger !

Cela faisait longtemps qu'il n'avait pas intensément désiré une femme. Il les aimait, c'était évident. Et il ne laissait jamais une femme quitter son lit sans avoir été pleinement satisfaite. Mais la plupart n'étaient que des distractions. Ou un baume apaisant. Et quand il les invitait dans son lit, c'était toujours en sachant qu'elles repartiraient. Le lendemain matin, peut-être, ou le mois prochain. Mais cela se terminerait. Comment pourrait-il en être autrement ? Après tout, il ne partageait rien de réel avec elles.

Cette femme, en revanche...

Quelque chose chez elle l'intriguait. L'interpellait. Elle semblait à la fois forte et vulnérable, et quand elle leva enfin les yeux, il aperçut une expression spontanée dans ses yeux sensuels. *Une aspiration.* Presque aussitôt, elle se ferma à cette émotion et un sourire trouva le chemin de ses lèvres. C'était une candidate et elle venait d'enfiler son masque de concours avec autant d'aisance qu'une autre enfilerait une chaussure.

Mais dans ce bref instant d'authenticité, il avait vu un reflet de lui-même dans ses yeux. Un désir. Un besoin. *Un avenir.*

Soudain, il avait envie de l'attirer à lui. De l'embrasser. De la goûter. De déchirer cette fichue robe pour révéler la vraie femme en dessous.

Il ne se comprenait pas, et il ne comptait pas prendre le temps d'analyser cette envie. Avant qu'il puisse se raviser, il la rejoignit. Elle fixait du regard les minuscules cheesecakes, comme si c'était quelque chose de dangereux sur le point d'exploser.

Sans hésitation, il en prit deux et les enfourna dans sa bouche. Puis il lui sourit. Elle se contenta de le regarder sans rien dire, un sourire poli sur le visage.

Pendant un bref instant, il sentit son ventre faire une pirouette. C'était ridicule. Il n'était jamais nerveux. Les nerfs lui faisaient perdre l'avantage, et s'il perdait l'avantage, il perdait tout. N'était-ce pas ce que lui avaient seriné tous ses entraîneurs ?

Il redressa ses épaules et rencontra son regard.

— Je crois que nous nous ressemblons beaucoup, Mademoiselle Fairchild.

— Pardon ?

Elle baissa les yeux sur le cheesecake, manifestement troublée.

— Ni vous ni moi n'avons envie d'être ici, expliqua-t-il.

D'un mouvement de tête, il désigna la sortie de secours, réprimant l'envie presque insoutenable de lui prendre la main et de l'entraîner dans une pièce obscure. Il avait envie de la toucher. De l'embrasser. De se perdre dans ses sensations, dans ses gémissements quand il la pénétrerait. Il avait envie de l'entendre crier son nom et le supplier de continuer. Il voulait la serrer dans ses bras et l'embrasser avec tendresse une fois qu'elle se serait laissé aller contre lui.

Il recula d'un pas. Son envie était irrépressible et il craignait qu'elle la sente, qu'elle la perçoive.

— Je... oh.

Elle le regardait droit dans les yeux. En cet instant, Damien aurait pu rester sans bouger éternellement.

— Nichole...

— Nikki.

Elle avait prononcé ce prénom avec empressement. Elle pencha la tête, passa la langue sur ses lèvres, puis elle précisa en levant les yeux vers lui :

— Je me fais appeler Nikki. Pas Nichole.

— Nikki.

Il sentit ses lèvres esquisser un sourire.

— Ça vous va bien.

Il déglutit et ouvrit la bouche pour parler, même s'il n'était pas certain de ce qu'il allait dire. Mais c'était sans importance, car il n'eut pas l'occasion d'ajouter quoi que ce soit. Ce fut le moment que choisit Carmela pour apparaître, manifestement lassée par le lèche-vitrine et la chambre tout confort.

— Damien, chéri.

Elle avait un fort accent, aussi sensuel que ses lèvres boudeuses et son épaisse chevelure brune et ondulée.

— Viens. On s'en va, oui ?

C'était *non* qu'il avait envie de lui dire, pas *oui*. Il voulait annoncer à Carmela que les choses avaient changé. Qu'il la mettait dans un avion. Qu'ils s'étaient bien amusés tous les deux, mais que maintenant, il savait ce qu'il... non, *qui* il voulait.

Pourtant, il ne dit rien de tout cela. Comment l'aurait-il pu ? Il connaissait quelques petites choses sur Nikki Fairchild. Il avait lu sa biographie de candidate. Il savait qu'elle venait de commencer ses études. Qu'elle suivait un double cursus. Et d'après son interview, il savait qu'elle était ambitieuse.

Elle débutait à peine. Il était en plein essor.

Ce n'était pas leur moment. Pas encore.

Mais il remuerait ciel et terre pour la revoir à l'avenir. Et d'ici là, il ferait son possible pour s'assurer d'avoir les moyens de construire un pont entre eux.

En attendant, il patienterait dans l'ombre. Et peut-être, seulement peut-être, se sentirait-il un peu moins abîmé en sachant qu'une femme telle que Nikki existait – et qu'un jour elle lui appartiendrait.

Il prit la main de Carmela et croisa le regard de Nikki.

— Mademoiselle Fairchild, dit-il en la saluant d'un hochement de tête.

Puis il tourna les talons pour raccompagner Camela dans leur chambre, conscient que lorsqu'elle serait nue sous son corps, quand il la pénétrerait, ce serait la pensée de Nikki Fairchild qui le ferait bander.

Achetez ici - Damien

À PROPOS DE L'AUTEUR

J. Kenner (alias Julie Kenner) est une auteure de best-sellers internationaux figurant aux classements des journaux *New York Times*, *USA Today*, *Publishers Weekly* et *Wall Street Journal*. Elle a écrit plus d'une centaine de romans, de romans courts et de nouvelles dans toutes sortes de genres littéraires.

Selon *Publishers Weekly*, JK est une auteure qui a un « don pour le dialogue et la création de personnages excentriques », et le *RT Bookclub* estime qu'elle a su « répondre aux besoins du marché en créant des antihéros scandaleusement attirants et dominateurs, et des femmes qui fondent pour eux. » Six fois finaliste de la prestigieuse récompense RITA (*Romance Writers of America*), JK a remporté son premier trophée RITA en 2014 pour son roman *Claim Me* (tome 2 de sa trilogie *Stark*) et le second en 2017 pour son roman *Wicked Dirty*. Elle a vendu des millions de livres, publiés dans plus de vingt langues.

Au cours de sa précédente carrière, JK a exercé comme avocate en Californie du Sud et au Texas. Elle vit actuellement dans le centre du Texas, avec son mari, ses deux filles et deux chats plutôt lunatiques.

Visitez son site web www.juliekenner.com pour en savoir plus et pour entrer en contact avec JK sur les réseaux sociaux !